O PADRÃO

JOHN REINHARD DIZON

Tradução por
CAROLINE GEISSLER DELANNI

PARTE I

O JURAMENTO

CAPÍTULO UM

O Capitão William Shanahan sempre se considerou padrão ouro do SAS. Considerava-se o protótipo daquilo que todo o agente secreto do MI6 deveria ser. Com 1,87m e 95kg de puro aço cirúrgico e sex appeal, era o queridinho das mulheres e a tristeza dos homens. Ao longo da vida, seguira religiosamente um rigoroso cronograma de treino e uma dieta personalizada que lhe garantiu um imponente corpo atlético com barriga tanquinho e musculatura perfeita. Sempre que tinha alguma preocupação ou dúvidas para realizar uma tarefa difícil como essa, uma olhada no espelho afastava as apreensões.

Chegara a Craigavon dois dias antes para se preparar para a tarefa que tinha pela frente. Craigavon era um dos lugares mais refrescantes ao ar livre no Condado de Armagh, um local onde se podia perdoar alguém por pensar que ainda estava no Reino Unido e não apenas em Ulster. Passou o primeiro dia no Craigavon Golf e no Ski Center, aproveitando o dia perfeito de primavera enquanto repassava mentalmente esse momento da missão que estava por vir. Jogou 18 buracos e conseguiu uma pontuação decente pela qual se desculpou de forma conveniente devido à distração que o preocupava.

No dia seguinte, dividiu-se entre uma manhã no Tannaghmore Gardens, onde passou um tempo observando as mães e os filhos no zoológico, antes de passear pelas áreas botânicas. Ao longo da vida, motivou-se com o desejo de ter uma família, esposa e filhos. O MI6, Serviço Secreto de Inteligência, fora seu universo por quase duas décadas. Adorou-o em seu altar, foi um de seus acólitos mais devotos e o colocou em primeiro lugar na sua vida. Depois desse trabalho, cobraria alguns favores e trabalharia no escritório. Depois disso, encontraria uma esposa, tomaria as rédeas de sua vida e viveria feliz para sempre.

Naquela tarde, foi até o Craigavon Watersports Centre onde alugou uma canoa e passeou pelas margens do Lago Craigavon. Foram 48 horas idílicas que recarregaram suas baterias, ajudaram-no a clarear a mente e se focar na tarefa que tinha pela frente. Adorava o ar livre, isso o ajudava a lembrar que existia um Deus amoroso que amava a humanidade e que conduzira Seu povo à paz e a bondade através do vale da morte. Ajudava-o a lembrar que eram os cavaleiros brancos que lutavam pelo bem, mesmo que parecesse que suas mãos ficavam cada vez mais sujas à medida que a luta prosseguia.

Alistou-se no serviço para fazer parte da Operação Desert Shield em 1992 e, quando essa escalou para a Desert Storm, voluntariou-se para o Serviço Aéreo Especial. Serviu com eles durante sua primeira incursão antes de ser transferido para o Serviço Especial de Embarcações (SBS). Fez suas segunda e terceira incursões com o SBS antes de ser enviado ao Afeganistão para uma quarta. Foi nesse período que lhe ofereceram uma posição no MI6 e ele aceitou. Foi então que pôde olhar para trás e perceber que tinha vendido sua alma no processo.

Ainda existia um receio profundo e sombrio dentro dele que sempre perguntaria a quem sua alma pertencia afinal. Estava lá, na sua certidão de nascimento, o fato de ter nascido católico, de pai católico e mãe protestante. Na Inglaterra ou em quase qualquer lugar no exterior, isso fazia pouca ou nenhuma diferença. Na Irlanda do Norte, isso era como uma carta escarlate, uma marca de nascença que nunca poderia apagar. Apesar de seu pai ter se convertido à fé protestante e seus pais morarem em East Belfast, os funcionários do hospital fizeram sua certidão de nascimento de seu pai e traçaram a linhagem na certidão do filho de forma obediente. William Shanahan foi forçado a lidar com isso a vida inteira, escondendo o melhor podia e se afastando de todos que questionavam quando isso vinha à tona.

Era um cidadão orgulhoso do reino e se alistou a serviço de Sua Majestade assim que atingiu a maioridade. Seus registros falavam por si só e ele fora condecorado por bravura inúmeras vezes. Seus pais morreram quando estava no exterior, apagando ainda mais seu passado enquanto continuava sua jornada em direção à auto realização. Atingira um ponto de mudança em sua carreira, um momento onde um cobiçado trabalho no escritório estava a seu alcance. Provara-se como soldado, comandante e agente secreto. Se completasse com sucesso essa última missão, seu próximo local de trabalho bem poderia ser na Downing Street, em Londres. Finalmente poderia encontrar seu posto na vida.

Seus pais o compensaram bem pelo estigma de

seu casamento confuso. Era um homem lindo com cabelos loiros grossos, olhos azuis penetrantes, um nariz perfeitamente esculpido, lábios de arco de Cupido e queixo másculo. Poderia facilmente correr 16km, nadar 1,6km em velocidade máxima e manter uma faixa preta no Tae Kwon Do. Mantinha um bronzeado perfeito ao longo do ano e nunca deixou de chamar a atenção de lindas mulheres, que não conseguiam tirar os olhos de seu abdômen trincado.

Também foi um aluno nota 10, tendo conseguido um diploma de economia em um curso técnico. Ganhava salário de Capitão no exército e tinha conseguido economizar quase metade de seus ganhos durante uma carreira de vinte anos. Assim que conseguiu uma posição cobiçada no SIS (*Serviço Secreto de Inteligência), estava a um passo para pular da Central London para a Downing Street. Conhecia muitos caras que tinham conseguido a nota e não tinha dúvidas de que seria um deles.

Sabia que tinha um momento decisivo na carreira de todos os homens, além dos atos heroicos nos campos de batalha, que diferenciavam um comandante dos demais. A mudança do SBS para o MI6 preparou o terreno e agora era hora de finalmente se separar. Ofereceram-lhe essa missão e ele aceitou sem ressalvas ou perguntas. Seus mentores disseram que essa era uma missão altamente secreta que muitos acima de sua posição dariam de tudo por ela. Disseram para pegá-la e sair correndo, que não se atrevesse a olhar para trás, e que mergulhasse de cabeça, aproveitando tudo o que pudesse. Poucos tiveram tal oportunidade nesse estágio da carreira e ele se arrependeria para sempre se não a aproveitasse ao máximo.

Passou a tarde na canoa e teve um jantar suntuoso com filé mignon, batatas assadas e regado com um Merlot vintage. Flertou com a garçonete ruiva sexy e até conseguiu seu telefone, mas sabia que possivelmente nunca mais voltaria. Sabia, de alguma forma, que casaria com uma inglesa em Londres, uma mulher de linhagem nobre ou pelo menos de família rica. Casar com uma moça irlandesa poderia ser maravilhoso, principalmente no caso de mulheres como essa, mas só se vive uma vez e é preciso tirar o máximo proveito do que ela tem a oferecer. Depois do jantar, passeou pela cidade, absorto em pensamentos e aproveitando a domesticidade rural de Craigavon antes de se retirar para dormir.

Na manhã seguinte, dirigiu de Craigavon até a HMP (Prisão de Sua Majestade) após uma bela noite de sono, e durante a viagem pela M1 o vento estava forte e a pista escorregadia devido à garoa que caíra durante a noite. O céu ficou cinza e nublado e ele se sentiu de alguma forma abençoado pela qualidade do clima que aproveitara no dia anterior. Esperava que fosse um prenúncio de sorte que precedia os dias que estavam por vir. Não importava o que vinha pela frente, pretendia capitalizar esse momento e ir com tudo em direção a seu objetivo.

O complexo penitenciário poderia parecer um parque industrial para os desavisados. Somente quando alguém se aproximava dos portões de entrada percebia que estava entrando em um mundo diferente. Assim como em qualquer outra prisão, os sinais azuis mal pintados davam uma boa ideia do que estava por vir. Shanahan foi até o portão e entregou seus papéis ao guarda, que lhe deu instruções para chegar ao estacionamento onde começaria sua visita às instalações. Esperava que a visita acabasse na cela do homem que estava programado para entrevistar.

Estava bem vestido, com um terno cinza metálico, camisa azul escuro e gravata pastel, suas botas brilhavam como espelhos conforme passava pelos pontos de verificação que levavam à área de segurança máxima. Fez o melhor que pode para esconder seu desprezo pelos guardas rudes que o revistaram enquanto os cães farejadores observavam languidamente. Protestou um pouco quando seus itens pessoais foram colocados em um cesto, mas o capitão assegurou que isso era procedimento obrigatório.

"Não estou nada satisfeito com o que foi combinado," o capitão informou Shanahan enquanto o escoltava por um corredor de portas de aço que só podiam ser abertas eletronicamente por guardas protegidos em estações. "Não gosto de você ficar em uma cela sozinho com um bastardo desses. Isso foi organizado por forças acima de nós e se alguma coisa der errado, por Deus, espero que estejam preparados para aceitarem as consequências."

Uma das maiores qualidades de Shanahan era sua relutância em se gabar. Queria contar ao valentão que sobrevivera a um cerco com trinta homens, ao lado de dois colegas feridos em uma cabana nas montanhas de Kandahar no Afeganistão. Queria contar sobre ter sofrido um ataque de dois esquadrões de ex-Guardas Republicanos em Fallujah no Iraque. Queria dizer que estava disposto a se trancar em uma cela com o homem e quatro de seus melhores homens para ver quem ficaria em pé.

"Deixe eu lembrar você," Shanahan disse antes

que dois guardas se preparassem para permitir seu acesso à porta de metal no final de um corredor estreito e mal iluminado. "Essa é uma entrevista altamente secreta. Se tiver alguma escuta na cela, sugiro fortemente que a desligue ou estará indo contra as leis de Sua Majestade."

"Fomos muito bem avisados," o capitão rosnou e ordenou que seus homens abrissem a porta e permitissem a entrada de Shanahan.

Shanahan entrou na pequena cela onde uma cadeira tinha sido colocada a poucos centímetros da entrada. Nas paredes, havia fotografias, pôsteres, um banner da Union Jack e outro da Red Hand of Ulster. Próxima a parede, havia uma mesinha com uma cadeira pequena e, ao lado, uma estantezinha com mais ou menos uma dúzia de livros. Em cima dela, tinha uma Bíblia King James e uma vela perfumada. Na maca metálica se encontrava o único ocupante da cela, que se levantou preguiçosamente e encarou Shanahan.

"Bem na hora, gosto disso. Sente-se."

"Capitão William Shanahan, Inteligência Militar," apresentou-se.

"Jack Gawain. Prazer."

Gawain media 1,75m e pesava pouco mais de 81 quilos. Embora fosse bem mais baixo que Shanahan, era musculoso, o que sugeria uma vida inteira de levantamento de peso. Seus cabelos negros estavam cortados e a pele estava pálida pela falta de sol, o que destacava seus olhos pretos como carvão. Seus olhos brilharam com vigor quando encarou Shanahan e seus lábios aparentavam um sorriso perpétuo.

"Acredito que foi informado sobre a natureza de minha visita."

"West Belfast?"

"Perdão?"

"West Belfast. Você nasceu lá. Tenho certeza de que se mudou para East Side em algum momento e depois foi para o Reino Unido por um tempo antes ou depois de se alistar. Você nunca perdeu o sotaque, sabe. É como um minerador de carvão, uma vez que a fuligem se entranha na pele, nunca mais sai."

"Assim como sabem que você será de Ulster até o dia de sua morte," Shanahan respondeu de forma seca.

Sabia isso aconteceria e fez tudo que estava a seu alcance para evitar, mas imediatamente sentiu aversão ao homem. Gawain tinha tudo aquilo que o lembrava dos punks nas ruas de East Belfast, desde o deboche pretensioso até o sotaque escocês. Lembrou-se das histórias de horror sobre o que acontecera com seus parentes em West Side, em como os hooligans das ruas observavam seu rosto quando contavam suas histórias e procuravam desesperadamente por um indício de emoção. Gawain o estudava da mesma fora e isso fazia com que quisesse esmagar sua cara.

"Devo admitir que sempre tive inveja de caras que se jogam de cabeça," Gawain acendeu um cigarro sem oferecer outro a seu visitante. "Era a melhor coisa a se fazer, nobre. Realmente muda o caráter de um homem e certamente você é um perfeito exemplo disso."

"Tenho certeza de que você teve muitas chances," Shanahan foi brusco. "Força policial, reserva, exército...mas você escolheu seu próprio caminho."

"Escolhi," Gawain soprou a fumaça para o lado. Shanahan percebeu que a ponta de seus dedos não estava manchada de tabaco como em um fumante habitual, e que suas unhas estavam cortadas. "Pela Rainha, por Deus e pela pátria, embora não de forma tão tradicional quanto você."

"Tenho certeza que você e seus colegas pensam dessa forma. Ainda assim, aqui estou eu e aí está você. Então, deixando tudo isso de lado, agora é sua chance de compensar."

"E o que torna as coisas certas ou erradas?" Gawain apertou os olhos. "São os vencedores que escrevem as histórias, mas os revisores a reescrevem e dão um rumo diferente para tudo. Você acha que essas manifestações dos caras de turbante nas ruas de Londres vão deixar as coisas em paz daqui vinte anos? Nesse momento, qualquer medalha que tenha ganhado faz de você um herói da nossa nação. Como se sentirá quando se aposentar e começarem a zombar de seus esforços, dizendo que foram ataques criminosos ao povo iraquiano? Acho que pode fazer uma ideia de como me sinto agora."

"Desculpe por discordar, mas fiz parte de uma campanha internacional contra um regime criminoso," Shanahan disse de forma branda. "Você fez parte de uma organização vigilante que assassinou os parentes civis das pessoas do crime organizado. Sem contar as operações no mercado negro que vocês organizaram depois que acabaram as chamadas hostilidades. Talvez a Guerra do Iraque seja acobertada e reinterpretada nas gerações futuras, mas iniciativa de vocês foi ilegal do começo ao fim."

"E quem você acha que nos deu o poder, Capitão Shanahan?" Gawain sorriu de forma maliciosa. "Acha que por um instante não tinha a PSNI (Serviço de Polícia da Irlanda do Norte) ou o Exército Britânico esperando enquanto nós os defendíamos na linha de frente contra o IRA? Temos nossa parcela entre os KIAs e entre os mártires. Você pode se sentar e se vangloriar enquanto estou aqui como prisioneiro de guerra, mas vai chegar o dia em que estará tão velho e fraco como o chá que nos servem todos os dias. Chegará o dia em que aquelas crianças paquistanesas vão mijar na sua varanda, assoar o nariz na bandeira do Reino Unido no gramado da frente de sua casa e não vai ter absolutamente nada que você possa fazer a respeito."

"Tudo o que você está fazendo é trocar os personagens," Shanahan deu de ombros. "Há cinco anos vocês falavam sobre católicos fazendo essas coisas. Tudo o que fez foi focar em um jogo diferente."

"E qual será o seu, Capitão Shanahan?" O olhar de Gawain recaiu sobre o dele. "Talvez seja o pote de ouro no final do seu arco-íris, mas você acha que o brilho dura para sempre? Isso nunca apagará esse sotaque e nem mudará a marca de católico em sua certidão de nascimento. Claro, você conseguirá aquela promoção, encontrará um apartamento não muito longe da Downing Street, mas isso algum dia apagará o estigma que sua senhora carregará, ou os seus filhos? Você sempre será um nativo de West Side, Capitão, não importa para o quão longe se mude para escapar disso."

"Você sabe que essa é uma oferta que será feita somente uma vez," Shanahan pigarrou apesar de fazer um grande esforço. "A oferta expira no momento em que sair por aquela porta. Estou entrevistando candidatos de uma lista muito curta e, assim que for embora, você nunca mais terá notícias nossas novamente."

"Então me diga," Gawain estalou os dedos.

"Quem tenho que matar? Estou cumprindo três perpétuas. Seu governo acha mais conveniente me ter no campo de batalha e depois me dar uma despedida adequada? Acho que alguém que mandou trinta homens do IRA e seus confederados para o inferno merecia mais."

"Pelo que ouvi, teve várias mulheres e crianças que não foram incluídas em seu julgamento," Shanahan não conseguiu se controlar. "Mesmo em um cenário tradicional de guerra, muito do que você fez colocaria alguém na frente de um esquadrão de tiro."

"Deixe eu perguntar uma coisa, Capitão," Gawain se inclinou para frente, atento. "Você ganhou suas medalhas salvando vida em cenários improváveis. Por que não mudamos de canal e espiamos um cidadão de East Side lutando contra fuzileiros mascarados do IRA, com sua esposa gritando e seus filhos se amontoando em cima dele. É o mesmo jogo, jogado de lados diferentes. Você usa suas medalhas com orgulho e, embora as minhas sejam invisíveis, eu também."

"Como disse, Gawain," Shanahan se levantou da cadeira, "é uma oferta que será feita uma vez só e, se você não aceitá-la, tenho outros caras com quem conversar."

"Você não me disse quem eu tenho que matar?"

"O que isso importa," Shanahan se arrependeria de ter perdido o controle, "para um bastardo assassino como você?"

"Você tem razão," Gawain brincou. "Não importa quem você segregou, tenho certeza de que será muito melhor do que ficar aqui."

"Bom," Shanahan bateu na porta fazendo com que fosse aberta rápida e imediatamente. "Entraremos em contato em breve."

"Por Deus e pela pátria," Gawain gritou atrás dele quando a porta se fechou.

Shanahan dirigiria de volta para Craigavon e beberia muitas doses de uísque irlandês no hotel mais próximo antes de passar um tempo excessivo no chuveiro para tirar todo aquele fedor psicológico da mente.

CAPÍTULO DOIS

A ASCENSÃO DO HACKER

Na manhã seguinte, Shanahan foi do Aeroporto Internacional de Belfast para o Aeroporto de Londres. Havia sido convocado para uma reunião com o Coronel Mark Shaughnessy, o lendário veterano da SAS que agora era uma figura chave em Downing Street. A reunião aconteceria no prédio da SIS, uma estrutura em ziguezague na Albert Embankment 85, próxima a Vauxhall Bridge, no rio Tamisa. Shaughnessy trabalhou em campo a maior parte da vida, enfim garantiu um trabalho no escritório depois de passar por uma cirurgia nos quadris. Embora caminhasse com uma bengala, ainda era uma figura imponente e Shanahan considerava uma honra o conhecer.

"Fico feliz que pôde entrevistar com sucesso o prisioneiro e decidir se era o que procurávamos," Shaughnessy revelou. Shanahan estava sentado confortavelmente na cadeira de couro a sua frente, em seu escritório luxuoso e conservador.

"Apenas liguei os pontos com ele, senhor. Minhas ordens eram de entrevistar os sujeitos da lista e fechar um acordo com o primeiro a aceitar."

"Qual a sua perspectiva, Capitão?" recostou seus 1,93m e seus 136 kg na cadeira giratória acolchoada.

"Recebi um dossiê sobre o sujeito. Confirmou minha opinião após o ocorrido."

"E?"

"Posso falar abertamente, senhor?"

"Absolutamente."

"Esse cara é a escória. Acho que está exatamente onde merece estar pelo resto da vida. Se algo der errado nessa missão, acredito que não terá ninguém para culparmos além de nós mesmos."

Shaughnessy se permitiu uma risada antes de cruzar as mãos em cima da enorme mesa de mogno.

"Quando se está nesse negócio há tanto tempo como eu, você começa a perceber a verdade quando dizem que a escória de fato chega no topo. Aqueles que passam pela polícia local e ganham a atenção das operações especiais normalmente são os piores dos piores. Para essa tarefa em particular, você precisará de alguém que se identifique facilmente a ralé. Esse sujeito foi feito por encomenda."

John Oliver Cromwell Gawain era o mais novo de quatro filhos nascido em uma família da classe trabalhadora em East Belfast. Seu pai era um membro conhecido e respeitado da Ulster Defense Association. Após um tiroteio no trânsito em West Belfast, quando Gawain tinha seis anos, o oficial do IRA confundiu seu pai com atirador. Ordenaram que sua morte servisse de aviso e exemplo para os outros. Um esquadrão foi enviado à casa de Gawain e seu pai foi executado depois de sua mãe ser estuprada e estrangulada na frente de toda a família.

Dizem que Gawain perdeu sua alma aquela noite. O garotinho agradável e espirituoso se tornou um jovem problemático quando ele e seus irmãos foram separados em lares adotivos. Ficou obcecado por lutas e vivia em centros de jovens procurando com quem lutar. Depois que o centro fechou, passava as noites nas ruas com as gangues e, quando chegou à liderança, começou a matar aula. Simpatizava com os Apprentice Boys, uma força paramilitar júnior cujo regimento trazia à tona o melhor dele. Seus pais adotivos passaram a tratá-lo com mais carinho quando descobriram que estava sob a tutela da UDA. Quando chegou à adolescência, os grandões começaram a prepará-lo para ser um membro efetivo.

Depois de sua passagem pelo Ulster Young Militants, foi realocado na C Company do 3rd Battalion of the Ulster Freedom Fighters sob o comando de Johnny "Mad Dog" Adair. A liderança do UFF gostou do rapaz e previu grandes feitos para ele. Após o Good Friday Agreement de 1998 entrar em vigor, Gawain ganhou seu próprio pelotão para liderar. Rapidamente dominaram o mercado local de cigarros contrabandeados e tráfico de drogas e cada vez mais líderes iam até ele devido a sua habilidade de mover as mercadorias e rapidamente ter lucro. Gawain logo se tornou um dos maiores traficantes de Shankill Road o que o levou a entrar em conflito com o Continuity IRA.

Após o cessar fogo do GFA, o Continuity IRA e o Real IRA eram os únicos dissidentes que restaram em Ulster. O conflito passou de político a mercenário já que os dois lados buscavam controlar o mercado negro local. O UDA e suas ramificações entraram em uma guerra feroz com as facções do IRA pelas ruas da Irlanda do Norte. Gawain logo obteve uma reputação de um dos mais odiados e temidos assassinos de católicos.

"Então por que o chamam de Hacker, ele é bom com computadores e esse tipo de coisa?" Shanahan perguntou.

"Não exatamente," Shaughnessy franziu o cenho. "Ele tem a reputação de bater nas vítimas com a parte detrás das lâminas durante os interrogatórios. Quando o cabo muda em suas mãos, seja acidentalmente ou de propósito, ele acaba "invadindo" as vítimas. Deixa a maioria gravemente ferida, mutilada ou morta."

"Sujeito maravilhoso," Shanahan foi curto e grosso. "Senhor, você sabe que venho de uma família irlandesa católica. Não tenho certeza se serei o homem certo para essa missão."

"Isso é parte do que o torna ideal para o trabalho," o Coronel argumentou. "Esse cara é extremamente esperto e inteligente. É arrogante e calculista, uma descrição de livro de um oportunista cruel. O maior perigo seria ele enganar você. Estou bastante confiante de que esse não é o caso."

"Lógica perfeita, senhor," Shanahan não quis ofender. "Quem pode estar nos esperando do outro lado desse ninho de cobras?"

"Esse cara," Shaughnessy passou um segundo dossiê para Shanahan. "Enrique Chupacabra, nome verdadeiro, Muniz. Você fala sobre podridão, esse cara é um dos piores que vai encontrar. Ele é de Medelín, Colômbia, um dos maiores executores do Cartel de Medelín. Essa é a questão que estamos enfrentando, Capitão. Chupacabra e sua gangue tem convertido grande quantidade de dinheiro em barras de ouro por toda a rede internacional do cartel. Estamos falando de um território que vai da América do Sul até a fronteira do Canadá. Tenho certeza que tem lido nos jornais sobre uma mudança global proposta para a uma economia padrão ouro. O Primeiro Ministro certeza de que esses caras pretendem obter uma grande vantagem nessa questão."

"Então o PM quer que eu jogue esse merda no caminho de Maghaberry para que não possa comprar muito ouro," Shanahan deduziu.

"É um pouco mais complicado do que isso," o Coronel explicou. "Chupacabra é apenas um fantoche nesse ponto. Nem ele e nem seu pessoal têm cérebro ou recursos para jogar esse tipo de jogo. Tem alguém acima deles dando as ordens e temos que descobrir quem é."

"E se criarmos um problemão, talvez alguém saia detrás das cortinas para limpar a bagunça," Shanahan foi irônico.

"Capitão, deixe eu ser mais preciso e ir direto ao ponto," Shaughnessy se recostou. "Você foi muito bem recomendado para essa missão. Tem um excelente histórico, é muito querido e respeitado. É conhecido por sua inteligência, coragem e habilidade inata. Por mais que odiamos ver um homem como você se retirar do trabalho de campo, todos nós sabemos que o trabalho no escritório é um grande prêmio nesse negócio. Homens como você, que fazem tanto servindo Sua Majestade, são grandes merecedores. No entanto, vai precisar de um último empurrão para que chegue ao próximo nível. Eu ficaria mais do que feliz em dar esse empurrão. Ainda assim, as apostas são muito altas tanto do nosso ponto de vista quanto do Primeiro Ministro e da Coroa. Vamos abordar essa missão com o devido cuidado e evitar sermos zelosos demais ou presunçosos. Não podemos deixar essa grande oportunidade descambar para uma crise que poderia prejudicar nossa nação."

"Você está coberto de razão, senhor," Shanahan rapidamente concordou com seu superior. "Não tenho motivos para não manter tudo em perspectiva. Como devemos abordar essa questão?"

"As fraquezas de Chupacabra são comuns: sexo, bebida, drogas e jogo, os Quatro Cavaleiros do Apocalipse," Shaughnessy explicou. "Acreditamos que a brecha em sua armadura seja o jogo. Ele gosta de participar de jogos de alto risco em eventos de alto nível, adora ser visto em público. É o único momento que alguém pode realmente se aproximar dele. Mesmo em público, ele anda com seis a doze seguranças armados. É conhecido por reservar todas as suítes da cobertura para garantir sua privacidade e alugar seu próprio Lear Jet. Sempre está acompanhado de belas mulheres, mas as trata como bichinhos de estimação, sendo assim, elas não são uma forma de chegar até ele. Seu papel é ser um solucionador de problemas e emissário, se é que se pode chamar assim. Elimina o congestionamento no caminho da droga e se reúne com conexões rivais quando necessário para garantir que as coisas fluam sem problemas. Quando se envolve, normalmente significa que alguém vai morrer. Ele opera na Costa Leste, Caribe e Golfo do México, e passa a maior parte do tempo entre Nova Iorque, Miami e Houston. É convocado uma vez por mês e passa um final de semana em Medelín antes de voltar ao circuito."

"Está planejando que Gawain mate o sujeito?"

"O que planejamos é que Gawain tire Chupacabra do caminho," Shaughnessy disse de forma categórica. "Chupacabra é imprevisível. Aparentemente ele tem as costas quentes com alguns grandões do Cartel que impedem que seja descartado. Ele já matou um prefeito, um congressista, um xerife e alguns policiais. Uma vez estava atrás de um governador até o Cartel fazer com que desistisse. Nossos contatos nos EUA disseram que mais uma deslizada desse tamanho pode ser o suficiente para o colocar em um caixão. Espero que Gawain faça essa proeza."

"Por que os americanos não fazem o trabalho pesado?"

"Francamente, não podemos arriscar que eles durmam no ponto," o Coronel respondeu. "Eles estão no meio de uma grande transição política e vão se preocupar mais com quem vai chegar ao poder antes de se concentrar na economia. Infelizmente, a Coroa não pode se dar ao luxo. Se houver algum tipo de conspiração acontecendo entre os cartéis de droga e uma rede terrorista como a Al Qaeda ou mesmo com uma nação desonesta como o Irã ou a Coréia do Norte, uma quebra no sistema padrão do outro pode nos colocar em uma depressão."

"Detesto pensar que meu sucesso ou fracasso possa ter uma influência direta em tal cenário," Shanahan hesitou.

"Não completamente, mas se pudermos descobrir o que os cartéis estão tramando para comprarem todo esse ouro e quais são seus planos, isso terá um efeito significativo no que está por vir," o Coronel garantiu. "Sua missão é se reportar ao nosso pessoal em Montreal, onde Gawain também será levado para uma reunião. Eles vão prepará-los para seu encontro em Nova Iorque, onde Gawain entrará em ação contra o Chupacabra."

"Como farei isso?"

"Fornecemos instruções detalhadas," Shaughnessy empurrou outra pasta em direção de Shanahan. "Tem informações de contato além de acomodações, mapas das áreas em que trabalhará, tudo o que precisa saber. Seu avião parte amanhã de manhã. Gawain será levado a Montreal para a reunião em um horário e local a ser determinados."

Shanahan voltou para seu veículo e se dirigiu novamente ao Hotel Europa, preparando-se mentalmente para encarar mais uma vez o homem que abominava.

Mas dessa vez, Jack Gawain seria um homem livre trabalhando para o serviço secreto de Sua Majestade.

CAPÍTULO TRÊS

Dias se passaram desde a soltura de Jack Gawain da Maghaberry HMP e sua reunião com Capitão William Shanahan e outros agentes do MI6 em Montreal, no Canadá. A cidade canadense lendária se tornou o ponto de encontro de outro grupo que estabeleceria as bases para a catástrofe global que seria conhecida como Operação Blackout.

O discurso do presidente da Tea Party, Paul Wallace, em Nova Iorque foi o gatilho que os participantes da reunião estavam esperando. A reunião foi confirmada por telefone e e-mail logo após a coletiva de imprensa ocorrida na Tea Party ter sido nacionalmente publicada. Embora o discurso tivesse ramificações imensas para os governos e instituições financeiras ao redor do mundo, ele era de vital importância para esse grupo em particular.

Wallace anunciou que a Tea Party usaria sua influência nacional para incitar os líderes Republicanos a tomarem medidas imediatas para iniciarem um tão aguardado retorno do padrão do ouro nos Estados Unidos da América. A grande estratégia era nomear uma Comissão do Ouro para supervisionar a ligação entre o Dólar e a reserva nacional de ouro. Seria o último esforço do governo para restaurar o equilíbrio do orçamento Federal frente a uma depressão mundial.

"A criação da Comissão do Ouro nos dará uma base para estabelecer o padrão mundial do ouro nesse novo século," Wallace declarou perante a imprensa mundial em um discurso na sala de conferências na Bolsa de Valores de Nova Iorque. "Isso vai restaurar a segurança financeira e a independência econômica do povo americano e da comunidade global. Isso nos libertará da insolvência do Dólar em papel imposta pelos feitiços financeiros e pelos conglomerados bancários. Retornará o controle sobre nossa economia futura da Wall Street até a Main Street em nosso país. Salvará nosso sistema de Seguro Social, restabelecerá o controle orçamentário dos Estados nos EUA, congelará o preço das energias e trará estabilidade ao mercado de ações. Isso garantiria a estabilidade financeira de nossa classe média, acabaria com a Grande Recessão e nos garantirá um crescimento econômico anual de 4%."

Incitou o congresso a se reunir com os líderes Republicanos e da Tea Party em um esforço para aprovarem a legislação, restaurar o padrão do ouro e criar a Comissão do Ouro. Insistiu que apenas uma organização conjunta do público americano poderia conter os efeitos de uma depressão global iminente que poderia levar à destruição financeira de governos mundiais nos próximos meses.

"Fico feliz que todos vocês tenham conseguido arrumar um tempo em suas agendas lotadas para virem a essa reunião," o homem alto e corpulento apareceu em frente à sala de conferência Le Lutetia no luxuoso Hotel de la Montagne, no centro de Montreal. Receberam coquetéis no bar particular antes de sentarem para assistirem uma fita do discurso de Wallace. "Vou apresentar todos os nossos convidados de honra, da direita para a esquerda, para que todos fiquem familiarizados. Pedirei que cada um faça comentários adicionais para nos esclarecer as intenções das pessoas que representam."

"Eu sou Amschel Bauer," continuou. "Invisto em barras de ouro. Represento uma rede do que vocês chamariam de bilionários que têm interesses em toda a Europa e Oriente Médio. Como podem ver no vídeo, esse chamado movimento de base ameaça mudar o comércio internacional e as finanças ao redor do globo. Meus associados acreditam que, através de um esforço coordenado próprio e reunindo nossos recursos, podemos sabotar esses planos e capitalizar um colapso financeiro que pode e nos trará o domínio da economia mundial."

"Primeiro, deixe-me apresentar nosso anfitrião, Nathan Schnaper. Foi ele quem atenciosamente organizou nosso encontro hoje. Ele é o presidente do que poderia ser chamado de forma ampla de Comissão dos Sindicatos Canadenses. Embora muita gente acredite que o crime organizado tenha sido eliminado no Canadá, seus associados em Montreal, Toronto, Vancouver, Edmonton e outas grandes cidades pensam o contrário." Schnaper ficou em silêncio e fez uma saudação com a mão.

"O próximo é Tony Ramos, o presidente do Mara Salvatruch, ou MS-13, em Los Angeles. O MS-13 é uma organização transnacional que supervisiona o tráfico de drogas da Califórnia à Nova Iorque junto com seus associados do Caribe e ao longo da fronteira com o México." Ramos cumprimentou a todos em espanhol antes de acender um cigarro.

"A sua esquerda está Alberto Calix, *el patron* do cartel de drogas da Cidade do México. Sr. Calix fez milagres ao unir as diversas facções ao longo do México, trazendo paz ao submundo e ganhando bilhões de Dólares no processo."

"Estou muito feliz de estar aqui," Calix sorriu mostrando os dentes de ouro.

"Também temos conosco Ernesto Guzman da Máfia Mexicana. Sr. Guzman é um filipino treinado pela CIA em sua terra natal e forneceu à infraestrutura da MM uma riqueza de conhecimento aliada à sua hábil capacidade de liderança. Ele opera no Sul do Texas e, nas próximas semanas, terá uma vasta contribuição através de seus contatos."

"Sentado à sua esquerda está Julio Cruz, representando o Sindicato Cubano que opera em Miami. Os associados de Sr. Cruz estabeleceram uma confederação de franquias que tomaram o controle de grande parte da costa sudeste e, ao fazerem isso, garantiram o monopólio da maior parte do comércio de drogas do Caribe."

"Ao seu lado temos Enrique Chupacabra que representa o Cartel de Medelín na Colômbia. Sr. Chupacabra supervisiona as operações diárias do cartel de L.A. à Nova Iorque e garante o fornecimento de narcóticos vindos da América do Sul às franquias da América do Norte."

"Enfim, temos William Bruce que fala em nome do Conselho Europeu. O Conselho é outra confederação de grupos do crime organizado que se estende do Reino Unido ao Mediterrâneo. Ironicamente, o próprio Conselho da Europa é o arqui-inimigo dos associados de Bruce. Acreditam que é de seu interesse estabelecerem laços com seus parceiros nas Américas para que tenham rotas alternativas para expandirem suas operações."

"É um prazer estar aqui," William Shanahan cumprimentou a todos. MI6 arranjou um disfarce em conjunto com a EUROPOL, criando uma rede falsa em todo o Continente. Trabalharam com as conexões de Bauer por meses e enfim os convenceram que eram legítimos, o que levou Shanahan a ser convidado para a reunião.

"O Conselho se autodenomina o Conselho," Alberto Calix brincou. "Excelente ideia. Vou abordar meus parceiros para nos renomear de *Los Federales*." Os outros gargalharam com ele.

"Cavalheiros," Bauer chamou a atenção de todos. "Como viram e ouviram na transmissão, o padrão do ouro vai redefinir a comunidade bancária internacional e vai restaurar o equilíbrio do poder econômico ao redor do globo. Ao contrário do sistema eletrônico atual, essa nova estrutura vai se basear na riqueza material em oposição aos valores existentes no cyber espaço. Aí reside sua fraqueza. Antes, podíamos enganar e manipular o sistema cibernético para que os recursos fossem redistribuídos e, somente depois do erro ser detectado e encontrado, poderiam restaurar o sistema. Agora, uma vez que compramos, roubamos ou destruímos o recurso físico, quando acabar, ele acabou."

"Se esse é o caso, por que alguém pensaria em destruir o ouro?" Calix insistiu. "Qualquer coisa pode ser roubada, dado um tempo, um lugar e uma oportunidade. Como você disse, quando acabar, acabou."

"Talvez não destruir," Bauer respondeu. "Digamos que tornar irrecuperável ou inutilizável para a competição. Se tivermos acesso a nossos recursos e a competição não, então nós teremos o poder naquele dado momento."

"Como vamos ter mais dinheiro em jogo do que alguma das potências mundiais?" Schnaper apertou os olhos.

"A dívida mundial dos Estados Unidos é de dezesseis trilhões de Dólares," Bauer apontou. "Isso é dezesseis mil milhões de Dólares. Meus amigos, se conseguirmos acumular dezesseis bilhões de Dólares em dezesseis mil lugares isolados e fortificados ao redor do planeta, teremos o bastante para igualar a quantia que o país mais rico da história está devendo. Nesse momento, se pudermos apreender ou congelar os recursos de alguma ou de todas as nações do G8, será fácil de perceber que nos tornamos o conglomerado financeiro mais poderoso do mundo."

"Estou começando a achar que sua imaginação está prejudicando seu julgamento, meu amigo," Cruz balançou a cabeça. "Digamos que, de fato, eu e meus associados realmente temos dezesseis bilhões de Dólares em recursos. Se consolidássemos todos esses recursos e os convertêssemos em ouro, nosso negócio desmoronaria. É preciso de dinheiro para fazer dinheiro e trocar as fichas significa ele está saindo do jogo. Não podemos bancar e, nem queremos, vender tudo para participarmos desse esquema. E mesmo que o fizéssemos, isso seria somente 1/16 de seus bilhões. Não vejo 999 outros homens sentados nessa sala."

"Excelente ponto," Bauer concordou. "Vamos partir dessa perspectiva. Assim que o padrão do ouro for estabelecido, todo o sistema de dívidas teria que ser recalibrado. Ou o valor do ouro aumentaria ou a dívida total seria recalculada. É por isso que os americanos se mudaram e esmagaram os predadores imobiliários em todo o país. Você não pode manter um homem com uma dívida de dois milhões de Dólares se a casa que ele hipotecou só vale duzentos mil. Se o total de recursos em ouro no mercado internacional for de apenas nove trilhões, então, não somente o valor do ouro vai aumentar como a dívida mundial vai diminuir. É durante essa reorganização que atacamos."

"Conte-nos sobre seu plano," Guzman mastigava um chiclete de forma furtiva. "Deixe-nos saber como pretende fazer isso tudo acontecer."

Bauer passou a explicar uma grande estratégia que os deixar com ouro nos corações, almas e mentes.

Quando Shanahan voltou ao lobby quase uma hora mais tarde, encontrou Jack Gawain fazendo um circo no meio de um grupo de guarda-costas que esperavam para receber suas próprias ordens. Gawain estava no meio de uma história e parecia que os outros estavam tendo dificuldade em manter a compostura.

"Então, o cara ouve a polícia arrombar a porta com o aríete," Gawain explicava, "e a garota grita com ele, 'Tira! Tira! Aí ele continua tentando dizer a ela, 'Precisa se acalmar, garota, sua bunda está muito apertada. Se não se acalmar, não vai sair!"

Shanahan permaneceu à distância, observando perplexo quando um dos homens armados enxugou uma lágrima dos olhos de tanto rir.

"Nesse momento, os tiras derrubaram a porta, agarraram Jimmy e esmagaram a cara dele na parede," Gawain continuou. "A garota pirou naquele momento, abriu a porta do pátio e saiu correndo pelos quintais do quarteirão. Lá estava, uma mulher nua correndo só de salto alto e com um rabo de cavalo metido no traseiro."

"*No mas, no mas!*" um dos pistoleiros de Cruz parecia mijar nas calças enquanto tremia de tanto rir.

"Agora, espere," Gawain insistiu. "Aqui vai o mais incrível. Ela correu, mas o quintal parecia estar deserto atrás dela. Alguns minutos depois, uns garotos saem correndo de casa e a perseguem com um laço."

"Encantador," Shanahan se aproximou. "Melhor irmos andando, temos um avião para pegar. Existem considerações sérias a serem feitas e, como dizem, Deus ajuda quem cedo madruga."

Os dois se despediram dos pistoleiros que esperavam por suas ordens. Caminharam juntos em silêncio até o elevador e permaneceram assim até chegarem a faixa de pedestres que levava à garagem. Somente quando chegaram do outro lado, Gawain fez um sinal para que Shanahan parasse.

"Vamos agora, pare de brincadeiras," Shanahan estava irritado. "Não disse que temos que estar no aeroporto amanhã para o primeiro voo?"

"Espera, Gummo," Gawain acenou em direção ao andar debaixo onde Julio Cruz e seus pistoleiros entravam em um carro alugado. Ele pegou um celular descartável e observou o veículo se preparando para partir.

"O que diabos você está fazendo?" Shanahan insistiu.

"Só olha, mano," Gawain insistiu.

Shanahan continuou observando e sua impaciência imediatamente se transformou em assombro quando o carro alugado explodiu com um estrondo ensurdecedor. A explosão foi tão poderosa que arrancou um enorme pedaço de concreto da parede da garagem, que caiu na rua enquanto os transeuntes fugiam para se proteger. Estilhaços de metal e vidro em chamas eram como pedaços de uma bomba que levavam tudo que estava em seu caminho. Shanahan olhava apavorado conforme a fumaça e as chamas emergiam do veículo sem sinal de sobreviventes.

"Aí está," Gawain sorriu de forma maliciosa e atirou o celular por cima do parapeito, fazendo o aparelho se estilhaçar na calçada. "Diria que vencemos o primeiro round. Indo para o segundo. Lá vamos nós."

Shanahan ficou dividido entre a necessidade de fugir das sirenes da polícia que se aproximavam e a vontade de atirar Gawain da garagem do quarto andar. De forma relutante, escolheu a primeira, correu pelas escadas com Gawain atrás dele enquanto se apressavam para entrar no carro alugado e fugir da cena do assassinato improvisado.

CAPÍTULO QUATRO

Chegaram ao Aeroporto Internacional de Newark aquela noite e William Shanahan estava tão nervoso quanto Jack Gawain estava indiferente. Nenhum deles jogou conversa fora e era quase como se conversassem por telepatia já que odiavam ser o primeiro a quebrar o gelo. No entanto, não conseguiram não se impressionar com sua primeira visita à América. Quando um parava em uma vitrine, o outro entrava igualmente impressionado, caso contrário, seguiam em frente. Ao chegarem na frente da Ruby Tuesday, deram de ombros, assentiram e entraram. Por dentro, sentiam-se infantis pela forma como agiam. Ainda assim, Shanahan sentia como se estivesse sendo forçado a acompanhar um ladrão e assassino enquanto Gawain se menosprezava por ter feito um acordo com um milico.

Pediram bebidas no bar e imediatamente voltaram sua atenção para enorme TV de plasma. Gawain perdeu rapidamente o interesse e começou a olhar ao redor, para a multidão que passava, entrava e saia do local. Logo viu aeromoças adoráveis entrando e sentando em uma mesa do outro lado do local.

"Vou conferir e ver se podemos sentar com elas," Gawain decidiu.

"Claro que vai," Shanahan resmungou. "Vá e tente a sorte."

Shanahan observou com o canto dos olhos quando Gawain se aproximou e se apresentou. Ainda estava desconsertado com os eventos do dia anterior. Ainda não entrara em contato com Downing Street e estava bastante preocupado em como o MI6 iria reagir. Shaughnessy indubitavelmente perguntaria o que motivara o ato terrorista de Gawain e Shanahan ainda precisava descobrir isso ou perguntar a Gawain sobre isso. Nunca tinha visto algo tão errático ou irresponsável na vida e pretendia arregimentar essa operação o mais rápido possível.

Para sua surpresa, Gawain voltou com um enorme sorriso no rosto.

"Por elas, tudo bem, vamos lá."

Shanahan obedientemente seguiu Gawain até a mesa, ambos levando suas bebidas. Imediatamente foi surpreendido pelas aeromoças quando se aproximaram. A loira escultural era parecida com Nicole Kidman, a mulher mais linda que já vira, na sua opinião. A ruiva não era tão linda, mas tinha uma sensualidade que aprecia transparecer em sua aura.

"William, essa é Morgana e essa é Fianna," Gawain fez as apresentações. "Garotas, esse é meu associado, William. Estamos em uma viagem de negócios em nome da Universal Exports de Londres."

"Prazer em conhecê-lo," exibiam um sorriso no rosto.

"As garotas trabalham para a Aer Lingus," Gawain explicou. "Disseram que ficam indo e vindo de Londres, Escócia e da República o tempo todo.

Acho que foi uma falta de sorte não termos nos cruzado antes. Agora é um bom momento como qualquer outro e, se acontecer algo como ontem novamente, pelo menos teremos dois anjos para nos escoltar."

"Tudo bem, vou concordar," Morgana revirou os olhos ainda sorrindo para William. "O que aconteceu ontem?"

"Bem, voltávamos para o carro quando houve uma explosão do outro lado da rua onde estávamos," Gawain explicou. "William ficou bastante calmo, mas eu nunca senti tanto medo na minha vida. Consegue imaginar, aposto que viu na televisão sobre os traficantes em Montreal. Fiquei abalado a maior parte da tarde. Disse para William, aqui estou eu, na minha primeira viagem de negócios e me mandam para o meio de uma zona de guerra. Espero que as coisas se resolvam para que os trabalhadores sejam indenizados."

"Estavam lá quando aquilo aconteceu!" Os olhos de Fianna se arregalaram enquanto William só conseguia encarar Gawain sem acreditar no que ouvia. "Nossa, deve ter sido uma visão!"

"Sabe, estou prestes a contar tudo a respeito disso, mas acho que estão tocando nossa música, não?"

"O quê?" Fianna olhou ao redor. "É só a música ambiente do bar."

"E você nunca dançou com música ambiente?"

Gawain olhou na direção de William e Morgana, e Fianna o mirou com um sorriso vivo enquanto o acompanhava até o espaço existente ao lado do palco vazio.

"Então, como está se sentindo?" Morgana sorriu para William.

"Estou bem, obrigado," respondeu e se inclinou

ligeiramente em sua direção. "Digo, sem querer parecer rude ou algo assim, mas parece que estou perdendo algo por aqui. Todo mundo parece achar engraçado algo que não estou entendendo."

"Bem," ela tentou parecer séria, "ele disse que você só tinha três meses de vida e que seria gentil de nossa parte deixar que se sentassem com a gente."

"Ele disse..." William se espantou e depois olhou para Gawain e Fianna dançando. Olhou de volta para Morgana e abriu um grande sorriso. "Com certeza ele é uma figura, não?"

"Foi uma cantada um tanto incomum," sua risada parecia o som de um sino. William fora atingido pelo raio irlandês e não se lembrava da última vez que se sentira tão hesitante. "Você não parece muito doente e não parece sentir pena de si mesmo."

"Bem, tento guardar minha pena para ele," William respondeu. "Ele é meio doente mental, sabe."

"Simplesmente amo esses sotaques," ela sorriu. "Não é apenas mais uma de suas cantadas, é?"

"Na verdade, nós dois somos de Belfast. Ou pelo menos foi o que ele me disse."

"Não aprece que trabalham juntos a muito tempo," ela refletiu.

"E quanto a vocês duas?" Shanahan moveu a cabeça na direção de Fianna que, naquele momento, girava com Gawain sob o som de uma versão de 'Peppermint Twist'.

"Saímos ao mesmo tempo do treinamento e fomos designadas para a mesma escala," ela tomou um gole de sua bebida. "Decidimos morar juntas, então conseguimos um apartamento perto de Soho, em Village. Nosso supervisor faz com que nos escalem para os mesmos voos, então isso funciona bem."

"Cara," Gawain trouxe Fianna de volta à mesa, "a garota disse que não comeram nada até agora. Por que não usa um pouco desse seu dinheiro e nos leva para almoçar? Tenho certeza que poderia comer alguma coisa e não queremos que essa outra adorável dama também fique com fome."

Foram para o Phillips Seafood no Terminal A, onde as garotas pediram ensopado de caranguejo e os homens escolheram creme de lagosta. Gawain fez Shanahan pagar uma rodada de margaritas, depois outra e mais outra até que Shanahan e Morgana decidiram que já haviam bebido o bastante.

"Temos um voo para Londres pela manhã," Morgana explicou. "Odeio ser estraga prazeres, mas se bebermos mais estamos sujeitas a sermos largadas em qualquer lugar de Jersey e não saberíamos a diferença."

"Pegarei o número da placa para garantir e, se ele tentar algo do tipo, nós o encontraremos e lhe darem uma bela surra," Gawain insistiu.

"Oh, isso não seria ruim!" Fianna brincou e apertou seu braço. "É um cara grandão, para começar. Você vai mantê-lo longe de problemas, não vai, Bill?"

"William," ele a corrigiu de forma gentil. "Não tenho certeza se alguém pode manter esse cara longe de problemas, mas você, com certeza, pode tentar."

"Bem, apenas garanta que ele não exploda mais nenhum aeroporto," Morgana deu um tapinha de brincadeira no braço de William que suava frio.

"Um, eu...farei o que puder," ele respondeu.

Ao longo do dia, William teve dificuldade em conciliar a besta assassina que conhecia com o sujeito brincalhão e espirituoso que causara uma ótima impressão nas garotas. Ele contou ótimas histórias, tinha um comentário engraçado sempre pronto e, no geral, parecia um irmão mais novo travesso. William passou a maior parte da tarde desconstruindo e reconstruindo a imagem que tinha de Gawain ao mesmo tempo em que tentava não se deixar dominar pela voluptuosa Morgana.

Enfim, escoltaram as garotas até o ponto de táxi e se despediram, Gawain conseguiu um cartão de visita e um beijo de Fianna enquanto William e Morgana deram um aperto de mãos.

"Bem, então," William deu um grande sorriso, "não duvido que esses dois se encontrem novamente em breve. Talvez possamos ir junto para mantê-los longe de problemas."

"Achei que tinha dito que não faria isso," ela o provocou.

"Nesse caso, talvez eu venha junto para manter você longe de problemas."

"Acha que faria isso?"

"Pode apostar."

"Essa é a coisa mais ousada que disse durante todo o dia," ela passou rapidamente o dedo na lapela de seu paletó.

"Não queria que nada estragasse o momento," William mirou dentro de seus olhos.

"Que momento é esse?" ela sorriu.

"Hey, Mor, o táxi está aqui," Fianna chamou enquanto Gawain brincava com seus ombros.

"Mor?" William mexeu com ela. "Prefiro Morgana."

"Sim, um mulherengo como você," ela brincou. "Esquecerá meu nome assim que chegar em casa."

"Tenho certeza de que o falarei dormindo," gentilmente ele beijou sua mão.

Acompanhou-a, maravilhado com sua aparência deslumbrante e quando chegaram no táxi, Gawain tentava tirar o sapato de Fianna. Ele ganhou um último beijo antes de Morgana entrar no táxi e partirem em direção à estrada.

"Você me deve uma, não é, mano?" Gawain acenou para o táxi.

"Como pode ver," Shanahan respondeu de forma tensa. Conseguiu fazer sinal para outro táxi, subiram no veículo e se dirigiram para o próximo destino nessa viagem surreal.

Tinham reservas no Surrey, um luxuosa boutique hotel na East 76th Street, próxima ao Central Park. Shanahan pegou o Mercedes Benz 550i na locadora Hertz e foram discutindo sobre o trânsito enquanto voltavam pela East Side de Manhattan, onde estacionaram no último andar de uma garagem não muito longe do hotel.

"Certo, olhe," Shanahan caminhou ao lado de Gawain até o elevador. "Obviamente não desmantelaram essa operação com o golpe que você deu. Talvez você possa me dar uma ideia do que se passou na sua cabeça?"

"Vamos deixar uma coisa clara aqui, cara," Gawain sorriu de forma tensa. "Se quisesse morrer, poderia ter conseguido isso facilmente na prisão. Seu pessoal me deu a chance de sair dessa como um homem livre e eu não pretendo que isso queira dizer como um homem morto. Sua missão de escoteiro pode ser uma prioridade para você, mas minha vida vem em primeiro lugar para mim. Se me quer nesse trabalho, ele terá que ser feito direito. Nesse momento, o pessoal de Cruz sabe que ele entrou em um carro-bomba e acontece que Chupacabra estava na mesma reunião.

O Sindicato Cubano deve estar pensando que os colombianos foram os mandantes do atentado contra Cruz. Quando a notícia vazar, o que já aconteceu, os cubanos vão ligar para os colombianos para falar sobre entrarem em guerra. Claro, os colombianos não sabem de nada e vão ligar para Chupacabra para descobrirem o que está acontecendo. Agora, seu pessoal nos disse que eles já estão de olho nele. Se estiverem furiosos com ele como parece, então ele ficará desconfiado depois disso, certo?"

"Certo," Shanahan admitiu. "E?"

"Ora, mano," Gawain sorriu. "De todas as pessoas daquela reunião, você deve ser o menos suspeito. Esses latinos estão observando uns aos outros, não estão imaginando que uns pobre coitados da máfia europeia iriam vir até aqui para começarem uma guerra entre gangues. Além disso, amanhã à noite, Chupacabra vai olhar para o outro lado da mesa do casino e verá minha cara de felicidade. Mesmo que fale com eles ou não, ou acreditando ou não neles, ainda assim ele sentirá algo no ar. Vou dizer uma coisa, amigo, esse jogo de pôquer será a última coisa na qual estará pensando."

"Onde conseguiu as coisas para fazer aquela bomba?" Shanahan exigiu saber.

"Oh, algumas coisas da loja de materiais de construção. Uma hora, mostro como fazer."

"Imaginou que poderia ter mulheres e crianças no local?"

"Aye, mas não tinha, não é mesmo?" Gawain sorriu.

"Tudo bem," Shanahan resmungou. "Vou ter de ligar para Londres para obter mais instruções. Quero que volte para o hotel e não faça bobagens. Amanhã temos que pegar um voo para Atlantic City e precisamos estar preparados. Tenho um contato muito importante para fazer enquanto você tenta esfolar Chupacabra. Descanse, prepare-se psicologicamente e esteja pronto. Entendeu?”

“Só tenha a certeza de estar me dando cobertura, Gummo,” Gawain olhou para as instruções impressas e se dirigiu para o hotel.

“É uma visão mais bonita do que ver você de frente,” Shanahan retrucou quando Gawain lhe mostrou o dedo do meio antes de descer as escadas que levavam à rua.

CAPÍTULO CINCO

William Shanahan acordou cedo naquela manhã e correr no Central Parque antes de voltar ao hotel para tomar banho e o café da manhã. Estava um dia agradável e pensou em procurar uma academia próxima para malhar à tarde. Poderia recarregar as baterias malhando exatamente como o fez ao se encontrar com a natureza. Sabia que o esperavam em Atlantic City naquela noite e queria estar preparado mental, física e psicologicamente para lidar com a situação.

Estava fazendo o possível para ignorar o encontro com Morgana McLaren no dia anterior. Embora ela fosse a mulher mais linda que já encontrara, precisava manter o foco. Se permitisse que as coisas fossem adiante e se tornassem séria, perderia a chance de se casar com uma mulher da sociedade de Londres. Essa poderia ser a decisão mais difícil de sua vida, mas esse era o ponto. O que era mais importante, dinheiro ou felicidade? Não tinha dúvidas de que acordar todos os dias ao lado de uma mulher como aquela seria o sonho de todos os homens. Ainda assim, e se ela ficasse frígida aos quarenta? Seria a tragédia final por ter abandonado uma vida de prestígio e fortuna.

O problema que teria seria com Gawain. O vira-lata assassino perseguiria Fianna Hesher como uma cadela no cio. Sem dúvida, estavam organizando um encontro duplo e qualquer um em sã consciência dificilmente recusaria a oportunidade. Ainda assim, percebeu que teria que fazer o possível para manter a cabeça no lugar em relação à Morgana para não cair em seu feitiço irresistível. Poderia sair para beber e jantar, ficar ela, possivelmente até dormir com ela, mas nunca se comprometer. Se isso acontecesse, todo o seu plano de vida poderia sair dos trilhos com um movimento em falso.

Ficou feliz em poder conhecer o Central Park, sentir o cheiro das árvores, da grama e dos arbustos. Viu mais de uma moça adorável correndo e, a julgar pela expressão em seus rostos, não teria dificuldade em se aproximar e se apresentar. Poderia ter corrido com ela até se cansarem, depois oferecer-se para pagar um suco de frutas ou talvez um refrigerante. Uma coisa levaria a outra e ele tinha um maravilhoso quarto de hotel para um encontro. Seria um encontro maravilhoso se não fosse pela maldita missão e o maldito Gawain.

Normalmente pegava as mulheres mais lindas com quem cruzara, mas nenhuma era tão linda quanto Morgana. No entanto, parecia que aquelas com recursos e privilégios eram as que o iludiam. Tinha que se concentrar no fato de que o sucesso nessa missão renderia a oportunidade de trabalhar em Downing Street, conhecer as melhores pessoas, ir às melhores festas e conhecer as mulheres certas. Por mais que suas mãos se sujassem ou comprometesse seus princípios, era imperativo que ficasse de olho no prêmio e fazer as coisas acontecerem.

O feedback que recebeu do MI6 foi bastante encorajador. Ligou para eles ao amanhecer e contou o que Gawain tinha feito. Já tinham coletado informações e juntado os pontos, mas decidiram esperar pelo relatório de Shanahan antes de julgarem. Na opinião deles, Gawain fez uma bela jogada pois teve o efeito desejado. Os cubanos suspeitaram imediatamente de Chupacabra e levou muito tempo para que os colombianos os convencessem de que não eram os autores. O MI6 insistiu que o mais importante naquela conjuntura era manter Gawain empolgado e com total confiança de que poderia prejudicar Chupacabra mais ainda naquela noite em Atlantic City.

Shanahan tinha o hábito de deixar o celular no quarto de hotel quando saía para correr. Recusava-se a deixar que algo interferisse enquanto recarregava sua bateria e isso incluía ser tirado de seu sono. Sabia que era uma arma letal quando tinha malhado e descansado e, o cuidado especial que dava a seu corpo perfeito, valiam a inconveniência que suas idiossincrasias poderiam custar a seus superiores. Além disso, sua regra geral era de que, se uma tragédia acontecesse, pouco poderia fazer enquanto dormia ou corria no parque.

"Senhor," a recepcionista do hotel parecia perturbada quando ele voltou, "você recebeu várias ligações que pareciam bastante urgentes. Não carrega o celular com você?"

"Não quando vou correr," Shanahan respondeu indiferente. "Eles tendem a ser um estorvo."

"Capitão Shanahan?"

Ele se virou e viu dois policiais à paisana mostrando seus distintivos da NYPD.

"Acho que falávamos exatamente de vocês," permaneceu indiferente. "Como posso ajudá-los?"

"Sou o Tenente Martin e esse o Tenente Lewis. Gostaríamos que nos acompanhasse."

"Estou sendo preso?"

"Tem pessoas muito importantes que precisam falar com você. Uma delas acabou de ter uma longa conversa com o seu pessoal da Universal Exports."

"Bem, nesse caso," Shanahan franziu o cenho. "Gostaria de subir e me trocar. Não vou demorar."

"Não demore, temos muito o que esclarecer," Martin permitiu que subisse. A recepcionista esperava por alguma fofoca, mas o olhar sério de Lewis a dispersou.

Shanahan rapidamente foi até o elevador, irritado por estar sendo abordado por dois policiais. Imediatamente suspeitou que era algo relacionado a Gawain e amaldiçoou a Firma por trazê-lo nessa operação. Provavelmente ele fora acusado pela bomba em Montreal e, se alguém além dos cubanos tivesse se ferido ou morrido com a explosão, provavelmente precisaria muito mais do que imunidade diplomática para saírem dessa. Provavelmente colocaria Gawain de volta aonde deveria estar e Shanahan onde não deveria.

Foram em silêncio até a 32ª Delegacia na West 135th Street e, enquanto Shanahan olhava pela janela a infestação de gangues no East Harlem, começou a adivinhar do que se tratava. Começou a escrever uma mensagem para o MI6, mas pensou melhor. Sabia que as ramificações dos salvadorenhas tinham chegado aos guetos por toda a Nova Iorque e imaginou que talvez o MS-13 tinha feito uma jogada que os colocou sob o radar do MI6. Qualquer que fosse o caso, Shanahan ficaria frio até ter todos os detalhes.

Shanahan foi escoltado até a entrada principal da delegacia onde entregou sua Glock-17 ao passar pelo detector de metais. Ela foi devolvida por ordens de Martin e eles passaram pela área de registro onde prostitutas e viciados em crack estavam sendo processados. Uma delas pediu Shanahan em casamento e isso serviu para aumentar a tensão quando um dos policiais gratuitamente lhe deu um chute no traseiro.

Conduziram-no por um corredor estreito, onde as celas se localizavam, e entraram em uma sala onde outros cinco policiais à paisana espiavam através de um espelho falso. Shanahan não conseguiu evitar de olhar com espanto para Jack Gawain sentado do outro lado do vidro.

"Mas que inferno?" ele disse.

"Sou Joe Bieber do escritório da CIA aqui em Nova Iorque," o homem ruivo vestindo um terno preto e de bom gosto se aproximo e apertou sua mão. "Parece que seu associado usou sua ligação para telefonar para nosso escritório e forneceu o número da Universal Exports de Londres. Estava com a corda no pescoço e teve sorte em conseguir ligar para nós. Se nosso operador não tivesse um palpite sobre o número, ele poderia estar levando uma dura agora."

"Diria que uma bela dura seria a melhor coisa para ele agora, mas temos que pegar um avião dentro de algumas horas e isso poderia nos atrasar," Shanahan disse de forma casual. "Afinal, o que esse sujeito andou aprontando?"

"Vou dizer o que ele fez," um dos policiais à paisana explodiu. "Ele comprometeu uma operação cuidadosa na qual estamos trabalhando há meses!

Estávamos tentando derrubar esses trastes antes da DEA tentar se meter e, exatamente quando estamos fechando o cerco, esse cowboy desgraçado se intromete!"

"Quais trastes você se refere?" Shanahan perguntou.

"Parece que seu parceiro confiscou uma arma do membro de uma gangue minutos antes de arrombar a porta de uma casa de crack com pouca segurança na 137th Street," Bieber cortou o assunto. "O máximo que conseguimos supor é que ele tiraria o traficante do prédio sob a mira da arma e roubaria um carro para sair dali. A unidade de vigilância disfarçada não teve opção a não ser intervir. Tudo o que encontraram com ele foi um celular e um canivete junto com 5 mil Dólares que roubou do traficante. Não contaria nada a eles e ficaram completamente perplexos quando ele telefonou e nos envolveu."

"Vou dizer quem ficaria perplexo se vocês não tivessem aparecido," um policial musculoso de terno escuro rosnou.

"Tudo bem, então, como vamos resolver isso?" Shanahan perguntou de forma categórica.

"Para começar, quer nos dizer o que esse maníaco está fazendo aqui?" um policial de terno azul exigiu. "Ele criou uma situação com um refém, independente de quem estava na mira da arma. Nossos homens poderiam tê-lo apagado na calçada se não tivesse largado a arma como mandaram. Se não estivéssemos no local, a 137th Street Gang teria feito o trabalho."

"Uh, Sr. Bieber, posso falar com o senhor?"

"O quê? Acha que vai nos deixar no escuro? Pegamos esse irlandês por assalto a mão armada, posse de arma e sequestro!" um policial enorme de terno marrom exclamou.

"Tenente Martin, vou precisar conversar com o Capitão em particular," Bieber solicitou.

"Jerry, vai deixar esses britânicos chegarem aqui e jogar areia nos nossos olhos?" o de terno cinza se agitou.

"Olhe, Pete, tivemos ligações de todo o mundo, desde o Comissário até a Embaixada Britânica," Martin explicou quando Shanahan e Bieber saíram da sala. "Querem que a imprensa publique isso como um babaca viciado tentando se dar bem. A narcóticos precisa manter nosso disfarce fazendo os traficantes acreditarem que estavam vigiando na tentativa de pegar esse cara. Dino, vá com esses caras até a sala do esquadrão e os ajude a preparar a história. Não aconteceu nenhum grande dano, rapaziada, vamos apenas limpar a bagunça e prosseguir com o trabalho."

"Devia ter metido bala nesse desgraçado para lhe dar uma lição" o de terno azul gritou para Shanahan antes de fecharem a porta.

Bieber voltou e perguntou a Martin se poderia levar Gawain para uma cela. Martin consentiu e, em alguns minutos, Shanahan e Bieber se juntar a Gawain em uma cela disponível.

"Dormindo até tarde, eh, mano?" Gawain ralhou e se sentou de forma casual no banco gasto de madeira na sala de blocos brancos de concreto.

"Esse é um dos nossos 'parentes' de Langley," Shanahan o apresentou, "Sr. Bieber está se perguntando o que diabos estava fazendo lá."

"Onde, com os tiras?" Gawain levantou uma sobrancelha. "Achei que estávamos em uma missão secreta."

"Estou cansado de gracinhas, Gawain," Shanahan disse de forma enérgica.

"Bem, já que somos todos amigos aqui," ele sorriu. "Olhe, Gummo, você me dá esse pedaço de plástico e não me deixa usá-lo. Está me levando para enfrentar esse grande traficante em um jogo de pôquer de alto nível sem um centavo no bolso. Você e seus amigos devem ser estúpidos, não vê que, quando ele olhar para um mafioso usando plástico, vai desconfiar? Precisava de muito dinheiro e rápido, mal olhei na internet para descobrir onde tinha e como conseguir."

"Então você foi à 137th Street e roubou uma casa de crack em plena luz do dia?" Bieber não conseguiu evitar. "De onde diabos você é?"

"East Belfast, do melhor lado da cidade," Gawain brincou. "Sabe, roubei tantas casas de tráfico do IRA que perdi a conta. Normalmente tinha parceiros que me diziam se estava entrando em uma emboscada. Eu só não tinha esse luxo aqui."

"Estou pensando em Chupacabra em Atlantic City hoje à noite," Bieber especulou. "Estamos o observando desde aquele carro bomba em Montreal ontem à tarde. A polícia de Montreal verificou as câmeras de segurança da garagem do hotel e as placas. Conseguimos vários números de licença de carros alugados e alguns tinham identidades falsas nas locadoras. Imaginamos que houve uma reunião do alto escalão e que ela foi usada como subterfúgio para atrair Julio Cruz para o atentado."

"Esses seus 'parentes' não são tão ultrapassados," Gawain apontou com a cabeça para Bieber.

"O MI6 nos disse que vocês dois estavam no país fazendo um reconhecimento do Cartel," Bieber confidenciou. "Sinceramente, temos tanta coisa acontecendo com a Al Qaeda que esses caras estão escapando do nosso radar cada vez mais. A Companhia imagina que estarão nos fazendo um favor trabalhando no Cartel. Na verdade, vou dar a Jack aqui 10 mil em dinheiro. Vou assinar um traveler check para que que possa sacar em qualquer banco. Se tiverem algum problema com o valor, basta pedir que liguem para nosso escritório."

"Adorável," Shanahan murmurou. "Ele faz uma confusão em um roubo à mão armada em uma casa de crack e ganha 10 mil pelo incômodo."

"Confusão," Gawain o imitou. "Se os tiras não estivessem no lugar, teria roubado um carro, levado o bastardo comigo e o atirado naquele lago onde você estava correndo."

Shanahan se chamou de idiota por não ter conferido Gawain antes de sair. Gawain obviamente o tinha observado antes de sair em sua aventura.

"Certo, amigos," Bieber entregou a Gawain um cheque e um cartão de visita a Shanahan. "Se desejarem, mantenha-nos informados e liguem caso precisem de alguma coisa. Meu chefe está em contato com Shaughnessy em Downing Street, então estamos atualizados. Tem um carro lá embaixo que vai levá-los de volta ao Surrey. Boa sorte, cavalheiros."

Mais uma vez, os agentes deixaram o prédio e voltaram ao hotel no mais absoluto silêncio. Shanahan estava irritado para chegar logo ao hotel e reportar tudo o que acontecera enquanto Gawain estava ansioso para colocar as mãos em 10 mil Dólares em notas de 100 novinhas. A viagem ao aeroporto foi longa e fria, mas nenhum deles poderia se concentrar em incidentes passados há poucas horas da tarefa que tinham em mãos.

Chupacabra era um dos homens mais perigosos da América do Norte e provavelmente não ficaria feliz em ver Shanahan ou Gawain na disputa que aconteceria em Atlantic City dentro de algumas horas.

CAPÍTULO SEIS

O Water Club no One Renaissance Way era um dos locais de maior prestígio em Atlantic City. Localizava-se perto do Snug Harbor e era parte do complexo do Hotel Borgata cujo casino estava se tornando rapidamente um dos mais renomados do mundo. As acomodações do Vista Room foram feitas sob encomenda para a clientela mais abastada e os dois agentes do MI6 ficaram bastante impressionados com o luxo.

William Shanahan estava na sacada da suíte de luxo, bebendo um Jameson com gelos que servira no bar e saboreava tanto a vista quando o uísque irlandês. Estivera em dezenas de hotéis cujos lobbies não eram tão impressionantes quanto aquele quarto. Sacudiu a cabeça surpreso com o cofre particular disponível nos quartos e considerou com tristeza o fato de Jack Gawain ter o suficiente para guardar dentro de um deles.

Conforme a missão progredia, achou bastante perturbador que os episódios anteriores tenham sido julgados em favor de Gawain. Não conseguia acreditar que tinham abafado um carro-bomba e um assalto a mão armada em menos de 72 horas. Esse homem era uma bomba de estilhaços ambulante que o MI6 estava ansioso para detonar bem na cara de Chupacabra. No entanto, não tinham problemas em ignorar o efeito colateral enorme que um homem desse tipo poderia causar. Isso o fez se afastar e dar uma longa analisada em quem era e do que queria fazer parte.

Sempre tivera escrúpulos em relação a erros. Sempre se perguntava se isso tinha relação com seu início humilde, aqueles que até mesmo um homem como Gawain foi capaz de esfregar em sua cara. Perguntava-se se tinha se programado para operar em um nível e em um padrão mais altos como uma forma de compensação. Considerou a ideia de que era compelido a ser mais forte, rápido e esperto que os outros. Era possível que exigisse de si mesmo um sistema de valores e código de conduta mais rigoroso. Nos últimos dias, isso causava um estresse excessivo porque não conseguia racionalizar o que seus superiores estavam tolerando em nome de Deus e da Nação.

Sabia que as forças armadas operavam em uma área cinza nesse novo século, provavelmente muito mais do antes. Travavam guerras contra civis armados e combatentes que não poderia ser legalmente definidos como tais sob os termos da Convenção de Genebra. Eram guerras sem regras, sem limites, ainda assim, os exércitos mundiais seguiam os padrões da lei enquanto os insurgentes continuavam a não responder a ninguém. Quando se juntou ao SAS, foi considerado parte das Forças Especiais cujas missões eram lidar com essas forças usando métodos não ortodoxos. Essas 'operações negras' se intensificaram com o SBS e, agora, com o MI6 eram levadas ao nível civil. Agora, lidava com poderes e principados do alto escalão, aqueles que se consideravam acima da lei. A questão era se os 'bonzinhos' também poderiam operar acima da lei.

Até isso estava se tornando fortuito conforme as coisas progrediam. Começava a perceber que eles fariam o que quisessem independente do certo ou do errado. Sua divergência surgiu com a questão se obedeceria cegamente ou não, ou se permaneceria como um observador enquanto os outros infringiam as regras e seguiam ordens ilegais. Já tinha sido um observador quando Gawain detonou o carro-bomba embora não estivesse ciente do que ele faria. Também observou enquanto os poderes compensaram o homem pelos fundos ilícitos que tentou roubar com uma arma na mão.

Sem dúvida, eles tinham se afundado em um pântano rodeados por limpa-fundos. Seria necessário um homem como Gawain para lidar com eles no mesmo nível. Shaughnessy tentou explicar isso e agora ela conseguia enxergar tudo de forma clara. Agora, a questão era como isso mudaria sua visão de si mesmo e, mais importante, sua estima pelo país pelo qual daria sua vida.

Preparou um banho na banheira e entrou devagar, deixando a água o mais quente possível. Considerou vagamente a ideia de que poderia estar tentando limpar seu subconsciente também. Ligou a TV na ESPN e permitiu que um torneio de golfe levasse seu espírito a um estado mais pacífico. Provavelmente iria até o Fornalleto's comer *fradivolo de lagosta* com macarrão para se preparar para a noite de bebidas que tinha pela frente.

Cada vez mais descobria que o submundo tinha os mesmos padrões machistas das elites militares. Os beberrões de boca suja eram vistos como os durões embora a maioria tomasse cuidado ao lidar com tipos fortes e silenciosos como Shanahan. Esperava que Shaughnessy estivesse certo ao prever como os gângsteres o avaliariam. Não tinha dúvidas de que Gawain seria aceito de cara e se não fosse, o momento da verdade teria chegado.

Sua maior preocupação era o encontro marcado com seus contatos da Máfia Sardenha. Esse era de longe o ponto mais frágil do gelo no qual caminhavam e, se a máscara caísse em algum momento, suas vidas estariam imediatamente em risco. Sabia que a Máfia Sardenha era uma confederação instável de grupos dissidentes que surgiram com as diversas fraturas que a Máfia Siciliana sofrera e sua instabilidade se assemelhava aos grupos pós IRA que operavam em Ulster. Se os cartéis encontrassem muitas pistas falsas na Europa, poderiam se sentir tentados a espremer ele e Gawain para conseguirem a verdade.

Achou interessante ser tomado pela mesma paranoia que tentava incutir em Gawain. Sabia que o celular seguro que recebera era virtualmente não rastreável, ainda assim, a permeabilidade da rede de satélites tornava qualquer comunicação eletrônica suspeita. Não pôde deixar de pensar que, se as instituições financeiras internacionais e as infraestruturas militares fossem comprometidas por hackers, o quanto seria mais fácil para eles interceptarem uma ligação telefônica? Para piorar a situação, os gângsteres não conversariam em código a menos que discutissem um assunto ilegal. Ter que passar por um terceiro para dizer ao contato onde se encontrar pode muito bem parecer bastante suspeito para um olheiro de um cartel.

Decidiu usar um terno Armani verde de mil Dólares, uma camisa dourada e uma gravata combinante. Não tinha ideia de como Gawain se vestiria e não poderia se importar menos. O plano era que Shanahan fosse discreto e verificasse os diferentes cenários antes de fazer contato com os sardenhos. Dentro de uma hora, receberia uma ligação com um código específico de texto indicando em qual parte do casino se encontraria com os sardenhos. Conferiu sua barriga tanquinho no espelho de moldura dourada quando saiu da banheira e ficou satisfeito que, pelo menos, era quem estava mais em forma do que qualquer um envolvido na guerra de nervos dessa noite.

Naquela manhã, Enrique Chupacabra foi com seu Learjet de Montreal à Nova Iorque. Pouco depois, ele e sua comitiva chegavam à sua suíte no Taj Mahal na Boardwalk. Retirou-se em seu quarto com sua nova amiguinha, Marilyn, e fez sexo com ela por mais de uma hora até se cansar. Depois, jantou a comida que veio do Il Mulino, o restaurante chique que ficava no mesmo prédio do casino. Jantaram antes de tomar banho juntos e, em seguida, fazerem sexo novamente antes dele voltar ao chuveiro uma última vez. Os dois estavam bem vestidos quando os seguranças chegaram às 19h.

Enrique Muniz tinha vindo da sarjeta de Bogotá, Colômbia, sem nunca ter conhecido o pai e fora abandonado pela mãe aos seis anos de idade. Era um garoto magricela que logo aprendeu as vantagens de lutar armado. Achava que a maioria dos garotos não tinha coragem de realmente usar uma arma e, como resultado, feriu gravemente a maioria dos garotos que mexiam com ele. Suas armas se tornavam mais mortais conforme crescia e, aos treze anos, recebeu o apelido de Machete devido a arma que escolheu. Roubou uma arma quando tinha quatorze anos e nunca mais ninguém mexeu com ele.

Começou uma gangue nessa época e cometiam roubos na cidade e assaltos nos seus limites. Um dos traficantes da cidade ouviu rumores sobre sua crueldade e os contratou como executores e para fazerem extorsões. Enrique, agora chamado de Chupacabra, matou seu primeiro homem aos quinze anos e subiu de posição tornando-se segurança particular do traficante. Passou a receber um salário semanal gordo (mil Dólares Americanos) para ser assassino de *El Jefe* (O Chefe). Lembrava de ter matado trinta homens ao completar dezoito anos e perder a conta.

Uma guerra sangrenta relacionada às drogas custou a vida de *El Jefe* e fez a gangue se dividir e se esconder para evitar esquadrões vingativos. Chupacabra decidiu diminuir suas perdas e se mudou para Medelín, conhecida como domínio exclusivo dos traficantes mais poderosos da América do Sul. Não demorou até a notícia se espalhar na cidade e, pouco depois, ele foi levado para uma reunião com Salvaje (selvagem) Pulga. O ex-lutador musculoso era um dos mais ricos e ferozes líderes do Cartel de Medelín e fornecia força bruta para outras gangues do cartel. Após uma noite jantando e dançando, seguida de bebidas e jogo até o nascer do sol, Chupacabra fora contratado como um dos seguranças particulares de Pulga. Não demorou muito para chegar à posição de prestígio de administrador da segurança, posto que ainda ocupava.

Marilyn era uma linda cubana de cabelos cor de mel, olhos verdes e nariz arrebitado, além de ter lábios cor de rubi que faziam o coração dos homens bater mais forte. Com 1,65m e a silhueta de uma ampulheta, ela era de tirar o fôlego e, junto com o bruto e forte Chupacabra, formavam um casal de respeito. Ele estava com um terno cor de vinho e camisa preta enquanto ela usava um primoroso vestido de seda cor de rubi com uma fenda que deixava sua linda perna exposta. Chegaram ao Borgata em uma limusine branca e exigiram tratamento digno do tapete vermelho dando aos porteiros gorjetas de 100 Dólares. Ela segurava em seu braço enquanto entravam escoltados pelos seus seis seguranças, indo diretamente para as mesas de jogo.

Chupacabra foi direto para as mesas onde o ante era de 500 Dólares e poderia jogar contra atores, estrelas do rock e outras celebridades. Os seguranças se revezavam ao redor da mesa enquanto os outros dois estavam livres para levar recados quando seu chefe assim o desejava. De vez em quando, um aspirante a estrela de pôquer o confrontava, mas ele os retirava da mesa quando ficava irritado. Alternativamente, era conhecido por jogar contra celebridades com quem queria causar uma boa impressão. No entanto, Chupacabra respeitava o dinheiro e nunca deixaria grandes quantias para trás a menos que estivesse reduzindo as perdas depois de perder um grande confronto. Era conhecido por ser mais habilidoso quando jogava contra jogadores experientes.

Ganhava com uma diferença de 5 mil e estava de bom humor depois de ganhar um pote de 7 mil, beijou Marilyn e fez piadas com seus seguranças. Só ficou um pouco surpreso ao ver uma figura um tanto quanto familiar do outro lado da mesa.

"Olá, Ricky. É um prazer ver você por aqui."

Jack Gawain estava vestido de preto, usava uma jaqueta de couro sobre uma camisa com o colarinho aberto e calças. Um cigarro pendia em seus lábios quando se sentou à mesa e pediu um Bushmill com gelo para uma garçonete que passava.

"Jack Gawain, estou certo?" Chupacabra o reconheceu. "Bom ver você. Preparado para perder dinheiro?"

"Bem, você está parecendo meio tímido e eu tenho colhões, então vamos lá," Gawain retrucou.

Havia outros três jogadores na mesa: um cowboy, um saudita e um executivo de alto padrão. Gawain começou de forma conservadora, jogando quatro mãos ruins seguidas, mas de repente conseguiu dois reis em um jogo de 7 cartas e se tornou agressivo, aumentando a aposta em mil Dólares. Rapidamente todos desistiram e Gawain arrecadou alegremente cerca de 2 mil pelo inconveniente.

"Nada mal para uma mão rápida, eh, Rick?" Gawain brincou. "Muito melhor que cocaína."

"Esse é o Enrique, meu amigo," respondeu prontamente, perturbado com a referência.

"Imagino que não vai pagar a próxima, meu chapa," o cowboy arriscou.

"Quer ver?" Gawain sorriu.

"Sim, adoraria," o árabe sorriu de volta.

Prosseguiram em mais um jogo de sete cartas que parecia ter sido acordado em consenso. Gawain tinha um par de dois e um nove, contra um par de reis do árabe e a sequência de copas de seis a nove de Chupacabra. O cowboy dobrou a aposta quando um nove apareceu, então a pequena chance de surgir outro nove não seria bom para ninguém. Gawain aumentou 2 mil e, fiel a sua palavra, o árabe não recuou. A aposta era de Chupacabra que não desperdiçaria um possível straight flush.

"Bem, amigos, vamos ver quem vai dar o braço a torcer aqui," Gawain brincou. "Tenho cinco mil que dizem que vocês dois não tem nada."

"Par de dois?" o cowboy murmurou. "Cara, você deve estar brincando."

"Cavalheiros, por favor," o dealer os lembrou sobre o protocolo do salão de jogos.

O árabe mostrou um rei no hole, o que lhe dava três reis. Chupacabra desistiu, mostrando que tinha perdido sua carta. Gawain riu antes de largar um par de ás e um dois, garantindo um full house. Ele arrecadou com vontade o pote que totalizava quase vinte mil Dólares. Chupacabra se recostou irritado e acenou para Marilyn que sussurrou em seu ouvido.

"Vou dizer uma coisa, rapazes," Gawain começou, empilhando suas fichas no rack. "Vou mijar e voltarei para lhes dar a chance de empatarem o jogo, se ainda estiverem aqui."

"Estou ansioso por isso," Chupacabra respondeu de forma seca.

Gawain foi em direção ao banheiro e então mudou o rumo, ficando atrás de Marilyn que ia em direção ao banheiro feminino. Pegou o celular e selecionou o contato de Shanahan no topo da agenda.

"Gawain," ele disse. "Acho que fomos comprometidos aqui. Você tem uma unidade de remoção por perto?"

"O quê?" Shanahan insistiu. "Estou a caminho para encontrar com os sardenhos. Que indícios você tem?"

"Ação hostil iminente," Gawain avisou. "Mande

seu pessoal para o jardim sul daqui cindo minutos. Gawain desligando."

Marilyn saiu do banheiro depois de retocar a maquiagem. Ficou positivamente surpresa ao ver Gawain parado na parede em frente à porta.

"Boa noite, querida," ele se aproximou. "Achei que tinha visto você passar por aqui. Imaginei que poderia estar 'retocando' seu nariz."

"Você teve muita sorte hoje," Marilyn sorriu para o irlandês bruto e bonito. "Parabéns."

"Aye, e espero que melhore. Sabe, acho que tenho um tipo de pó um pouquinho melhor do que você," Gawain sacudiu um saquinho de um grama de coca para ela.

"Oh, meu Deus" ela cobriu a boca enquanto seus olhos se arregalavam e procuravam por expectadores. "Tenha cuidado!"

"Nada para se preocupar, querida. Vamos lá fora um momento e ficaremos legais."

Foram as idiossincrasias de Chupacabra que normalmente resultavam em brechas na segurança que levaram aos seus inúmeros problemas recentes. Costumava permitir que sua comitiva se entregasse ao enorme suprimento de coca que sempre estava disponível. No entanto, em público, insistia para se conterem, sem considerar a possibilidade do vício moderado entre eles ou a falta de força de vontade dele mesmo. Como resultado, Marilyn estava ansiosa para acompanhar Gawain até o jardim sul onde poderia conseguir um teco para ficar animada por algumas horas.

Ela o acompanhou até uma área onde vasos com folhas perenes faziam sombra e ele lhe entregou o saquinho.

"É melhor se afastar do baseado, querida, não é difícil descobrir o que você está fazendo," ele sugeriu. Admirou suas feições adoráveis e desejou que ela tivesse escolhido um caminho melhor na vida ao invés de se amarrar com uma estrela decadente como Chupacabra.

Marilyn também teve uma boa impressão de Gawain, considerando o fato que um homem bonito e era um tanto quanto arrogante, embora com uma juventude que muitas mulheres achavam cativante. Esse encontro poderia resultar em algo mais se tivesse ocorrido em um lugar e momento diferentes, embora ela não considerasse a fantasia de deixar Chupacabra.

Gawain recebera um relógio de pulso com uma banda de titânio expansível que poderia ser usada para diferentes propósitos. Nesse caso, fez um garrote que enrolou na cabeça dela antes de puxar com toda a força e a arrastar pela calçada de granito. Gawain era um homem extremamente forte para o seu tamanho e ela não teve a menor chance de se libertar. Continuou puxando até sentir suas entranhas se soltando em sua agonia de morte e logo viu o farfalhar dos arbustos onde a equipe de remoção do MI6 aguardava.

"Certo," reconheceu e soltou o garrote do pescoço de Marilyn quando os homens de preto saíram dos arbustos e a enrolaram em plástico antes de a puxarem de volta para o local de onde vieram. Acendeu um cigarro de cravo e olhou indiferente antes de se afastar do prédio do casino pela calçada que ia até a rua e caminhar um pouco até a entrada do Water Club.

CAPÍTULO SETE

"Ele matou uma mulher, senhor."

"O quê? Shanahan?"

"O psicopata assassino matou uma garota, senhor. Estrangulou-a do lado de fora do Borgata Casino."

"Capitão, você conhece a rotina. Está em público? Está ciente que essa linha pode estar comprometida"

"Estou no meu quarto, senhor. Solicito que Gawain seja removido desse caso e seja mandado de volta ao Reino Unido, eu ficaria feliz em prestar queixa sobre o assunto."

"A *pessoa em questão*," Shaughnessy enfatizou, "será interrogada por um membro da unidade de remoção. Vocês dois serão contatados em breve."

"Senhor, se esse açougueiro doente não for substituído, solicito ser transferido para uma posição diferente ao continuar nessa missão."

"Negativo, Capitão, você continuará no mesmo lugar," o Coronel respondeu antes de fazer uma longa pausa. "Quero que saiba que a Firma está muito satisfeita com o andamento do caso. O sujeito está sendo observado e determinamos que as medidas que tomou foram extremamente angustiantes para ele e tiveram um impacto sólido em sua infraestrutura. Continuaremos com a próxima fase da operação em Miami e esperamos que a missão continue dando frutos."

"Shanahan desliga."

Foi a confirmação dos seus piores medos. Tinham deixado passar um assassinato não autorizado e uma tentativa de assalto a mão armada, agora ignoravam a morte de uma civil. Pior ainda, ficavam ao lado de um assassino condenado ao invés de um de seus melhores agentes. Não tinha como racionalizar isso, nem concordar com o que estava acontecendo. Se houvesse uma pessoa para culpar: Shaughnessy, seu superior, ou mesmo o próprio Gawain, teria sido muito mais fácil. Ao invés disso, o MI6 estava sancionando esses atos cometidos sob sua autoridade. Foram considerados permitidos em nome de Deus e da Nação.

Agora que tinham se provado tão sem escrúpulos quanto Gawain, tão hipócritas e mentirosos, como poderia ter certeza de que honrariam seu compromisso de colocá-lo em Downing Street Imagina se Gawain estragasse o serviço e a missão fosse considerada um fracasso? William Shanahan se tornaria um bode expiatório? Com certeza não seria Shaughnessy, a lenda viva. Seria muito fácil jogar a culpa sobre ele e estancar sua carreira. A coisa toda estava escorrendo por entre seus dedos, estava perdendo o controle sobre seu próprio destino e não tinha absolutamente nada que pudesse fazer a respeito.

O MI6 lhes deu alguns dias para ajustarem o plano e relaxarem um pouco. A Firma providenciaria para que ficassem alojados em Langley, Virgínia. Viajariam até a Base da Força Aérea de Langley em um voo fretado e ficariam alojados no luxuoso Staybridge Suites. Ele lembrou do velho ditado irlandês: mantenha seus amigos por perto e seus inimigos ainda mais perto. Agora, A CIA manteria esses dois agentes do MI6 o mais perto possível.

Enrique Chupacabra voara para Porto Rico como convidado de Amschel Bauer naquela tarde. Chegou no Aeroporto de Agaudilla nos arredores da capital com uma comitiva de quatro homens e foi levado de limusine até o Horned Dorset Primavera Hotel. O hotel ficava na exclusiva costa oeste de San Juan no subúrbio de Rincon onde os hóspedes podiam desfrutar da belíssima vista da Baía de San Juan. Seus seguranças, apesar de impressionados com as acomodações luxuosas, estavam cautelosos em grande parte devido ao mal humor de Chupacabra.

Foram para seus dormitórios ao meio dia e tiveram a oportunidade de tomar banho e mudar de roupa antes de se reunirem na suíte de Chupacabra. Prepararam drinks no bar bem abastecido e sentaram no pátio admirando a baía sem quebrarem o silêncio até Chupacabra aparecer e sentar à mesa de vidro debaixo do enorme guarda-sol.

"Bastardos imundos," Chupacabra amaldiçoou e xingou enquanto bebia sua margarita. "Alguém está tentando armar para cima de mim. Primeiro abatem Cruz e seus seguranças em plena luz do dia com um carro-bomba e depois sequestram Marilyn bem debaixo do meu nariz. Estão tentando me colocar em guerra com os cubanos e, ainda pior, tentando fazer com que o Cartel pensa que eu comecei! E mais, levaram Marilyn bem na nossa cara! Ainda não sei como você deixaram isso acontecer."

"Ah, Enrique," Big Kenny, seu melhor atirador começou. "Já falei dezenas de vezes, ela foi ao maldito banheiro e não voltou. Nosso pessoal subornou o pessoal do casino e não encontraram nada nas câmeras de segurança. Essa gente é profissional, provavelmente conferiram a localização de todas as câmeras antes de fazerem sua jogada. Olhe, ela vai aparecer de um jeito ou de outro, você sabe disso. Ou a estão mantendo refém e vão pedir dinheiro ou..." "Ou ela aparece morta e vão tentar jogar isso para cima de nós," Chupacabra rosnou. "Olhe, quero que ligue para Salvaje e descubra tudo o que puder. Ele é meu *padron*, não vai deixar eu me ferrar por causa daqueles ratos lá de Medelín. Diga que estamos aqui com Bauer, recebendo toda a informação e conselhos que pudermos antes de irmos para Miami na semana que vem. Quero ter certeza de que aqueles porcos cubanos não terão um esquadrão de assassinos nos esperando!"

"Não acha que talvez seja você quem deva ligar, Enrique?" Kenny perguntou calmamente. "Imagine se Salvaje achar que não estamos mostrando a ele o devido respeito se eu ligar."

"O que acabei de dizer?" Chupacabra estava furioso. "Ele é meu *padron*, sabe o quanto odeio falar ao telefone. Além disso, ele é da velha guarda, os caras hardcore sempre conversam através de intermediários. Assim, se a Homeland Security pegar algo naquela porcaria de rastreamento de satélite deles, a gente some com você e não terão nenhuma evidência."

"Nossa, Enrique, isso realmente faz eu me sentir seguro com meu trabalho," Kenny foi sarcástico.

"Hey, se estragarmos tudo, talvez você possa fazer uma ficha para o Workman's Comp," finalmente Chupacabra se permitiu um sorriso. "Certo, rapazes, vão dar uma volta e se assegurar que a barra está limpa por aqui. Vá e telefone, Kenny. Assim que tiver ligado, dê um toque para Bauer e diga que o encontraremos em uma hora para o almoço."

Os seguranças de Chupacabra se sentiam muito melhor agora que enrique voltara ao normal. Ele estivera de mal humor desde o desaparecimento de Marilyn e eles sabiam por experiência cruel que ele era capaz de qualquer coisa quando ficava paranoico. Já matara mais de um segurança que se atrapalhara em campo como forma de exemplo para os outros e ninguém estava de fato seguro até o episódio ter sido esclarecido na cabeça de Enrique. Embora Marilyn fosse apenas um brinquedo sexual, alguém roubara algo dele e sabiam que ele não descansaria até retribuir o insulto.

Pelo menos agora sabiam que descontaria em outra pessoa e ficariam mais do que felizes em o ajudar com sua sede de sangue.

Shanahan ficara mais chateado por ter interrompido o encontro com seu contato sardenho quando Gawain telefonou na noite anterior. Emiliano Murra era um notório Caporegime do Codice Barbaricino, uma organização de bandidos exclusivamente da Sardenha que não tinha conexão direta com a Máfia Siciliana ou Italiana. Era um homem musculoso, de 1,75m e 95kg, com o a parte de cima do corpo coberta com tatuagens de presidiário que eram visíveis no seu pescoço e pulso esquerdo. Tinha os cabelos negros presos em um rabo de cavalo e sua pele era pálida por ter passado a maior parte da vida se escondendo dos seus inimigos. Seus olhos eram cheios de maldade como se tivesse se conformado com o fato de a morte seguir seus passos como um cachorro do inferno. Shanahan conhecera muitos homens que tinham o olhar distante como se tivessem olhado para o abismo. O olhar desse homem era algo que nunca tinha visto antes.

Shanahan o encontrou no Gypsy Bar, no Borgata Casino, e ficou levemente impressionado de ele ter ido sozinho e sem seguranças. No entanto, sempre existia a possibilidade de que quaisquer homens ou mesmo mulheres que andavam por ali fossem assassinos a espera que alguém entrasse em conflito com seu líder. Apresentaram-se pelo primeiro nome e então se retiraram à uma mesa de canto onde sentaram um ao lado do outro, ambos com uma visão clara do bar e da entrada.

"Meu pessoal está muito interessado em sua proposta," Murra tinha uma forma de olhar que era muito perturbadora. No entanto, Shanahan tinha certeza de que poderia dominá-lo fisicamente então não ficou muito preocupado. "Verificamos e descobrimos que a maior parte de suas conexões estão no Reino Unido e França. Isso, é claro, justificaria seu interesse em fazer um acordo com nossa organização."

"Bem, fizemos algumas verificações por conta própria," Shanahan respondeu. "Ficamos um pouco satisfeitos em saber que você não tem conexões diretas com a Máfia. Eles estão sob muita pressão nesse momento, assim como seus colegas ianques, e muitos deles estão sob a ameaça de prisão perpétua. Queríamos começar com organizações que não são tão conhecidas pela EUROPOL, FBI, Homeland Security ou CIA."

"Achamos divertido que a Máfia de fato nos dê proteção," Murra tomou um gole de seu conhaque Remy Martin. "Na maioria das vezes, aqueles incompetentes da EUROPOL vêm nos procurar e não vão muito além da Camorra local. Na verdade, vimos relatórios que indicam que nos enxergam como um pouco mais do que uma *borgata* (gangue) glorificada. Como pode imaginar, isso é bem conveniente para nós. Essas mesmas agências parecem pensar que seu pessoal é um pouco mais que uma gangue paramilitar exagerada."

"Nossos membros do Conselho estão muito felizes com tamanha falta de informação," Shanahan sorriu de forma tensa. "Isso facilita o deslocamento de nossa carga e, com isso, torna o empreendimento menos arriscado e mais lucrativo para todos nós."

"Fale mais sobre essa sua aventura," Murra ficou curioso.

"Muito bem," Shanahan mostrou um Blackberry que exibia um mapa da América do Norte e da Europa. "Temos uma remessa considerável de ouro que planejamos vender para o Cartel. Fomos informados que estão bastante envolvidos em um esquema de investimento no ouro em contrapartida a proposta do G8 para retomarem o padrão do ouro. Procuramos por um intermediário que não só possa garantir a segurança de nossa mercadoria, mas que também possa negociar a transferência de fundos e barras de ouro entre as partes envolvidas. Claro que, se formos bem-sucedidos, não vemos razão para que não continuem no esquema já que prevemos nossos empreendimentos caminhando juntos no futuro."

"Gosto do que estou ouvindo, Sr. Bruce," Murra acendeu um charuto Tuscan. "De quanto ouro estamos falando?"

"São barras de 11 kg de ouro puro," Shanahan respondeu. "Temos 5800 dessas barras, pesando cerce de sessenta toneladas. Estimamos que, uma vez que o valor do ouro aumente de acordo com o padrão do ouro redefinindo os parâmetros da dívida global, essa quantidade de barras pode chegar a valer 100 milhões de Dólares. Se intermediar esse negócio para nós, venderemos as barras ao Cartel por 75 milhões e lhe pagaremos 10% de comissão."

"Não posso dizer que 7,5 milhões é uma quantia insignificante para os padrões de alguém," Murra exalou a fumaça para longe de Shanahan. "No entanto, em comparação com o que as outras partes - vocês e o Cartel - ganharam, parece uma quantia desprezível. Suponha que possa aumentar seu lucro em cinco milhões para que eu possa ganhar mais 500 mil no negócio. Além disso, gostaria de poder cobrar do Cartel por meus serviços para assegurar seus interesses. Isso me garante 16 milhões por meus esforços, o que acredito ser razoável considerando os riscos envolvidos para mim."

"Com todo o respeito, Sr. Murra, não quero que superestime os riscos de sua parte," Shanahan disse de forma direta. "Pretendemos dividir as barras em dois carregamentos para não comprometer toda a fortuna. Trinta toneladas é aproximadamente o peso de uma carga de veículos feitos no exterior. Se um dos carregamentos for perdido, claro que sofreríamos uma terrível perda, mas isso lhe custaria a oportunidade de trabalhar conosco em operações futuras. Além disso, não haveria nenhum custo para o Cartel. Seu pessoal pode ter tempo para pirataria ou contrabando internacional, mas isso não se compararia a nossa perda de 35 milhões de Dólares."

"Então, o que gostaria que fizesse por você?" Murra perguntou.

"Vamos providenciar para que sua embarcação

tome posse da primeira remessa de barras em Belfast," Shanahan abriu uma apresentação de Power Point no Blackberry. "Seu pessoal a levará a Montreal onde o pessoal de Nathan Schnaper transferirá a remessa para o Banco de Montreal. Depois de registrada e depositada, sua parte será transferida eletronicamente para qualquer lugar que escolher."

"E a segunda remessa?"

"Muito provavelmente sairá de Lane, na costa da Escócia, mas confirmaremos assim que a primeira estiver registrada e depositada."

"Quando começamos?"

"Em breve," Shanahan confidenciou. "No entanto, tem apenas mais uma coisa."

"Claro, sempre tem apenas mais uma coisa," Murra deu uma risada séria.

"O homem que vamos abordar para fazer o acordo com o Cartel é um tal de Enrique Chupacabra, que por acaso está jogando pôquer aqui essa noite," Shanahan disse intencionalmente mais alto que a banda que começava a tocar ao fundo. "Nossas fontes revelaram que a posição de Chupacabra no Cartel é frágil, na melhor das hipóteses. Ele pode estar instigando uma guerra entre o Cartel e a Máfia Cubana que poderá ser muito onerosa para todos os envolvidos nessa nova rede que estamos criando. Pode até mesmo se sentir tentado a comprometer uma de nossas remessas se tiver motivos para pensar que o Cartel não mais precisa de seus serviços."

"Então, você quer que cuidemos desse problema para você?"

"Digamos apenas que, se for necessário eliminar esse risco em particular, poderíamos sugerir ao Cartel que seu pessoal estaria disponível para assumir as tarefas de solucionar problemas hoje atribuídos a Chupacabra. Isso não apenas o colocaria diretamente dentro da rede do Cartel, mas aumentaria sua influência e fortaleceria sua posição como nosso intermediário na América do Norte."

Foi nesse momento que seu celular tocou e Shanahan recebeu a notícia de Gawain que teriam que sair do local. Shanahan explicou a Murra que um assunto urgente aparecera e precisava de sua atenção imediata. Garantiu a Murra que entraria em contato por e-mail nas próximas 48 horas. Os homens apertaram as mãos e seguiram em direções opostas para minimizarem as chances de serem seguidos.

Shanahan se viu estranhamente intrigado com Murra. De todos os tipos de criminosos que tinha encontrado e até mesmo os não criminosos da Firma, Murra parecia ser o único que não tinha intenções ocultas. Não tentou esconder quem ou o que era. Também pareceu ser genuinamente durão, alguém que exigia respeito sem ter uma arma na mão como Gawain. Shanahan com certeza estava enganando Murra, mas duvidava que a Firma fosse tão estúpida a ponto de queimar Murra e perder esse recurso inestimável do submundo europeu. Se ele pudesse ajudá-los a dar conta dessa missão e eliminar Chupacabra, Shanahan certamente poderia convencer o MI6 que a Máfia Sardenha seria realmente uma enorme aliada.

Decidira que, se fosse para sujar as mãos, então o resultado seria algo que valesse o sacrifício. Entraria em contato com Murra no dia seguinte e ajustaria suas agendas, o que poderia muito bem diminuir bastante as chances de sobrevivência de Chupacabra nos próximos dias.

CAPÍTULO OITO

Enrique Chupacabra encontrou Amschel Bauer logo depois do meio dia e continuava impressionado com seu topete. Enrique sempre soube que ele e seus associados, na maioria dos casos, vieram da sarjeta do mundo para colocarem seus nomes sob a luz do sol. Poucos era aqueles que nasceram com dinheiro e reinvestiram suas fortunas para conseguirem ganhar mil vezes mais do que as pessoas que se utilizam dos meios e recursos tradicionais de acumular riqueza. Amschel era um desses da classe exclusiva.

Seu pai, Abraham Bauer, foi um judeu russo que imigrou com a família para Brighton Beash no Distrito do Brooklin, Nova Iorque, em 1954. Bauer, um judeu hassídico, casou com uma judia sefardita chamada Rachel Roth. Começou uma família e abriu uma loja de penhores especializada em negociar ouro e moedas antigas. Depois do nascimento de seu quarto filho, abriu uma segunda loja, e depois do oitavo filho, abriu uma terceira. Abriu a última loja em 1974, ano em que Amschel nasceu. Nessa época, seu filho mais velho administrava a loja original e a segunda enquanto o segundo mais velho cuidava da Bauer Pawn

Shop número 3. Abraham dedicou seus esforços para a construção da loja número 4, aquela que tornaria a mais lucrativa de todas antes de entregá-la ao seu amado Amschel.

Amschel exibia uma grande inteligência na tenra idade, superando seus irmãos mais velhos no xadrez quando tinha seis anos de idade. Abraham o levou a uma *yeshiva* local, onde constataram que seu QI era de 160. A extraordinária inclinação para matemática do garoto levou Abraham a contratar um tutor para trabalhar com Amschel depois da escola. Nessa época, ele estava na sexta série e seu professor de matemática declarou que não tinha mais nada que pudesse ensinar ao garoto. Deu uma recomendação pessoal para que ele fosse matriculado na Yeshiva Lomza Petach Tikva Israel, uma escola para superdotados na Parkville Avenue.

Apesar do fervoroso desejo de Abraham que Amschel fosse para a universidade e se tornasse rabino, o mais jovem dos Bauer se encaminhou diretamente para Wall Street depois de se formar em 1991. Encontrou um mentor na firma de corretagem de William e Hanau, onde Hyman 'the King' William colocou o jovem brilhante debaixo de sua asa. Ensinou a Amschel as nuances dos ataques corporativos, descobrindo quais empresas à beira da falência poderiam ser compradas e como suas ações poderiam ser vendidas com o máximo de lucro. Bauer acumulou uma pequena fortuna em pouco tempo, mas voltou sua atenção para o negócio da família.

Herdara o amor por ouro de seu pai, Abraham lembrava constantemente o filho de quantos parentes em Israel sobreviveram ao Holocausto com o ouro que guardaram ao longo dos anos para uma situação de catástrofe. Independente de desastre econômico, adversidade política, perseguição racial ou religiosa, o ouro sempre falava mais alto. Ainda assim, Amschel também desenvolveu um profundo respeito pelo 'ouro branco' que pulsava nas veias da comunidade do East Brooklin e fazia fortunas inimagináveis: os narcóticos. Começou a nutrir um sonho de transferir os lucros do narcotráfico para a compra de barras de ouro e logo colocou o projeto de sua vida em ação.

Amschel descobriu quem era o maior traficante de Flatbush e logo entrou em contato com Nikolai Biden. Organizou um encontro com Biden em Bensonhurst onde conversaram em russo em um elegante restaurante judeu. Ele explicou em termos leigos a magia das informações privilegiadas que garantiam o enorme lucro ao se investir em ações de acordo com a ascensão e a queda das fortunas das empresas. Amschel propôs que Biden lhe desse informações sobre negócios à beira da falência. Ele poderia investir grandes somas do dinheiro das drogas e comprar ações uma vez que estivessem despencando no mercado. A partir daí os agentes de Amschel poderiam entrar com uma contraproposta que colocaria as empresas à beira de uma recuperação milagrosa. Assim que as ações começassem a subir, Amschel venderia tudo antes de retirar seu apoio e permitindo que o negócio entrasse em colapso. À beira de serem liquidadas, elas se agarrariam a qualquer coisa que Amschel oferecesse de seu arsenal antes de engolir o negócio como um todo.

Biden estava hesitante, mas os primeiros dois milhões de Dólares o convenceram completamente. Sua gangue começou a visar empresas e depois corporações cujos donos e gerentes tinham desenvolvido um grande vício por drogas e fariam qualquer coisa para

Biden abrir a mão. Biden atacou diretamente nos seus vícios e deu a chave do reino para Amschel. Enfim, Amschel organizou um encontro entre Biden e Hyman William, o que permitiu que colocasse em prático seu plano mestre.

Amschel entrou em contato com o FBI e pediu imunidade em troca de informações sobre as atividades de informações privilegiadas de 'King' William. Depois de receber 100 mil Dólares em dinheiro de Biden, notificou os Federais sobre o acordo iminente. Pegaram os conspiradores com uma escuta telefônica e Amschel se safou com o dinheiro depois que William e Biden foram presos por fraude. William matou William na prisão e foi assassinado pela Máfia Russa que precisava encobrir seus rastros durante uma investigação Federal.

A partir daí Amschel se mudou para o Canadá para evitar que os Federais continuassem investigando e, com o tempo, entrou em contato com Nathan Schnaper, chefe da Máfia de Montreal. Foi lá que Amschel aprendeu a bela arte de lavagem de dinheiro, ajudando Schnaper a reinvestir os lucros das extorsões. Seu esquema intrincado de refinanciamento imobiliário tornou Nathan e Amschel multimilionários e, em seguida, concentraram-se em usar o dinheiro das drogas para comprar barras de ouro. O retorno do padrão do ouro proposto foi um momento mágico e anunciou o nascimento da Operação Blackout.

"Você me lembra a mim mesmo quando tinha sua idade," Amschel admitiu a Chupacabra enquanto almoçavam no grande pátio de sua casa com vista para a Baía de San Juan. As águas verde azuladas se estendiam até onde os olhos podiam ver, das praias ensolaradas cheias de palmeiras até os céus de um azul pálido cujas nuvens ocultavam de forma intermitente o brilho do majestoso sol de outono. "Diligente, empreendedor, ainda que agressivo e oportunista. Reconheço quem é rápido em reconhecer uma chance de obter lucro, mas não é imprudente nem avarento. Você não chegou onde está sendo descuidado ou impertinente com propriedades e bens dos outros, Enrique, nem eu."

Os seguranças de Chupacabra desfrutaram o almoço longe dos ouvidos do anfitrião, comendo rapidamente para poderem assumir seus postos ao longo dos pontos de acesso da área de jantar no segundo andar. Big Kenny parou no topo da escada de alvenaria que se erguia do jardim tropical, impedindo qualquer um que parecesse querer invadir a privacidade de Enrique e Bauer no local afastado. Chupacabra se esbaldou com um peito de pato com folhas de louro e molho de framboesa acompanhado de arroz basmati enquanto Bauer saboreava medalhões de lagosta com molho beurre-blanc acompanhado de aspargos.

"Devo admitir, Amschel, gosto de seu estilo," Chupacabra o elogiou. "Em Montreal, aqui em Rincon, você conhece os melhores lugares, a melhor comida, o melhor vinho e as melhores coisas da vida. Encontramos tantos caras que não conseguem fugir de seus passados nesse nosso meio. Em Medelín, você encontra líderes de gangue que valem milhões de Dólares se metendo nos mesmos buracos de quando vendiam maconha nos guetos. Você precisa continuar evoluindo, aprimorando-se, crescendo e ficando mais forte ou se rebaixa e é esmagado."

"Quero que saiba que não acho que você tenha algo a ver com aquele carro-bomba em Montreal,"

Amschel o olhou com atenção. "Sei que houve muita comunicação eletrônica durante aquele episódio. Eu, assim como Nathan Schnaper e nossos associados acreditamos que é inocente e alguém está tentando armar para cima de você."

"Quem você acha que faria isso, Sr. Bauer?" Chupacabra mergulhou um pedaço de alho e pão de ervas no molho de framboesa. "Quem iria querer me acusar?"

"Alguém que quer que você seja substituído," Amschel tomou um gole de vinho branco. "É de conhecimento de todos que você é o cara que resolve os problemas para o Cartel de Medelín. Seu nome é temido por seus associados porque zelosamente protege os negócios confiados a você. Se um guardião como você é retirado, fica muito mais fácil de alguém com menos talento assumir seu lugar. Aqueles que nunca ousariam roubar ou passar o Cartel para trás provavelmente poderiam tirar vantagem dessa nova oportunidade."

"Quem, Sr. Bauer?" Chupacabra insistiu. "Quem?"

"Não sei, Enrique. Mas pretendo descobrir," Bauer respondeu. "Veja, a Operação Blackout é a chance da imortalidade para todos nós. Podemos transcender a Nova Ordem Mundial dos sionistas, muçulmanos e das nações cristãs do planeta Terra. Podemos nos tornar os reis de uma nova dinastia e estabelecer controle absoluto sobre a economia internacional. Pretendo tornar esse sonho realidade e sei que um homem como você pode se tornar o protetor de nosso reino. Junte-se a mim e vou, pessoalmente, desvendar essa conspiração contra você. Juntos eliminaremos aqueles que subverteriam nosso plano para controlar a riqueza das nações."

"Parece bom para mim," Chupacabra tomou um gole de vinho.

"O que achou?"

"Excelente," Enrique colocou a bebida na boca, degustou e saboreou.

"Montrachet, 1978, vindo dos vinhedos de Domaine de la Romanee-Conti, Borgonha, diretamente para a mansão de Nathan Schnaper na área de Westmount, Montreal. Teremos acabado com uma garrafa de vinho que custa 24 mil Dólares junto com nossa refeição. Uma garrafa vale mais do que 80% da população mundial ganha em um ano. Uma garrafa que custa mais de cem vezes mais do que vai sair a conta desse hotel. No entanto, é o vinho que faz a refeição e não o contrário. Não importa o quanto o jantar seja requintado, é sempre sobre o vinho. Assim como será conosco. Os outros vão providenciar o banquete, mas nós levaremos o vinho."

"Acho que é mais sobre você levar o vinho e eu proteger a garrafa," Chupacabra especulou.

"Exatamente, meu amigo," Bauer sorriu. "Com todo o respeito, e não querendo refutar seu brilho na sua especialidade, quero colocá-lo dentro da minha mente e dos meus associados. Por acaso, sabe o que é um bi?"

"O que é isso, tipo um bicho?"

"Um bi é um bilhão de Dólares," Bauer se recostou em seu assento com os cabelos vermelhos brilhando sob a luz do sol. "Na nossa reunião do outro dia, discutíamos a possibilidade de acumular mil vezes mil milhões em barras de ouro. Isso pode ser traduzido em mil bilhões de Dólares. Se, de fato, pudéssemos acumular essa quantia, seria apenas um décimo do ouro mantido pela Federal Reserve e pelo Bank of Internacional Settlements. O que precisamos fazer é privar nossos competidores de suas reservas usando todos os meios necessários."

"Como podemos fazer isso?" Os olhos de Enrique se arregalaram.

"Isso só pode ser conseguido através de ataques militares preventivos contra os suprimentos da nossa competição. Esse é o vinho que levarei para o banquete. O banquete é termos em nossas mãos todo o ouro restante do mundo. Isso, enrique, é o que pedirei que proteja."

"Conseguiu, Chefe," Chupacabra deu de ombros. "Posso trabalhar para o Cartel, mas estão me deixando na mão. Você me protege e eu protejo você. Se impedir que me apunhalem pelas costas, usarei tudo o que me derem para protegê-lo diante dele."

"Esse é um dia muito importante na história mundial," Bauer estendeu e a mão para apertar a dele. "Nos próximos meses, faremos coisas que deixarão toda a humanidade espantada."

Chupacabra não tinha dúvidas de que Bauer se tornara seu salvador e, por sua vez, serviria de rocha por sobre a qual ele construiria um império eterno.

Sabia que o futuro era o agora.

Joe Bieber se encontrou com Shanahan e Gawain logo após eles chegaram no Staybridge Suites em Yorktonw. Optaram por jantar no Riverwalk Restaurant, um local elegante com vista para o York River. As janelas envidraçadas enormes ofereciam uma visão panorâmica da beira do rio e o salão bem mobiliado forneciam uma experiência memorável.

Shanahan pediu lombo, camarões com batatas

grelhadas e legumes cozidos no vapor enquanto Bieber desfrutou de uma costeleta de porco bem grossa com batatas ao cheddar e cebolas salteadas. Gawain comeu alegremente uma refeição composta de camarões refogados, vieiras, massa linguni com mexilhões e amêijoas ao molho marinara. Cumprimentaram-se gentilmente e falaram sobre suas acomodações de viagem e contaram piadas sobre os eventos do dia antes de começarem a trabalhar.

"Cavalheiros, tenho certeza de que seus superiores os informaram que há uma grande preocupação com a turbulência política que afeta certos países ultimamente," Bieber começou. "Também existe uma apreensão com outros países de fora a comunidade bancária internacional. Podem estar tomando medidas drásticas para garantir suas posições durante a revolução financeira que vem pela frente."

"Nosso pessoal indicou que podemos estar olhando para dois grupos diferentes," Shanahan assinalou. "A Al Qaeda instigou revoluções no Paquistão e no Irã. Essas duas nações são vistas como ameaças nucleares para nossos dois países. O Presidente e o Primeiro Ministro enviaram declarações às pessoas de ambos os países para considerarem com cuidado a quem confiarão essas armas de destruição em massas nos próximos meses."

"É o que sempre falamos lá em casa," Gawain disse com a boca cheia de camarão e linguini. "Dê uma arma a um paquistanês e ele irá roubar sua mercearia. Dê a ele uma bomba nuclear e ele a jogará em seu país."

"Seus amigos da sua casa também podem dizer que são farinha do mesmo saco," os olhos cinzas e atléticos de Bieber estavam fervendo. Tanto Shanahan quanto Bieber usavam ternos pretos de grife enquanto Gawain pegara um terno de seda prateada em uma lojinha local. "Nesse momento, as únicas nações não conectadas ao sistema bancário central são Cuba, Coréia do Norte e Irã. Esses países vêm sofrendo embargos internacionais por anos, uma mudança no padrão do ouro pode levá-los à falência. Podem ser nações desesperados nos momentos que estão por vir e podem recorrer a medidas desesperadas. É isso o que o Reino Unido e os EUA estão enfrentando."

"Considerando que os paquistaneses e iranianos estão do outro lado do mundo, será necessário um ataque com míssil ou com uma bomba contrabandeada para causar o dano," Shanahan lançou um olhar fulminante para Gawain quando ele bebeu uma taça de Pinot Grigio de um só gole e rapidamente a encheu até a borda. "Claro, eles enfrentariam a perspectiva de um contra-ataque devastador, mas os fanáticos não estão necessariamente preocupados com danos colaterais para o lado deles."

"Exatamente," Bieber assentiu. "Se olhar isso pelo diagrama de Venn, o Irã é a única nação que está em ambos os círculos. Recentemente, o Líder Supremo Aiatolá adoeceu. Seu representante interino, Saddam Al Varka, tem uma forte ligação com a Al Qaeda e pode muito bem usar seu poder temporário para tomar uma atitude que o Aiatolá será incapaz de remediar. Já iniciou sérias discussões com a Coréia do Norte para adquirir um sistema de lançamento de mísseis. Tanto os EUA quanto o Reino Unido deram avisos estritos a ambas as nações, sem sucesso."

"Qual o pior cenário?" Shanahan postulou.

"Diria que lançarem o míssil em Downing Street e a arma nuclear contrabandeada em Shankill Road,"

Gawain soltou. "Eu procuraria um novo lugar para morar e você por um novo emprego."

"Achamos que podem estar procurando por lugares que não Londres," Bieber não estava achando divertido. "Nova Iorque, Frankfurt, Zurique e Paris completam a lista dos cinco maiores bancos centrais do planeta. Desses, Londres, Nova Iorque e Zurique são os maiores centros mundiais no mercado de barras de ouro. Um ataque nuclear a Nova Iorque significaria a destruição de Wall Street, o que seria um golpe que paralisaria a economia global. Isso não seria bom para ninguém. Destruir nossas reservas em Fort Knox, West Point e Denver seria igualmente derrotista, embora se quiserem evitar nosso acesso, o alvo seria Fort Knox. Ele possui mais do que o dobro da quantidade de ouro armazenada em qualquer uma das outras instalações."

"Não tem uma instalação militar no forte?" Shanahan perguntou. "O governador não poderia chamar a Guarda Nacional ou até mesmo decretar lei marcial na área se detectasse uma ameaça?"

"A desvantagem seria a Al Qaeda fazer um anúncio falso para afastar nossas forças ou incitar uma comoção pública em caso de uma reação exagerada," Bieber assinalou. "Nosso governo decidiu não permitir que a ameaça da Al Qaeda privasse nossa população na sua busca pela felicidade. Mesmo a ameaça de uma bomba nuclear de baixa intensidade não mudará nossa estratégia. Ao invés disso, focaremos em possíveis pontos de saída por onde os terroristas trariam armas de destruição em massa para os EUA."

"Diga, mano, que tal mais uma garrafa desse negócio?" Gawain levantou uma garrafa de Drouhin Chassagne Montrachet Marquis de Laguiche, 1995. "Ou talvez duas, uma garrafa extra para nosso amigo aqui."

"Estou bem, obrigado," Shanahan garantiu ao garçom.

"Bem, então eu vou beber a parte dele, vá buscar de qualquer forma," Gawain insistiu.

"Onde estávamos?" Shanahan deu sorrisinho. "Uh, sim. Joe, está ciente de que estamos aqui nos EUA em uma missão para nos infiltrarmos na rede de contrabando da costa Leste dos EUA e intimidar e interditar os agentes da melhor maneira que pudermos. Não tenho certeza da utilidade que teríamos tentando interceptar uma equipe de contrabandista que tentam trazer uma arma nuclear para os EUA. Se, por acaso, descobríssemos uma operação como essa, isso seria a primeira e máxima prioridade. Tirando isso, não sei que tipo de ajuda poderíamos oferecer."

"Estamos pensando em um possível cenário onde, talvez, o Sr. Gawain tenha uma maior utilidade," Bieber revelou. "Como você sabe, essa administração atual foi indevidamente sobrecarregada com questões dos direitos civis em relação aos procedimentos de interrogatório daqueles que declararam guerra contra nosso povo e, tecnicamente, não têm direitos constitucionais. Se capturássemos terroristas em nossas fronteiras com informações que poderia levar a captura de contrabandistas de armas nucleares, obviamente existiria um sério limite de tempo envolvido. Envolver alguém como Sr. Gawain poderia significar a salvação de centenas de milhares de vidas."

"Você quer dizer, fazê-los falar?" Gawain mordeu um pedaço de pão de alho. "Bem, vou colocar dessa forma, não cruzei com ninguém que não fosse capaz de fazer falar."

"Claro, não pensaríamos em entrar em contato com vocês a menos que tivéssemos absoluta certeza de ter um cúmplice sob custódia," Bieber assegurou a eles. "Acertaremos os detalhes com a Firma e, se uma situação aparecer, entraríamos em contato diretamente com eles antes de buscar sua ajuda."

"Não vejo um problema futuro se surgir a necessidade," Shanahan respondeu sem entusiasmo. Sabia que Bieber solicitava a eles, mais precisamente a Gawain, que cometesse atos de tortura para ele. Com toda a certeza confirmaria isso com Shaughnessy, mesmo tendo a mais profunda sensação de que o MI6 já havia concordado com esse acordo hediondo.

"Bom. Cavalheiros, tenho ingressos na primeira fila e no camarote no Kimball Theater Williamburg que fica a cerca de 24 km daqui. Se decidirem se divertir antes do voo amanhã à noite, basta nos ligar e providenciaremos," Bieber ofereceu com bom humor. "Receio não pode participar, mas continuamos disponíveis se precisarem de qualquer coisa."

"Eu já terminei por aqui," Shanahan levou um guardanapo aos lábios e recusou a sobremesa e o café que o garçom oferecia. "Gawain, por favor, aproveite. Tenho certeza de que o cardápio de sobremesas é formidável. Joe, ligarei para você amanhã e espero vê-lo antes de partirmos."

"Excelente," os três homens apertaram as mãos antes de Bieber e Shanahan se despedirem. Gawain acenou antes de pedir uma torta de chocolate francesa e um espresso. Não tinha muita certeza do que aqueles dois tinham em mente, mas pretendia aproveitar ao máximo todos os momentos antes que chegasse o dia da verdade.

CAPÍTULO NOVE

A magnífica vista do West Palm Beach era uma das mais extraordinárias do país e era melhor do que os arredores majestosos do Brazilian Court Hotel e do Beach Club. Era a escolha preferida dos muitos ricos e famosos que tiravam férias na comunidade exclusiva e o Café Boulud com seus estofados em ouro ofereciam o melhor da cozinha francesa para aqueles que esperam o melhor.

Entre eles, estava o Sheik Mandhur Mohiuddin, um dos melhores agentes da Al Qaeda. O irmão de Mohiuddin, Mahmud, era um vice-presidente executivo da Freyssinet Saudi Arabia, uma líder nacional no comércio de concreto protendido. Os Mohiuddins eram muçulmanos salafistas e Mandhur saiu da empresa para se formar em estudos islâmicos com as bênçãos de Mahmud. Formou-se na Imaam Islamic University em Ryadh e, logo em seguida, entrou em contato com a Al Qaeda.

A Al Qaeda lhe conferiu o título de Sheik e logo providenciou que fosse contratado na Islamic Saudi Academy de Washington. Como professor adjunto, oferecia seu luxuoso apartamento em Alexandria, Virgínia, para os alunos superdotados que davam mentoria para se afiliarem à Al Qaeda. Mais de 24 de seus estimados pupilos abandonaram a escola e foram enviados para os campos de treinamento da Al Qaeda do Oriente Média à África. Somente uma investigação do Congresso resultou nas acusações que a Al Qaeda patrocinava madrassas (escolas radicais islâmicas) através da Academia e Mandhur voltou à Arábia Saudita logo em seguida.

Foi encarregado de uma missão sagrada pelo Comitê Militar e assumiu o comando da célula da Al Qaeda em Khartoum University. Era encarregado das operações insurgentes no Sudão e só foi embora depois que o governo sudanês supostamente colocou sua cabeça a prêmio. Agora, trabalhava em todo o Oriente Médio e só saia de seu esconderijo para negociações importantes como essa.

O Sheik se encontrou com seus contatos norte-americanos no Bohlud aquela manhã. Pediram o brunch sob a vigilância de uma equipe de oito homens, cada um acompanhado por dois pistoleiros. A discreta equipe de garçons estava acostumada com tais reuniões e garantiu de acomodar os recém-chegados em mesas mais distantes para assegurar a privacidade dos clientes.

"Belo lugar," Johnny Carmona comentou e deu uma garfada em seu polvo grelhado espanhol. Ele era um cubano moreno de cabelos pretos e grossos que usava um terno cinza prateado e uma camisa preta. "Olhem, só quero que todos aqui saibam que meu pessoal está satisfeito que ninguém dessa mesa teve algo a ver com o que houve a Julio Cruz. Estou aqui para prosseguir com os negócios como de costume, e venho com total autoridade em nome de nossa liderança para tomar uma decisão sobre a sua proposta hoje."

"Fico feliz em ouvir isso," Ernesto Guzman falou com seus olhos pretos brilhando e contrastando com sua pele alaranjada. "Meu pessoal quer ter certeza de que está sendo feito de tudo para se evitar outra guerra de gangues. Tenho certeza de que Alberto pensa da mesma forma. A ganância não faz bem. É uma doença infecciosa que mata. Existe mais do que o suficiente para todo mundo nós dois, Alberto e eu, aprendemos isso da maneira mais difícil."

"Certamente," Alberto Calix disse rispidamente. Seu Cartel Mexicano e a Máfia Mexicana de Guzman estiveram envolvidos em uma guerra cruel na fronteiro que custou a vida de aproximadamente mil pessoas. Isso custou aos dois grupos milhões de Dólares em recursos que foram perdidos, destruídos ou capturados pelo DEA e os *Federales*. A trégua entre as organizações rivais ajudou a recuperarem suas perdas e quase dobrarem os lucros no último ano.

"Como todos vocês sabem, essa reunião foi coordenada por Amschel Bauer com o objetivo de alinhar nossos esforços quando a Operação Blackout entrar em sua segunda fase," o Sheik olhou para cada um dos homens à mesa. "Tenho certeza de que todos estão cientes que todos os nossos associados estão bastante dispostos com a tarefa de lavarem seus recursos não declarados os convertendo em barras de ouro. Estamos cientes de que certa quantidade é necessária parça que os negócios continuem como de costume, mas os relatórios que temos recebido indicam que tudo está progredindo bem. Agora é o momento de começarmos a planejar como vamos paralisar o suprimento de ouro de nossos competidores quando o padrão do ouro for restaurado pela rede do banco central ao redor do globo."

De repente, Enrique Guzman percebeu o quanto a Al Qaeda estava profundamente envolvida na operação. Pelo que entendia, Bauer e seu pessoal tinham conexões com a Al Qaeda, que desempenhava um papel periférico na operação. O fato do Sheik ter mencionado 'relatórios que temos recebido' dizia a Ernesto que eles estavam diretamente ligados à rede. O que quer que estivesse acontecendo ali estava sob a direção de um parceiro incumbido desse empreendimento.

"Sabe," Carmona também percebera isso, "se a Homeland Security tiver ideia de que qualquer um de nós está diretamente ligado à Al Qaeda, a pressão sobre nós vai dobrar. Já se fala em enviar tropas para a fronteira mexicana assim que voltarem do Iraque e do Afeganistão. Se começarem a fazer exercícios navais no Caribe, não poderemos trazer droga nenhuma de lá. Isso nos tornaria totalmente dependentes do pessoal de Alberto e quem vocês acham que perseguiriam depois? É o processo de eliminação, *amigo*. Se fecharem o cerco em cima de Alberto e Enrique, os próximos serão os salvadorenhos e os colombiano. Vai ser muito perigoso nos envolvermos com vocês."

"Não estamos pedindo por um compromisso," o Sheik respondeu. "Tudo o que precisamos é que providenciem segurança para que dois transportes passem pela fronteira nas próximas semanas. Um virá por terra e outro pelo mar. Um desses carregamentos é uma isca. O outro é uma bomba que vai paralisar nos 50% da reserva de ouro da América armazenadas no Fort Knox."

"Vai jogar uma bomba no Fort Knox," Guzman

sacudiu a cabeça. Como Carmona, ele mal tocara em seu pato *marbre* defumado. "Isso será tão ruim quanto o 11 de setembro. Virão para cima de nós com força total se sequer suspeitarem que tivemos algo a ver com isso."

"Dois milhões de Dólares para cada um, os fundos serão transferidos para seus nomes em contas suíças," o Sheik garantiu a eles. "Nosso pessoal trará os transportes em navios particulares que chegarão de Honduras ao México e em Cuba. Nossos contatos em ambos os governos tomarão as melhores providências possíveis para que seu pessoal escolte nossos agentes. Assim que nossos transportes cruzarem a fronteira dos EUA, consideraremos sua missão cumprida e os pagamentos serão processados de forma eletrônica como o combinado."

"Isso coloca muito dinheiro de volta nas ruas," Calix fez um barulho por entre os dentes de ouro, pensativo, enquanto fazia uma pausa com os escargots da Borgonha.

"Então o que está dizendo é que tudo o que tenho que fazer é escoltar seu barco pelo estreito até chegar ao Keys e ganho dois milhões," Carmona reiterou.

"Se considerar passar pelo sistema de rastreamento via satélite da Marinha, Guarda Costeira e Homeland Security um dia de trabalho, eu o saúdo, meu amigo," o Sheik ergueu a taça de vinho.

"Nem sequer saberemos quem está com a bomba," Guzman pressionou por mais detalhes.

"Esse é um seguro extra para o seu lado," Mohiuddin pontuou. "Se seus homens forem capturados, não poderão confessar nem sob tortura que traziam conscientemente uma bomba para dentro do país. Além do mais, estarão sob muito menos pressão se forem convencidos de que estão trazendo a isca."

"O que essa isca fará de bom assim que a trouxermos?" Calix perguntou.

"Nosso pessoal avisará a Homeland Security, o FBI e a polícia que ela chegou," o Sheik sorriu. "Isso levará os americanos a pensarem que frustraram nossos planos e dará ao verdadeiro transporte uma chance maior de chegar sem ser percebido. Além disso, tenham em mente que os americanos esperam um ataque a uma cidade maior e não a uma reserva de ouro. Exatamente como Amschel Bauer disse, esse é um ataque financeiro sem precedentes na história da humanidade. As nações ao longo da história sempre destruíram o exército de seus inimigos para capturarem suas riquezas, nunca o contrário."

"Agora, suponha que a comunidade financeira internacional, como você chama, decida não optar pelo padrão do ouro," Guzman colocou. "Talvez você derrube o suprimento de ouro, mas simplesmente vão imprimir dinheiro o bastante para cobrirem as perdas."

"Nada com o que se preocupar, meu amigo," Mohiuddin assegurou. "A Al Qaeda tem os ouvidos encostados em muitas portas. Temos certeza de que a OPEP forçará a decisão em breve. Não permitirão que as nações cristãs e seus aliados sionistas usurpem o controle absoluto da economia mundial sem dizerem uma palavra."

"Isso é maior do que todos nós, rapazes," Carmona deu de ombros. "Conte comigo."

"Virão atrás de nós de um jeito ou de outro," Calix concordou. "Além disso, temos o ouro e eles talvez não o terão. Mesmo que falhe, ainda teremos muitíssimo ouro. Estou dentro."

"Do meu ponto de vista, se Mandhur tiver sucesso, ele derruba todo o ouro que o EUA precisa para financiar de forma legítima o sistema de rastreamento via satélite na Marinha, Guarda Costeira e Homeland Security de que falava," Guzman estava relutante. "Vale a tentativa, vou aceitar."

"Excelente," o Sheik bateu uma palma. "Cavalheiros, faremos história quando nossa missão for completada. O 11 de setembro vai desaparecer perto do que vamos realizar. Vamos nos tornar parte da história, isso eu garanto."

Secretamente todos esperavam que suas organizações também não se tornassem história mais tarde.

"Não há dúvidas de que a OPEP não se deixará marginalizar já que as nações do G8 buscam redefinir os padrões financeiros do mercado mundial," os pronunciamentos do Sheik Mahomet Farhat foram transmitidos pela mídia mundial logo após o encontro da Al Qaeda e do cartel de drogas em Palm Beach. "É quase como se as nações ocidentais não percebessem que, se cobrássemos a dívida do petróleo que fornecemos apenas no ano passado, seria bem possível que o suprimento de ouro das nações pudesse ser seriamente esgotado. Não nos entenda mal, somos parte de uma comunidade mundial que compartilha seus recursos dando o que temos em troca do não temos. Não pretendemos de forma alguma ameaçar aqueles que tão generosamente contribuem para a melhoria e aperfeiçoamento das nações árabes. No entanto, não ficaremos maravilhados quando os padrões financeiros internacionais forem reavaliados. Insistimos que nos seja dada voz nessa discussão e, se houver um retorno do padrão do ouro, exigimos transparência no procedimento para que nossos interesses não sejam somente respeitados, mas também satisfeitos."

"Aí está," Salvaje Pulga disse em espanhol a seu colega salvadorenho, Tony Ramos. "Isso vai acontecer. O mundo será forçado a esse padrão do ouro e não teremos escolha em relação a isso. Precisamos juntar 500 milhões em barras de ouro. Já fez o que disse que poderia fazer?"

"500 milhões não é um bilhão, meu amigo, é somente a metade," Ramos disse espiando pela janela do Sofitel Bogota Victoria Regia Hotel na capital da Colômbia. "Devo admitir, isso é exatamente o que pudemos juntar. Como você disse, ganhando ou perdendo, temos que guardar um pouco do ouro para os períodos difíceis."

"Os milhões e bilhões não são o motivo de eu ter feito você vir aqui," Pulga se inclinou sobre a mesa do prestigiado Basilic Restaurant. Ele levara um notebook onde reproduziu novamente o vídeo com o discurso do Sheik Farhat e que logo foi retirado calmamente por um dos homens armados que isolavam a mesa deles no restaurante elegante. "Minha preocupação é o homem que tomei como filho, que dei o poder para cuidar de nosso império, aquele a quem dei as chaves do reino. Mcu amigo, Enrique Chupacabra, está sendo visto como um risco para a organização que represento. Se ele falhar em suas obrigações, como você sabe, não existe opção de renunciar ou ser substituído. Se ele falhar, como seu *patron*, será meu dever para com o cartel removê-lo de seu escritório."

"E então deseja delegar essa responsabilidade para nós," Ramos mordeu um pedaço de queijo Raclette. "Não será uma tarefa simples. Chupacabra e temido e respeitado em toda a Costa Leste. Embora muita gente pense que ele arquitetou o assassinato de Julio Cruz, a notícia que se espalhou é que os cubanos há muito suspeitavam que Julio estava aprontando. Muita gente acredita que Enrique estava agindo sob suas ordens a pedido dos cubanos."

"Essas são as opiniões dos covardes que temem outra guerra de drogas!" Pulga bateu na mesa com a mão. "Não demos tal ordem! Se ele assumiu a responsabilidade sozinho de eliminar Cruz, ou pior ainda, fez um contrato com os cubanos para fazer isso, está colocando em risco ele mesmo e o nosso cartel de uma forma que ele não tem o direito de fazer. Ramos, meu amigo, se Chupacabra der mais um passo em falso, estamos dispostos a lhe pagar um milhão de Dólares para acabar com sua vida."

"Isso não sentido, meu amigo," Ramos argumentou. "Se o pessoal dele souber que os salvadorenhos apareceram em qualquer cidade onde ele esteja, imediatamente suspeitarão do pior. Além disso, imagine se ele juntou uma gangue própria na tentativa de assumir o poder nos EUA? Não tenho certeza que nosso pessoal iria querer se meter no meio de uma coisa assim. Você pode acabar tendo que limpar sua própria casa nesse assunto."

"Nossos espiões nos aeroportos descobriram que recentemente ele foi até Montreal," Pulga falou irritado. "O que diabos ele fazia em Montreal, assistia hóquei? Ele estava lá fazendo um acordo com Nathan Schnaper!"

"E o que há de errado em fazer um acordo?" Ramos suspirou. "O que sempre há de errado em fazer um acordo? Você perde o controle da situação,

Salvaje. Enrique é um bom jogador. Você pode eliminar um homem, mas não pode trazê-lo do mundo dos mortos. Lembre-se disso."

"Tudo bem, então," Pulga rosnou. "E sobre os transportes da Al Qaeda?"

"Moleza," Ramos assentiu tomando uma taça de vinho enquanto aproveitavam um buffet de vinho e queijos. "Pegaremos a carga com você no Golfo de Fonseca em Ampala. Estão pagando uma bela grana para entregarmos dois contêineres."

"Estou pensando que tem mais nesses contêineres do que nossos olhos podem ver," Pulga acendeu um Marlboro. "Quanto estão lhe pagando para entregar as caixas?"

"Um milhão. E você?"

"A mesma coisa. É muito dinheiro para duas caixas. Estou pensando em um ataque terrorista."

"Então desista, Pulga. Tenho certeza de que nos entregaram isso para descobrirem uma forma diferente de atravessar a Guatemala."

"Já estamos em uma merda tão grande com os americanos que não fará diferença o que estamos carregando. Outro carregamento de coca, uma bomba nuclear, eles estão levando embora para o resto da vida nossos melhores caras de um jeito ou de outro," Pulga deu de ombros. "Talvez isso ensine aos *gringos* um pouco de respeito. Sabe, durante a Segunda Guerra Mundial, o Governo dos EUA procurou a Máfia para ajudá-lo a emboscar sabotadores nazistas nas margens de Nova Iorque. Talvez isso nos aconteça em breve. Se a Al Qaeda chutar seu saco de novo, talvez eles nos procurem."

"Parece que tem estudado bastante, Pulga," Ramos brincou. "E delirando. Eles nos acusam de destruir sua sociedade apesar de toda a corrupção política, pornografia, homossexualidade, abuso infantil e violência na mídia. Tudo o que fazemos é dar um pequeno incentivo para que se divirtam. Sempre me pergunto: que diferença faria se não existisse cocaína na América? Respondo: muito pouca, meu amigo. Muito pouca."

"Talvez eles venham a perceber isso e talvez não vamos achar que somos tão ruins quando a Al Qaeda atacar novamente," Pulga respondeu. "Esperamos, observamos...e entregamos esses carregamentos e vemos o que acontece."

Os líderes colombiano e salvadorenho ergueram suas taças e brindaram o que antecipavam ser uma nova era de relações entre a América e a comunidade do narcotráfico do hemisfério sul.

CAPÍTULO DEZ

Era a manhã seguinte ao encontro com Bieber e Shanahan se preparava para seus exercícios matinais no centro de saúde e fitness do local. Assistira um filme tarde da noite em um cinema próximo, embora tenha sido difícil se concentrar nas cenas já que sua mente estava a mil por hora. Agora, consideravam a possibilidade de que levasse Gawain para torturar suspeitos de terrorismo capturados na fronteira mexicana. Era uma violência sendo sancionada pelo governo Britânico ainda que não pudesse fazer nada a respeito. Estava sendo usado como um peão não somente por seu próprio governo, mas também pelos americanos. Não conseguia ver outra forma a não ser renunciar, mas agora estava imerso em um jogo onde o destino do Mundo Livre poderia estar em risco.

Sabia que os EUA e o Reino Unido nem sempre eram diretos um com o outro e só davam informações que lhes eram convenientes. Os americanos poderiam saber muito bem quem estava envolvido no esquema da Al Qaeda e só estavam esperando para fechar o cerco antes de levarem Gawain. Só estava se perguntando se o MI6 daria prioridade a isso ao invés do trabalho psicológico que vinham fazendo com Chupacabra. Tirariam Gawain da jogada se os ianques pegassem os terroristas que tinham as informações? Mais do que possível. Agora, isso era maior que Chupacabra, foi o que um agente da CIA dera a entender. Seu próprio pessoal do MI6 nem sequer ligou para confirmar.

Ocorreu-lhe que o MI6 poderia ou não saber sobre seu encontro com Bieber. Não recebera nenhuma notícia prévia de Shaughnessy, o que poderia significar que qualquer coisa com a qual concordasse poderia não refletir a política oficial do governo britânico. Cada vez mais parecia que o MI6 agia como uma espécie de providência divina artificial, assumindo o papel de divindade distante que frequentemente deixa seus acólitos resolverem as coisas sozinhos.

Reportar ou não reportar, essa era a questão. Se o MI6 ordenasse que ficasse longe dos assuntos doa EUA, então a Cia perderia a chance de ter um interrogador tão diabólico quanto Gawain a sua disposição. Não tinha certeza de que gostaria de ser aquele que tiraria essa possibilidade da jogada. Decidiu que esperaria para ver o que Shaughnessy diria, se dissesse alguma coisa. Talvez se Shaughnessy não dissesse nada, o reino Unidos realmente não saberia de nada se a situação viesse a público. Novamente Shanahan ficaria na mão, mas os EUA seriam poupados de outro 11 de setembro. De qualquer forma, isso deveria ser o suficiente para colocá-lo em Downing Street.

Seu celular tocou e ele achou melhor atender. Acabara de tomar banho, colocar sua roupa de treino e estava quase saindo pela porta.

"Shanahan."

"Bom dia, mano. Temos companhia, vou encontrá-lo no lobby."

Shanahan xingou quando Gawain desligou. Tinha conseguido evitar esse sujeito em os momentos, mas quando ele arremessava em curva era impossível prever onde suas bolas cairiam. Só esperava que o patife não tivesse feito nada estúpido, mas sabia que era pedir demais. Decidiu descer vestido como estava, pois, se Gawain estivesse simplesmente sendo estúpido, poderia prosseguir com seus exercícios como se nada tivesse acontecido.

Chegou no lobby impaciente e ficou surpreso com o que via. Viu Gawain fazendo pose em uma luxuosa poltrona, usando um terno cinza e camisa e calças pretas, conversando amigavelmente com Morgana McLaren e Fianna Hesher.

"William!" Morgana parecia feliz. "Que bom vê-lo novamente!"

"O prazer é todo meu, minha querida," Shanahan se aproximou suas mãos. "Estavam na cidade?"

"Não, na verdade, acabamos de voltar de Londres e Jack ligou para o meu celular," Fianna revelou. "Ele nos disse que estariam aqui até amanhã, então decidimos aparecer. Conseguimos vir de graça, sabe."

"Isso é fantástico," Gawain sorriu. "Nós também. Na verdade, estaremos em Miami esse final de semana para os jogos do Campeonato Mundial de Dominó. Tirei a sorte grande e me fizeram competir."

"Nossa, isso é ótimo," Fianna estava com os olhos arregalados. "Deve ser muito bom. Aprendeu a jogar em Belfast?"

"Não, foi na Prisão Maghaberry quando era criança. Minha mãe não conseguiu encontrar uma babá adequada, então aquele pareceu o melhor lugar no momento," ele respondeu enquanto as garotas riam e sacudiam as cabeças. A cabeça de Shanahan estava quase perdendo o controle com as coisas que saiam da boca de Gawain.

"Então, garotas, já comeram?" Shanahan ofereceu.

"Acho que gostaria de uma xícara de café," Morgana respondeu. Tinha seus longos cabelos loiros caindo sobre os ombros do casaco preto. Sua saia preta acentuava suas adoráveis pernas brancas que Shanahan lutava para não ficar olhando. Seus olhos cor de esmeralda eram quase hipnotizadores e seus lábios vermelhos e brilhantes eram como cerejas em uma árvore. Ainda estava irritado com Gawain, mas viu suas defesas derretendo como se fossem banhadas pelo sol.

"Então, por que não damos uma olhada por aí," Gawain apontou o polegar para a calçada do lado de fora. "Podemos dar uma respirada e observar os turistas falando sobre suas propriedades."

"Claro," Fianna levantou, estava tão bem vestida quanto Morgana em um traje marrom e com seus cabelos ruivos compridos presos em um rabo de cavalo. "Tudo bem, pessoal, nós voltaremos."

"Fique longe de problemas, Jack," Shanahan avisou.

"Pode imaginar?" Gawain fez uma careta e Fianna caiu na risada enquanto seguiam seu caminho.

"Tem algo incomodando você?" Morgana perguntou.

"Não, não, nada," Shanahan respondeu. "Gostaria de dar uma caminhada? Estava indo para a academia quando ele ligou, como pode ver não estou exatamente vestido..."

"Bem, não queria tirar você de sua rotina," ela insistiu. "Posso dar uma volta e encontrar você aqui..."

"Bobagem, garota," ele se levantou da cadeira e estendeu a mão para ajudar Morgana a se levantar. "O que eu realmente gostaria de fazer é subir e me trocar. Ficaria terrivelmente desconfortável em caminhar por aí com você nesse traje de academia quando está tão linda. Faria a gentileza de me acompanhar até meu quarto, vou me trocar em um instante."

"Bem..." ela pensou. "Não tenho certeza de que voltar para o seu quarto seja uma boa ideia. Mal nos conhecemos."

"Não, não," Shanahan levantou a mão. "Por favor. Não quis ser desrespeitoso. Só não queria deixá-la sozinha aqui no lobby. A suíte é bastante elegante, não é do tipo que se vê nos filmes. Pensei que poderia gostar de dar uma olhada e, a propósito, sou bem rápido ao me vestir. Mudarei de roupa antes que possa dizer Super-Homem."

"Tudo bem, Sr. William Shanahan," ela sorriu maliciosamente. "Vá na frente. Lembre de sua promessa, certo."

Ele a acompanhou até o elevador e subiram até sua suíte no último andar aparentemente sem que se movessem. Abriu a porta com o cartão e a segurou para ela, estendendo a mão para acender a luz enquanto entravam na suíte luxuosa e espaçosa.

"Que lindo," ela disse olhando para a mesa de pedra e a cozinha adjacente à sala de estar dominada pelos enormes sofás e a enorme TV de plasma. "Com certeza vocês dois estão viajando com estilo."

"A empresa está indo bem ultimamente," Shanahan concordou. "Tem suco de frutas no bar, pegue o que quiser. Saio em um minuto."

Ele foi até o quarto e tirou seu traje, pensando em tomar um banho por via das dúvidas, mas se repreendeu depois de recém ter tomado seu banho matinal. Era um homem meticuloso e entrou no chuveiro para uma ducha ao invés de mudar as regras. No entanto, não queria deixar uma mulher como Morgana esperando, então pegou no armário um terno bege e uma camisa branca de seda e começou a procurar por seus sapatos. De repente, sentiu-se observado e se virou.

"Whoops, desculpe, estou perdida," Morgana sorriu de forma tímida e deu uma bela olhada em Shanahan só de cuecas, admirando suas pernas de tigre longas e musculosas, sua pele bronzeada perfeita e a barriga tanquinho que mais parecia uma armadura.

"Logo estarei com você, querida," pegou as calças de cima da cama e rapidamente as vestiu.

"Belo quarto," ela sorriu de forma atrevida antes de voltar para a sala de estar.

Ele se vestiu às pressas e encontrou Morgana na sala de jantar bebendo um suco de manga e trocando os canais na TV de tela plana de forma distraída.

"Gostaria de ficar aqui e ver alguma coisa?" ele perguntou. "Posso pedir o café da manhã se quiser."

"Não quer ver o que Fianna e Jack estão aprontando?" ela desligou a TV. "Se não voltaram para o quarto dele, podem estar metidos em um monte de problemas."

"Meu Deus, você está certa," Shanahan murmurou. "Tudo bem, querida, vamos lá."

"Só estou brincando, bobo," Morgana puxou sua manga quando ele abriu a porta para ela. "Você é sempre tão sério?"

"Não, por que, nenhum pouco," ele respondeu. "Só estou um pouco desorientado, sabe. Acordei há mais ou menos uma hora, coloquei minha roupa para ir à academia e agora estou aqui, indo para a cidade com a mulher mais linda de Yorktown. Não pode simplesmente esperar que me recomponha em alguns instantes."

"Desculpe por ter mexido com você, Sr. Shanahan," ela mirou dentro de seus olhos antes dele acariciar suas costas e colocar a mão em sua cintura enquanto a conduzia até o elevador.

Quando chegaram ao lobby, saíram para o pátio com vista para o jardim que levava até a rua. Observaram Gawain e Fianna furtivamente pulando de volta por cima do parapeito e a moça alegre segurando um cacho de uvas. Shanahan e Morgana deram uma espiada no jardim, onde um turista usando um boné olhou para cima e gritou algo para eles antes de seguir seu caminho.

"Melhor de cinco, amor," Gawain a cutucou. "É melhor tentar correr atrás."

"Pode fazer cinquenta a um," ela retrucou. "Não vou jogar uvas nas pessoas."

"Bem, você sabe o que acontece se perder," ele a lembrou de forma maliciosa.

"Não segure o fôlego, senhor," ela soltou.

"Oh, nossa," Shanahan apertou o nariz. "Você não imaginaria."

"Fianna!" Morgana se irritou. "O que está fazendo?"

"Foi você que me deixou com esse maluco!" ela protestou.

"Vou segurar você," Gawain se abaixou para pegá-la e Fianna jogou uma uva em seu nariz. Ele se balançou em sua direção enquanto ela gritava e soltava as uvas antes dele parar para pegá-las às gargalhadas.

"Talvez possamos encontrar um museu nas redondezas para parar e almoçar," Shanahan sugeriu.

"E fazer o que, você fica parado e fazendo pose para os turistas como em uma exposição?" Gawain bufou. "Certamente você pode sugerir algo melhor."

"Tenho certeza de que tem um Busch Gardens não muito longe daqui," Morgana mencionou. "Vi um panfleto no voo para cá."

"Tudo bem, parece que temos um vencedor," Gawain concordou antes de atirar as uvas por cima do parapeito. Ouviram um grupo de turistas gritar lá embaixo quando ele pegou a mão de Fianna e correu de volta para o lobby.

Em Belfast, um grupo de quatro homens durões desciam a Great Victoria Street no centro da cidade em direção ao lendário Crown Bar para uma reunião que teria uma grande influência nos agentes do MI6 em Yorktown. Pareciam os tipos paramilitares que mandam nas redondezas das extremidades leste e oeste, e os pedestres lhes deram um amplo espaço quando entraram no bar e deram uma espiada. Avistaram a cabine privada onde a reunião tinha sido marcada e abriram a porta para se apresentarem aos patrões que estavam lá dentro. Dois dos homens, sardenhos de jaqueta preta de couro, silenciosamente se levantaram e pediram licença quando seu líder fez sinal para que os machões se sentassem.

"Sou Jimmy Burke," ele apertou a mão do sardenho. Era um homem loiro com olhos azuis gélidos, um bigode fino e hirsuto. "Esses são meus associados, Edward, Kevin e Danny."

"Prazer," Emiliano Murra sorriu e bebeu sua água

mineral. "Cidadezinha agradável você tem aqui. Acho difícil conciliar a imagem que vi na televisão com o que vi até agora."

"Pode ter certeza de que as coisas tendem a ficar movimentadas nos bairros locais quando o sol se põe," Burke deu um sorriso. "Provavelmente você tem seus próprios lugares na Sardenha onde as pessoas cuidam de suas vidas depois que anoitece."

"Mais do que a nossa cota, meu amigo," Murra assentiu. "Então. "Quão perto estamos de finalizar nosso acordo?"

"Pronto quando você estiver," Burke respondeu quando a garçonete entrou no cubículo para anotar os pedidos. Danny se levantou e a conduziu para fora da sala, pedindo três canecas e lhe dando uma nota de 100. "Enviarei um e-mail para você assim que tivermos a confirmação de que nosso pessoal está no porto. Estaremos prontos para carregar sua embarcação para transportá-la até Montreal o mais rápido possível."

"É uma carga de trinta toneladas," Murra assinalou. "Fui informado que, assim que o navio sair do porto, você irá para Larne para esperar a entrega da próxima remessa de trinta toneladas."

"Se tiver com seu navio no porto, estaremos prontos para carregar assim que recebermos a notícia de Montreal que o primeiro carregamento foi transportado," Burke se recostou na cabine. "Tudo acontece ao mesmo tempo. Quando tivermos a confirmação de Montreal, demos o sinal para nosso pessoal trazer o navio para Larne para pegar o próximo contêiner. Assim que o fizermos, nosso pessoal transfere eletronicamente seu primeiro pagamento. Quando o segundo carregamento chegar e for descarregado, transferimos o restante. Funciona como um relógio, nosso pessoal é o melhor no ramo."

"Não tenho dúvidas sobre isso," Murra concordou. "Demos uma pesquisada e suas referências são bem sólidas. Claro, o pessoal do Sr. Chupacabra estará no local para aceitar a entrega em Montreal."

"Duvido muito que alguém menos que Chupacabra esteja no local para assegurar que esse tipo de carga seja manuseado com muito cuidado," Burke garantiu a ele. "Assim como duvido que ele pare para uma cerveja e deixe seu pessoal esperando."

Os homens riram com vontade quando a garçonete veio com a bandeja cheia de canecas de cerveja.

"Espero que você e seus amigos estejam com sede," Burke brindou com uma Guinness. "Não sei se ouviu sobre a hospitalidade irlandesa na Sardenha, mas se não ouviu, está prestes a conhecer, meu amigo."

"Receio que não tenha ouvido muito sobre a vida noturna da Sardenha," Murra brindou de volta. "À nossa boa sorte, 100 milhões de vezes."

E assim terminaram a parte dos negócios da reunião, aquela que armava o maior contrabando de ouro na história da América do Norte.

PARTE II

A VIRADA

O Campeonato Mundial de Dominó esse ano seria em Miami e daria ao vencedor um prêmio de um milhão de Dólares. Era mais do que já tinha sido oferecido, mas a ESPN apostou no sucesso que fazia com grupos minoritários onde o jogo era mais popular que o pôquer. O número de participantes foi muito maior que antes e a ESPN organizou torneios eliminatórios em todos os cinquenta estados. A partir daí, reduziram o número de estados para vinte e cinco nas quartas de final e para doze nas semifinais.

Dois dos finalistas eram Enrique Chupacabra e Jack Gawain. Tanto a gangue de Chupacabra quanto o MI6 tinham ido atrás de sósias e subornado funcionários para que colocassem seus nomes na lista da final. Gawain e Chupacabra pareciam excelentes jogadores e, nos jogos que perderam, foram até os árbitros ou pagaram os vencedores para que os permitissem passar para a próxima rodada. A fotografia das identidades de Gawain e Chupacabra foram verificadas pelos oficiais de Miami e o campeão seria determinado no final de semana seguinte.

O MI6 levou os agentes para Tampa naquele final

de semana, antecipando o jogo do próximo sábado. Gawain e Chupacabra jogavam com nomes falsos para evitar publicidade e que fossem detectados por rivais e inimigos, então Chupacabra não sabia que enfrentaria Gawain no jogo final. O MI6 também ordenou que seus agentes se mantivessem discretos para causarem o máximo de impacto em Chupacabra no jogo.

Chupacabra voara para Montreal na noite anterior para supervisionar o transporte das barras de ouro contrabandeadas de Belfast. Dezenas de homens da gangue de Nathan Schnaper chegaram com uma carreta e transferiram os contêineres dos cargueiros sardenhos para os caminhões quando eles chegaram. Em 24 horas os dois transportes foram levados para um armazém da Máfia de Montreal e Chupacabra chegava no centro de Amschel Bauer para dizer que a missões tinha sido cumprida.

"Agora, vamos para o próximo passo," Bauer se recostou na cadeira enquanto encarava Chupacabra do outro lado da mesa de tampo de vidro em sua luxuosa suíte de cobertura. "Desejo vender as barras para seu Cartel em troca de igual valor em cocaína, ou por dinheiro e produto, como preferirem. Isso nos dará a oportunidade de vender a cocaína e investir os lucros em mais barras de ouro. Já esquematizamos o trajeto da Europa até aqui, foi testado e funciona. Nesse momento, os governos da Rússia, China e Iraque estão comprando quantidades enormes de ouro no mercado aberto, antecipando-se a mudança do padrão do ouro. Espero que faça o que puder para convencer seus superiores de que seria esperto comprar nossas barras de ouro enquanto ainda estão disponíveis."

"De quanto estamos falando?" Chupacabra perguntou.

"70 milhões de Dólares," Bauer respondeu. "Estamos dando 10% de desconto no atual valor de mercado, mas esperamos recuperar essa quantia com a quantidade de cocaína que seus superiores colocarem no negócio. Você gostaria que percebessem que, embora provavelmente tenham mais produto disponível do que dinheiro, é muito mais fácil mover dinheiro do que narcóticos nesse momento. Sugerimos 90% em dinheiro e 10% em produto, mas, claro, isso caberá a eles decidirem."

"70 milhões," Chupacabra sacudiu a cabeça e bateu as mãos nos braços da cadeira de plástico transparente. O estofamento branco e os móveis da suíte realçados pelo vidro e pelo plástico davam uma impressão subliminar de serem um só com as nuvens do lado de fora da janela. Era o tipo de luxo que um homem como Bauer estava acostumado e um que Chupacabra esperava desfrutar em breve. "É um número grande para um homem como meu chefe. É quase seis meses de lucro para alguns de nossos maiores traficantes. Falarei com ele para ver se consigo que vá adiante. Como disse, se esse é um canal seguro, podemos trazer ouro da Europa até mudarem para o padrão do ouro. Pode vir a valer o dobro quando isso acontecer, quem sabe?"

"Você tem uma visão clara de futuro, meu amigo," Bauer sorriu. "Tenho certeza de que levará seus superiores ao seu nível de discernimento."

"Esse será o truque, Sr. Bauer. Garanto que farei todo o esforço para que isso aconteça."

Chupacabra deixou o escritório de Bauer em seguida, organizando sua viagem e se preparando para a tarefa de convencer Salvaje Pulga a abrir a mão. Sabia que isso seria um feito prodigioso e difícil.

Emiliano Murra foi para Miami na quinta-feira para encontrar o homem que conhecia por William Bruce. Fizera seus 8 milhões para a Máfia Sardenha apenas dias atrás como comissão de quem achava ser o Conselho da Máfia Europeia. Se o Cartel de Medelín concordasse em comprar as barras de ouro de Bauer e seus associados de Montreal, coletaria 8 milhões deles para transportar o ouro de Montreal para a Colômbia. Os sardenhos estavam muito felizes com a forma que a coisas estavam indo e esperavam fazer negócios com o Conselho novamente em um futuro próximo.

Shanahan e Gawain tinham reservas no exclusivo Shore Club Hotel na Collin Avenue em frente ao mar. Para minimizar o atrito entre os agentes, foram colocados em andares separados e obrigados a se reportar duas vezes ao dia a Downing Street pelo celular. Mais uma vez, Shanahan se viu sentado no colo do luxo quando mergulhou na banheira no banheiro de arenito mexicano. Aproveitou bastante, permitindo-se saborear seu café da manhã continental que fora levado a seu quarto antes de descer para se encontrar com Murra.

Encontraram-se no SkyBar cujos arredores se destacavam pelas paredes de cobalto, fontes e pérgolas que fazia parecer que tinham cruzado com uma caverna mística em uma floreta exótica. Os homens apertaram as mãos após se avistarem no lounge e ambos pediram suco de fruta quando a garçonete os atendeu de pronto.

"Sabe, é muito bom quando as coisas acontecem

suavemente como nesse trabalho," Murra disse alegremente quando se recostou na cadeira à mesa que ficava de frente para a porta. "Não houve problemas ou atrasos, seu pessoal descarregou os contêineres em tempo hábil e o pagamento foi transferido eletronicamente assim que os clientes em Montreal os receberam. Você sabe como é nesse negócio, William. Existe tantos erros e incompetentes que nunca se sabe o que pode dar errado em um determinado momento. Quando todos fazem sua parte e as coisas ocorrem como o planejado, uma pessoa mal pode esperar pela próxima oportunidade aparecer."

"Pode ter certeza de que meu pessoal em Londres está igualmente satisfeito," William respondeu. "Pelo que soube, Enrique Chupacabra está indo a Medelín para fazer uma proposta a seus superiores. Se receber sinal verde, deve entrar em contato com suas conexões em Montreal para fechar o acordo. Aqui vai o boato: se os colombianos forem em frente, não vejo motivos de não concordarem que você traga quaisquer produtos que decidam comercializar em Montreal. Você poderá cobrá-los por seus serviços também."

"Esse acordo fica cada vez melhor à medida de avança," Murra sorriu. "É um prazer fazer negócios com você e tenho certeza de que há pastos mais verdes a nossa frente."

"Meu pessoal está apostando no fato de nossas duas organizações são relativamente novas no jogo," William revelou e ambos fizeram uma pausa para agradecer à garçonete quando ela trouxe as bebidas. "Nunca se trata se as autoridades vão ou não lhe encontrar, mas se sabem onde procurar. Não pensariam que seu disfarce se tornou um dos grandes jogadores no mundo do contrabando tão de repente e tenho quase certeza de que a EUROPOL nem sequer sabe da existência do Conselho da Máfia Europeia. Vai demorar um tempo até se darem conta e, quando isso acontecer, já devemos ter transportado uma quantia significativa das barras de ouro europeias para nossos vizinhos sul-americanos. Com um lucro enorme, devo acrescentar." "Diga, como poderíamos nos candidatar para membros desse Conselho?" Murra perguntou.

"O Conselho está programado para se reunir novamente em 60 dias," William respondeu bebendo seu suco de laranja e abacaxi. "Pretendo reportar pessoalmente a meus superiores em Londres para que saibam o quanto seu trabalho está sendo eficiente e disciplinado. Não tenho dúvidas de que nosso representante poderá apresentar um caso contundente a seu favor. Como disse antes, não temos conexões com a Máfia Siciliana ou Italiana, então você teria um domínio exclusivo para supervisionar nossos interesses na Itália, Sicília e Sardenha."

"Digo a você, William, com todos os problemas que a Máfia tem tido com o FBI e a EUROPOL, sem mencionar as outras dezenas de agências ao redor do mundo, acho que muitos de nós concordariam que seus melhores dias ficaram para trás," Murra inclinou a cabeça. "Chegou a hora de uma organização mais jovem e forte avançar e assumir o controle do mercado negro do Mediterrâneo. Juntos, eu e você, faremos história, meu amigo."

"Sim, faremos, Emiliano," William abriu um grande sorriso. "Com toda a certeza, faremos."

Jack Gawain também acordou cedo e passou a maior parte da manhã no Blackberry que comprara pouco antes de deixar Yorktown. Fez uma pesquisa considerável antes de ir para a rua com o celular e o cartão de crédito do MI6, sua identidade falsa, os 10 mil em dinheiro e sua Glock-17. Pegou um táxi e instruiu o motorista relutante a levá-lo até a NW 15th Avenue, conhecida como a Rua da Morte em Liberty City.

A Liberty City tinha a maior taxa criminal na cidade de Miami. Seu complexo de apartamentos em Liberty Square era o projeto habitacional mais antigo e com a taxa criminal mais alta de Miami, principalmente ao longo da fronteira com a North 15th Street. O taxista perguntou a Gawain se tinha certeza do que fazia e ele não somente assegurou ao motorista como também lhe deu 10 Dólares pelo incômodo. Os moradores do projeto observaram pelas portas pichadas enquanto Gawain descia a rua e imaginavam que provavelmente era outro policial da narcóticos tentando uma abordagem diferente. Ele seguiu caminhando para o oeste, atravessou a rua e chegou a um cortiço em ruínas onde um gangster debruçado descansava na escadaria de concreto.

"Diga, companheiro, algum lugar onde possa conseguir algo aqui perto?" Gawain o chamou. Ele usava camiseta, jeans e uma jaqueta preta que cobria a pistola em sua cintura.

"Você é policial?" o drogado olhou em volta surpreso em não avistar nenhum veículo. Não conseguia acreditar que um homem branco sozinho tivesse chegado tão longe.

"Corta essa!" Gawain fez cara de deboche e se aproximou da escada. "Estou tentando fazer negócios, tem alguém aberto por aqui hoje?"

"Abrimos todos os dias, 24 horas por dia por aqui," o garoto negro respondeu. "O que está procurando?"

"Procuro ganhar um peso," Gawain exibiu cinco notas de 100 Dólares que tirara da carteira.

"É, está procurando," o gangster concordou. "Segura aí."

Desceu as escadas e foi até a esquina e olhou para a rua por um instante antes de avistar alguém e dar um sinal da gangue. Afastou-se da esquina pouco antes de um Thunderbird 996 clássico e rebaixado virar a esquina ao contrário fazendo barulho. O carro cantou pneu fazendo um arco amplo antes de parar fazendo barulho na calçada perto de Gawain.

"O que está procurando?" o motorista, um gangbanger cubano vestido como um cafetão de terno verde berrante, rosnou para ele.

"Bem, amigo," Gawain se aproximou e puxou a jaqueta para o lado, exibindo a carteira para o traficante com a coronha da pistola visível no cinto. "Estou querendo conseguir algo pesado."

"Você é policial?"

"Claro que não."

"Siga em frente e vire a esquina, passe por três casas e te encontro lá."

Mais uma vez, os pneus cantaram enquanto o carro zunia pelo quarteirão e virava a esquina, saindo do campo de visão. Gawain seguiu as instruções e viu o carro roncando na esquina do quarteirão, cantando pneu novamente quando parou em frente ao prédio especificado. O motorista se apoiou na buzina, emitindo um som de trombone de salsa.

O motorista estava ligando o motor, que rugiu violentamente, quando três homens emergiram do apartamento do porão.

"Cara, o que está fazendo na Fifteenth Street, está perdido ou o quê?" o líder, um garoto cubano musculoso de terno marrom de grife, foi até Gawain andando de forma malandra. Os outros dois homens atrás dele, também usando ternos, fizeram um show ao colocarem os polegares na cintura das calças.

"Na verdade, procuro trabalho," Gawain anunciou. "Meu nome é Jack Gain. Acabei de chegar do Canadá. Sou amigo de um amigo de Kenny Ray, ele trabalha com Ricky Chew."

"De onde conhece Kenny Ray? Então deve conhecer seu irmão," o cubano desafiou.

"Kenny é um cara grandão, de uns 136 kg, Big Kenny. Cicatriz embaixo do olho esquerdo. Conheci ele e seu irmão, Georgie. Georgie é um cara magro e tem um cavanhaque. Gosta de limpar as unhas com um canivete enquanto conversa."

"Bem, parece que ele conhece Kenny e Georgie," o cubano olhou de volta para os pistoleiros sem expressão. "Posso levar você lá dentro para conversar com o chefe, mas terá que me entregar seu ferro."

"Sem chance," Gawain soltou. "Vocês são três e eu sou um só. Se fizer alguma coisa e você me apagarem, ficam com o dinheiro que mostrei ao companheiro lá atrás. Por que faria algo estúpido se não precisasse? Melhor, você pode trazer seu homem aqui fora e esperarei bem aqui."

Naquele instante, ele ouviu uma voz feminina chamando em frente à porta de ferro forjado do apartamento do porão. Pode ouvi-la falar em espanhol antes do cubano olhar novamente para Gawain.

"Tudo bem, mano, só acompanhe meu homem por aquela porta, estamos bem atrás de você," o cubano o instruiu.

Gawain os seguiu pelo corredor escuro onde o cheiro de mofo e maconha se misturavam com o aroma de bisteca, feijão preto e arroz. Ele levava até uma entrada sem iluminação com sacos de lixo encostados na parede. O gangster levou Gawain até uma porta a esquerda que dava em um pequeno apartamento bem iluminado onde estava um loiro de camisa e calças brancas e de avental.

"Meu primo Kenny te mandou aqui?" o homem perguntou incrédulo e com voz estridente.

"Não exatamente," Gawain admitiu. "Como disse aos companheiros aqui, encontrei-o no Canadá e disse que planejava me mudar para a Flórida. Tenho uma ficha no Reino Unido e não queria que os oficiais da Guarda Montada ou qualquer outro me pegassem facilmente. Ele disse que conhecia gente em Miami e falaria bem de mim."

"Ele disse que eu era seu primo?" o loiro insistiu.

"Bem, ele é colombiano e você parece ser cubano, então não teria imaginado."

"Muito bem," ele sorriu alegremente. "Eu sou Johnnie Sosa e esse é meu irmão, Jimmy. Minha mãe casou com seu primo. Então, quer fazer negócios com a gente?"

"Com certeza, gostaria," Gawain apertou a mão dos dois homens e se apresentou. Ele não tinha dúvidas de que Johnny era uma bicha enquanto Jimmy, um homem lindo de cabelos pretos e olhos verdes, tinha jeito de idiota.

"Como acha que pode nos ajudar?" Johnnie pediu que ele sentasse na poltrona confortável em frente ao sofá no porão cheio de painéis. Do outro lado da salinha, tinha uma mesa de jantar barata e cadeiras ao lado do pequeno fogão onde Johnnie preparava um brunch.

"Bem, faço todo o tipo de trabalhos estranhos,"

Gawain respondeu. "Prefiro algum tipo de gerência intermediária para começar. Estou um pouco velho e não sou exatamente o tipo que fica parado na esquina vendendo, sabe."

"E quanto a cobranças," a bicha o encarou. Gawain achou sua voz peculiar, não que tivesse o típico problema de dicção, mas era quase uma imitação ruim da Minnie Mouse. No entanto, sabia de sua experiência na prisão que esses poderiam ser os psicóticos mais sádicos e que não deveria brincar com eles.

"É uma das minhas especialidades," Gawain sorriu.

"Maravilha," Johnnie disse de forma exagerada. "Tenho uma determinada dívida em aberto da qual preciso cuidar. Vou lhe dizer, vou mandar um de meus homens te levar para casa e ele voltará para te pegar à meia noite. Onde você mora?"

"Estou no Shore Club em Collins."

"Ooh!" Johnny ficou maravilhado. "É o Riquinho! Deve ter trazido muito dinheiro com você do Canadá!"

"Bem, sou muito bom no que faço e sou pago de acordo. Imagino que verá por si mesmo."

"Esplêndido!" Johnny bateu uma palma. "Jimmy, vá e dê uma carona para o Sr. Jack até seu hotel. Só deixe seu número com Jimmy e ligaremos à meia noite para fazermos negócios!"

"Estou ansioso por isso," Gawain levantou para apertar sua mão antes de acompanhar Jimmy para porta. Só esperava que Shanahan ou seus mestres das marionetes não tivessem nenhuma armação improvisada que pudesse interromper e estragar sua diversão. Pretendia fazer essa semana algo para ser lembrado.

CAPÍTULO DOZE

A cidade de Medelín foi fundada em 1616 por uma colônia judaica safardita que fugiu da Espanha para evitar a Inquisição. Permaneceram secretos e clandestinos em parte devido a suas crenças religiosas exclusivas e em parte para desencorajar pessoas de fora de se intrometerem em sua indústria de infraestrutura e comércio. A indústria cresceu e prosperou por três séculos como uma comunidade ferozmente independente até a chegada das ferrovias no começo do século XX. Os judeus investiram pesado na crescente indústria do café, o que proporcionou um extraordinário lucro que usaram para industrializar a mineração. Isso desencadeou uma explosão financeira que os permitiu expandir os negócios para o mercado têxtil e, no final do século, Medelín era uma das cidades metropolitanas mais ricas da América do Sul.

As tribos aborígenes antioquianas começaram a migrar para as cidades e, quando a superpopulação se tornou um problema, muitos dos ricos proprietários de terra começaram a expandir seus feudos em direção à Cordilheira Central da Cordilheira dos Andes. A descoberta da folha de coca que proliferavam na área e seu uso na fabricação da cocaína resultou na proliferação das *fincas* (plantações) por toda a região. Os *campesinos* (camponeses) eram capazes de sustentar suas famílias e melhorar seu padrão de vida, fazendo alianças com os senhores da droga ao invés de se aliarem ao governo local. Os novos impérios do crime puderam armar e equipar um exército de camponeses que transformaram as regiões de florestas e montanhas em fortalezas paramilitares.

A Guerra às Drogas da década de 90 acabou virando a maré contra os cartéis de drogas. Alguns conseguiram sobreviver desaparecendo nas florestas e diminuindo a produção e distribuição. Assim que o governo colombiano conseguiu declarar vitória, os cartéis escalaram gradualmente suas operações até serem capazes de recuperar suas perdas e retomar os negócios em uma escala internacional. Eles protegeram seus interesses e impuseram seus padrões de negócios através da violência e do assassinato, e Salvaje Pulga era o líder mais cruel do cartel.

No início da Guerra ao Terror dos anos 2000, o tráfico e drogas experimentou lucros extraordinários. Os recursos militares e da lei dos EUA estava sendo esgotado na luta contra gangues terroristas bem como gangues de traficantes no México e em El Salvador. Os cartéis puderam restaurar suas rotas comerciais aéreas e marítimas, levando cocaína para os EUA ao longo das fronteiras do Sudoeste e da costa sudeste. Parecia o momento perfeito para considerar formas alternativas de converter suas vastas fortunas em riqueza legítima, mas muitos dos senhores da droga da velha guarda estavam céticos e relutantes em mudar de atitude.

"Olhe em volta, Enrique," Salvaje apontou para a

paisagem imponente que os cercava enquanto estavam sentados na fortaleza multimilionária de Pulga. Ele localizara as ruínas de um templo Inca no meio da floresta nos arredores de Medelín e pagou uma pequena fortuna para reconstruí-la antes de construir uma mansão a seu lado. Depois a fortificou como uma base paramilitar antes de transformar a floresta ao redor em campo de coca. A floresta tropical de dossel triplo fornecia uma excelente cobertura contra aeronaves de vigilância e, quando um destacamento militar sobrevoou para lançar um Agente Laranja desfolhante nas árvores, Pulga comprou algumas caixas de lançadores de míssil RPG-7. Depois de algumas trocas, os aviões do governo nunca mais voltaram.

"Isso é um paraíso, Pulga," Enrique olhou ao redor enquanto estavam sentados em um gazebo cintilante no meio de um jardim de flores exóticas que tinha um calçamento de granito, parapeitos de mármore e cachoeiras.

"Você está cercado pela história e pela tradição," Pulga disse com entusiasmo.

"Essa é a união da história e da cultura de uma sociedade antiga com a tradição de meus próprios ancestrais. Sem nossa tradição, não somos nada. Sem nossa história, não temos raízes. Somo como folhas sopradas ao vento. Quanto mais profundas nossas raízes, mais fortes nos tornamos e mais tempo perduramos. Aqueles que nascem como ervas daninhas, quando as tempestades e inundações acontecem, são arrancados e varridos. Somente aqueles que estão presos no solo--como nós--perduram, Enrique. Isso é o que você deve aprender, é o que quero lhe ensinar."

"Esse é um bom negócio, Pulga," Chupacabra insistiu. "Esse Conselho Europeu vai mudar a forma de se fazer negócio na Europa. William Bruce está falando a verdade. Os americanos e a EUROPOL estão em cima da Máfia. Estão como pit bulls com as mandíbulas cravadas na presa. Nunca vão desistir. Ninguém sabe sobre o Conselho ou os sardenhos. Podemos mover bilhões em barras de ouro para a América do Norte antes que descubram."

"Não sabemos quem são, Enrique!" Pulga deu um tapa na mesa de vidro do pátio, quase derrubando a sopa de frango e o champanhe que saboreavam no brunch. "Não conhecemos a história deles! Como sabemos que isso não é uma armação da EUROPOL?"

"Salvaje, vamos pensar juntos," Enrique suspirou tenso. "Eles acabaram de mover 70 milhões de Dólares em ouro de Belfast para Montreal. Ele foi redistribuído em fortalezas seguras ao longo do Canadá. Ouro não pode ser rastreado, não tem número de série, não tem características identificáveis. Em caso de emergência, o ouro pode ser derretido e remodelado em barras de todos os formatos e tamanhos. Amschel Bauer passou a vida toda investindo em ouro, é perito nessa área. Se os sardenhos puderem trazer o ouro em segurança para Medelín, nossa única preocupação seria fazer o pagamento."

"Amschel Bauer, Nathan Schnaper," Pulga rosnou. "Eles não são *paisas* (judeus sefarditas) de Medelín. Eles são asquenazes, judeus asiáticos. São aqueles que quase destruíram as colônias judias de Medelín. Ao invés de cultivarem e distribuírem a coca da forma tradicional, eles chegam com sua fumaça e seus espelhos, desafiando os *gringos* a aprenderem seus truques! Eles tinham mais aviões no céu do que Eldorado International e mais barcos na água do que a Marinha

Colombiana! A ganância é como um veneno, meu amigo. Entranha-se em seu sistema e mata lentamente. Olhe em volta, acha que tudo isso foi feito do dia para a noite? Acha que o terreno foi limpo, os templos restaurados, minha mansão construída e meus campos foram plantados em uma semana? Não existe isso de ficar rico rapidamente ou construir um império do dia para a noite, Enrique, ouça com atenção!"

"Salvaje, estou em uma situação difícil, aqui," Chupacabra mediu suas palavras. "Você me mandou para Montreal e disse a Bauer que faríamos parte da Operação Blackout. O plano era comprarmos o máximo possível de barras de ouro antes que seus contatos da Al Qaeda pudessem atacar os suprimentos de ouro dos EUA e UE. Se voltarmos atrás, não só corremos o risco de ofender essas pessoas como vou ser envergonhado perante toda a rede!"

"70 milhões de Dólares, Enrique. 80 milhões depois que pagar os sardenhos," Salvaje ergueu a tigela de barro e bebeu seu conteúdo antes de colocá-la de lado. "Terei que notificar o resto do cartel antes de lhe dar minha palavra, mas tenha certeza de que isso será feito. Só lembre: assim como você odeia ofender *essas pessoas* e arriscar ter uma má reputação, o mesmo acontece comigo e meu pessoal. *Nosso* pessoal, Enrique."

"Você não vai se arrepender, *mi patron*," Chupacabra o agradeceu. "Tenho certeza sobre o Sr. Bauer. Cuida de seu empreendimento como uma rocha. Será a primeira de muitas grandes transações entre nós."

"Ele cuida de seu empreendimento exatamente como eu cuido do meu," Pulga disse solenemente, "e cuido de você. Não me decepcione, meu filho. Não me decepcione."

Chupacabra assentiu enquanto os criados traziam pratos tradicionais colombianos e de carne de caça que seriam apreciados pelos seguranças assim que os dois acabassem suas refeições. Ficou aliviado e entusiasmado com a aprovação de Pulga, ainda assim tinha uma sensação ruim com a remota possibilidade de os planos cuidadosamente elaborados de Amschel Bauer irem pelo ralo.

Na tarde seguinte, nove dias antes do torneio, Bauer entrou em contato com Shanahan e solicitou um vídeo conferência com ele e Murra. Shanahan ligou para Murra e organizou para levá-lo a sua suíte antes de ter o equipamento necessário. Murra estava hospedado no Delano Hotel na Collins Avenue e se preparava para fazer check out antes de receber a ligação de Shanahan. Prolongou sua estadia e deu uma caminhada do Delano até o Shore Club Hotel antes de ligar para Shanahan do lobby.

"Espero que isso não seja um incômodo," Shanahan cumprimentou Murra com um aperto de mão no lobby. "Ligaram em cima da hora, como pode imaginar. Ele não me deu muitas informações. Imagino que esse 'Blackout' virá antes do esperado."

Subiram de elevador para a suíte de Shanahan e Murra o elogiou pelas acomodações. Agradeceu Shanahan pelo suco de manga quando o serviço de quarto chegou com o equipamento de vídeo. Os homens esperaram pacientemente o técnico do hotel arrumar tudo enquanto Shanahan contemplava seu estranho relacionamento.

Shanahan só lamentava que as coisas não fossem diferentes. Admirou Murra ter pedido suco ao invés de álcool ao contrário de Gawain que bebia sempre que tinha chance. Se ao menos a Firma tivesse abordado Murra com a chance de agir como agente duplo ao invés de Gawain. Gostava de tudo no homem: seu estilo, sua personalidade, sua presença física. Em uma época e lugar diferentes, poderiam ser aliados, até mesmo amigos. Lembrou-se de algumas vezes no Iraque e Afeganistão quando se aproximara de líderes paramilitares e chefes tribais que admirava como pessoas, mas nenhum era como Murra.

William deu uma gorjeta ao técnico do hotel antes de se despedir e sentar na estação do PC onde loggou no website designado por Bauer. Colocou-se atrás da câmera profissional e garantiu que estivesse focada no sofá onde ele e Murra sentariam. Não demorou até a imagem de Amschel Bauer e Nathan Schnaper aparecerem na grande tela da TV de plasma sendo transmitidas da suíte do arranha-céu de Bauer.

"Boa tarde, cavalheiros," Bauer os saudou. "É muito bom vê-los e estou muito satisfeito em informar que estamos tendo uma recepção de alta qualidade por aqui."

Os quatro homens se cumprimentaram antes da vídeo conferência começar de fato.

"Recebemos a confirmação de Enrique Chupacabra que o Cartel autorizou a compra das barras de ouro," Bauer revelou. "Isso dá o sinal verde ao Sr. Murra para prosseguir com o transporte de nossa localização para Medelín. O Cartel também concordou em pagar 90% em dinheiro e 10% em produtos, como o sugerido, então isso será organizado pelo pessoal de Murra para que entreguem a mercadoria em segurança aqui, em Montreal."

"Excelente," Murra sorriu. "Terei meu navio a caminho o mais breve possível."

"Na verdade, estamos tão satisfeitos com a forma como as coisas estão indo que estamos preparados para aceitar a próxima remessa do Conselho Europeu," Bauer anunciou. "Sr. Bruce, se seus colegas de Berlim puderem arrumar outro transporte, ficaremos mais do que felizes em fazer uma proposta de compra."

"Em nome do Conselho, quero expressar nosso agradecimento e apreço pela cooperação e apoio em ajudar nesse empreendimento," William respondeu. "Claro, como sabe, esse é um projeto conjunto apoiado por nossos próprios associados em todo o Continente. Teríamos que realizar nossa própria conferência para determinar a quantidade e o custo de nossa próxima entrega para lhe dar um preço justo e preciso."

"Aguardaremos ansiosos por notícias de sua organização," Bauer garantiu.

"Sr. Murra, só quero dizer que meu pessoal na costa ficou muito impressionado com a eficiência profissional de sua equipe de transporte," Schnaper falou olhando para a câmera por cima de seus óculos grossos de tartaruga. Tinham os contêineres prontos assim que o navio atracou, ajudaram nosso pessoal a prender os cabos ao guindaste e garantiram que tudo estivesse seguro em nossos caminhões antes de deixarem o porto. Considerando a natureza de nossos negócios e os sérios riscos envolvidos, concordaria com nossa equipe de que seus homens foram extremamente calmos. A maioria das equipes tentam descarregar o mais rápido possível e eles foram duas vezes mais rápidos."

"Certamente transmitirei seus elogios à nossa equipe e garantirei que sejam recompensados," Murra assentiu. "Tenha a certeza de que continuaremos a oferecer o melhor serviço disponível e garantiremos a segurança de cada remessa por nossa conta e risco."

"Sr. Bruce, entraremos em contato em breve," Bauer disse quando apontou um controle remoto para a câmera. "Tenham um bom dia, cavalheiros. Montreal, fim da transmissão."

"William," Murra abriu um grande sorriso, "iria sugerir que essa ligação merece algum tipo de comemoração. Deixe levá-lo para almoçar e depois podemos aproveitar algo um pouco mais forte que suco de frutas. Um magnum de champanhe, talvez."

"Concordo plenamente," William respondeu.

Mais uma vez, arrependeu-se do fato de que eventualmente trairia Murra e que não estavam trabalhando juntos do mesmo lado.

Os Irmãos Sosa ligaram para a suíte de Jack Gawain muitas horas antes. Ele levou o celular, cartão de crédito e a Glock, juntamente com uma faca de caça de 15 polegadas que comprara mais cedo naquele dia. Pegou o elevador até o lobby e se dirigiu para a frente do hotel. Entrou no carro em que Jimmy Sosa e dois membros de seu time esperavam.

"Vamos ver uma pessoa," Jimmy falou do banco detrás com o que parecia ser um problema de fala agravado por um forte sotaque. "Se ele não pagar, veremos o que você vai fazer a respeito."

"Bem, eles também," Gawain sorriu para o espelho retrovisor do banco do passageiro.

Foram até o distrito de Liberty City onde o carro diminuiu a velocidade e baixou os faróis, por fim os desligando enquanto o clássico Impala rebaixado parava do lado de fora de um prédio residencial de três andares. Os três homens conversaram em espanhol por um tempo antes de abrirem as portas do carro. Gawain desceu do carro e os seguiu até o prédio. Havia um grupinho de adolescentes do lado de fora, mas deram uma olhada no quarteto e rapidamente deixaram o local.

Jimmy liderou-os pelos degraus enquanto trotavam atrás dele quando ele abriu caminho pelas portas duplas do segundo andar. Ele tirou um objeto enrolado em um pano à prova d'água da jaqueta que acabou se mostrando ser um pequeno pé-de-cabra. Foi até a porta dos fundos e bateu, esperando até uma voz abafada responder em espanhol. Houve uma pequena troca de palavras entre Jimmy e o ocupante antes que nenhuma resposta adicional viesse lá de dentro. Jimmy levantou um dedo e um de seus homens se juntou a batendo na porta com os ombros. Abriram-na com o terceiro golpe apenas para se verem impedidos por uma corrente de segurança. Jimmy encaixou o pé-de-cabra e arrebentou o batente da porta.

O primeiro homem entrou correndo e puderam ouvir uma comoção na sala ao lado seguida de barulhos estrondosos e de vidro quebrando. No mesmo instante, o gangster empurrou um homem assustado e cansado que usava uma camisa social e calças de volta para a sala em ruínas. Jimmy começou a gritar com ele, as palavras saindo em uma torrente articulada enquanto o drogado se encolhia contra a parede. Quando o homem começou a chorar em protesto, Jimmy apontou o polegar para Gawain.

"Dê uma cadeira ao homem e depois o amarre," Gawain sugeriu. Os cubanos pegaram uma cadeira esfarrapada na cozinha e, com uma faca, começaram a cortar estofados e roupas até terem tiras o suficiente para amarrar o homem à cadeira.

"Agora," Gawain parou em frente ao homem enquanto os cubanos se encostaram nas paredes, um deles ficando de guarda na porta. "Para o seu bem, espero que fale inglês."

"Eu não tenho nada! Posso conseguir o dinheiro semana que vem!" gritou o homem moreno.

"Bem, não acho que esses rapazes estão dispostos a esperar tanto tempo. Acho que pensam que você pode aparecer com alguma coisa agora," Gawain puxou a faca de caça da bainha do cinto. "Você terá que trabalhar comigo aqui porque eles não vão me deixar ir até você fazer algo de bom."

"Eu não tenho nada! Terei tudo na segunda-feira!" ele choramingou.

"Você não está escutando," Gawain cantarolou e começou a se afastar antes de dar meia volta e bater no rosto do homem com a lâmina. O homem gritou, pois, tinha inclinação o suficiente na lâmina para cortar seu rosto até os ossos. Os cubanos riram de forma irônica e cacarejaram quando Gawain olhou para o sangue espelhado na faca.

"Por favor!" o homem implorou. "De novo não! Por favor!"

"Ora, mano, isso vai fazer uma bagunça," Gawain rogou gentilmente. "Tem que ter alguma coisa em algum lugar, esses rapazes não podem ser tão estúpidos."

"Não tenho nada!" o homem gemeu. "Não tenho nada!"

"As pessoas estão andando lá embaixo," o guarda na porta advertiu os outros.

"Agora, estamos tendo um problema, amigo,"

Gawain bateu a lâmina na palma da mão de forma impaciente. "Mais uma vez, você vai me ajudar aqui?"

"Por favor," o homem soluçou enquanto o sangue escorria por sua bochecha. "Eu não tenho nada."

"Tudo bem," Gawain suspirou antes de levantar a faca acima da cabeça e a enfiar com toda a força na coxa direita do homem. O homem gritou em agonia, mas teve sua boca tapada por Gawain que esperou até sua voz desaparecer antes de limpar a saliva na camisa do homem. Então, ele arrancou a faca da perna no homem quando o guarda da porta dava outro aviso em espanhol. Sua voz foi abafada quando a vítima começou a gritar em espanhol e imediatamente Jimmy entrou correndo em uma sala nos fundos. Ouviram uma série de estrondos e batidas e, de repente, Jimmy reapareceu com uma pequena maleta na mão.

"*Vamonos!*" ele gritou. Os outros saíram correndo, passando por Gawain, e quando ele guardou a lâmina, Jimmy se virou calmamente e atirou na cabeça do homem.

"Certo," Jimmy sorriu para ele. "Agora, é um de nós."

Gawain limpou a lâmina nas calças do morto e a guardou antes de descer as escadas atrás dos gângsteres, passando pelos curiosos que corriam pelo corredor. Não era Belfast, mas a vida em Liberty City estava se mostrando bastante emocionante de fato.

CAPÍTULO TREZE

Era o sábado anterior a jogo e fazia apenas uma semana que o MI6 contatara Shanahan com instruções detalhadas depois que ele reportara a situação com Bauer e o Cartel. Shaughnessy estava tão otimista quanto Shanahan, mas compartilhou sua apreensão sobre arrumar outro carregamento em tão pouco tempo. A CIA tinha fornecido as barras de ouro e a questão era se seriam capazes de atender ao pedido de Bauer.

"Recebemos o sinal verde de nossos primos em Langley," Shaughnessy e seus companheiros do MI6 gostaram do eufemismo. "Eles concordaram em arrumar o transporte, mas pediram que você enrole o máximo possível para terem tempo o suficiente para ajeitarem tudo. Enviaram o carregamento de um local não especificado da costa sudeste dos EUA para Belfast assim que tomarem as providências necessárias. A Firma acha que o momento mais oportuno de fazer a entrega será na quinta-feira, dois dias antes do jogo em Miami. Isso dará tempo de os sardenhos levarem o carregamento para Medelín até sábado no mais tardar. Seria o timing perfeito na nossa opinião. Está mantendo Gawain longe de problemas?"

"Eu--não entendi, senhor."

"Ele está se apresentando de acordo com o cronograma, mas só quero ter certeza. Não quero ele apodrecendo em uma prisão ianque no momento em que deveria estar enfrentando Chupacabra no campeonato."

O MI6 descobriu que a paixão de Chupacabra era dominó. Foi um amor que desenvolveu na mesma época que Gawain, enquanto cumpria pena em uma penitenciária Federal aos vinte e poucos anos. Ele, como tantos outros hispânicos, gostava do jogo mais do que cartas e ficou extasiado ao saber que a ESPN se tornara patrocinadora do passatempo. Usou sua enorme influência para entrar no torneio e, quando o MI6 descobriu através da CIA (cortesia da Homeland Security), essa pareceu uma forma oportuna de jogar outro jogo mental com seu alvo.

"Coronel, com todo o respeito, deixei claro que não era do meu interesse--ou da Firma--ter um agente sênior confraternizando com esse sujeito. Já lhe disse que ele era um bêbado bárbaro, sem contar que matou cinco pessoas nessa operação. Sei que temos equipe de suporte nessa área, mas não vejo o motivo de não terem designado alguém para ficar de olho nele."

"Ele é muito mais esperto do que você imagina, por isso o escolhemos," Shaughnessy respondeu. "Se imaginasse que estava sendo seguido, poderia tomar uma atitude letal contra nosso próprio pessoal. Vamos deixá-lo em paz, mas espero que possa encontrar tempo para se assegurar que ele não está fazendo check in em um centro de detenção."

"Como quiser, Coronel. Desligando."

Shanahan olhou pela janela admirando a costa de Miami Beach por um longo tempo e então decidiu julgar a si mesmo. Usava um terno verde floresta, camisa pólo verde claro e sapatos pretos de crocodilo, tinha sua Glock no coldre de ombro por baixo da jaqueta. Pegou o elevador até o sétimo andar para verificar Gawain.

Bateu suavemente na porta e pôde ouvir a TV dentro do quarto.

"Entre."

Shanahan abriu a porta e viu Gawain esparramado no sofá na frente da TV da sala, comendo peixe e batata frita, bebendo uma Guinness enquanto assistia a um filme pornô.

"Um pouco cedo para isso?" Shanahan foi até o bar bem abastecido e pegou um suco de toranja.

"Nada, nunca é muito cedo para uma bebidinha," Gawain deu de ombros. "O que temos para hoje?"

"Não muito, só pensei em dar uma passada aqui."

"Já tentou aquilo, DP?" Gawain apontou para a tela.

"O quê?"

"Dupla penetração, mano. Fazer um sanduíche."

"Não seja imbecil, cara," Shanahan murmurou enquanto abria a lata de suco. "Você tira a vadia da mistura e o que tem? Duas bichas se esfregando uma na outra."

"Bem, o truque é ter um na frente e outro atrás, assim dessa forma vocês não vão se esfregar um no outro," Gawain terminou a garrafa de cerveja preta.

"Parece dois idiotas que não conseguem fazer o trabalho sozinhos," Shanahan tomou um gole de suco. "É isso que planejou para Fianna?"

"Não, ela é uma garota legal," Gawain admitiu.

"Você tem que escolher a melhor, sabe. Já molhou os dedos?"

"Não seja idiota," Shanahan rosnou e foi até a sacada olhar pela porta de vidro. "As duas são boas garotas, não o tipo que espero que você continue ligando. É por isso que as telefonou, mais de seus jogos mentais?"

"Para, mano, só estou fazendo um favor a você."

"Fala sério."

"Agora, você não acha que apenas pedir para Fianna se soltar um pouco?"

"Acho que sim," Shanahan deu de ombros e se perguntou o porquê estava ali afinal.

"Realmente não seria bom para alguém de sua posição se envolver profundamente com uma simples aeromoça, seria?"

"Independente de onde passeia com uma garota daquelas, dificilmente faria diferença, não acha?"

"Exato, e assim é com Fianna," Gawain respondeu. "Ela seria um saco de risadas onde quer que fosse. E, claro, você nunca leva mulheres quando está trabalhando, então aí vai você. Agora, no seu mundo, isso é diferente. Você leva suas mulheres a todos os lugares e, se alguém fizer muitas perguntas, descobririam que se casou com alguém abaixo de sua posição."

"Casamento?" Shanahan olhou para ele apertando os olhos. "Do que está falando?"

"É por isso que não gostaria de ficar a sério com ela ou algo assim," Gawain colocou um pedaço de linguado na boca. "Isso o deixaria indisponível caso alguém especial aparecesse. Claro, existe uma forma de contornar isso. Você sempre pode ir até alguém que avistou em algum lugar e deixar um cartão quando Morgana for mijar. As mulheres gostam de roubar os homens umas das outras, isso enche seus egos, não sabia."

"Não é meu jeito, Gawain," Shanahan tomou um grande gole de sua bebida, ficando irritado com a trilha sonora do filme pornô. "Não sou de enganar as pessoas."

"Estou ouvindo direito?" Gawain fez um show metendo o dedo no ouvido. "Um espião do governo?"

"Estou falando em um nível pessoal," Shanahan foi irônico. "Todo mundo joga profissionalmente, até mesmo você."

"Não, está enganado, amigo," Gawain sorriu de volta. "Tenho certeza que viu meu arquivo. Passei quase um ano na solitária em Maghaberry antes que os guardinhas decidissem viver e deixar viver. Sobrevivi a atentados contra minha vida tanto dentro quanto fora da cana por não levar desaforo de ninguém. Não jogo jogos, cara, esse é seu papel."

"No entanto, você se envolveu nesse jogo, Gawain. Como concilia isso?"

"Como disse, estou jogando pela minha vida. Sei que vocês, bastardos, não vão me deixar livre depois disso, mas pelo menos estou passeando por aqui ao invés de estar sentado no xilindró."

"Então, toda a coisa de Deus e Pátria realmente não significa nada para você."

"Não diria isso," Gawain franziu o cenho. "Só porque o Primeiro Ministro e o Parlamento são corruptos não quer dizer que perdi as esperanças no Reino Unido. Talvez me coloquem de volta na prisão, mas haverá um novo dia a frente. Estarei por perto para testemunhar sobre o que foi oferecido e sobre o que foi feito."

"Isso não faz nenhum sentido," Shanahan argumentou. "Por que fazer isso apenas um curto período fora? Por que não se arriscar a fugir da cidade?"

"Você não gosta de mim," Gawain riu. "Está esperando que eu fuja para que possam colocar outro cara mais parecido com você no meu lugar."

"Eu disse a você qual era o acordo na prisão," Shanahan disse categoricamente. "Se tivesse recusado, teria seguido para o próximo da lista. Certamente não acha que encontraria alguém mais digno em um lugar como aquele."

"Certamente não um tão capaz. Provavelmente não alguém que pudesse fazer você se encontrar com alguém como Morgana."

"Você é bem arrogante, não?"

"O sujo falando do mal lavado, mano."

"Você não vai voltar para a prisão," Shanahan foi em direção à porta. "Posso garantir isso. A menos que desapareça ou comprometa a missão. Estou bastante certo de que, se Chupacabra perder o jogo sábado com você na mesa, isso será a gota d'água. Se ele entrar em colapso e for preso ou morto, tenho certeza de que eu e você estaremos a caminho de casa."

"Sabe, vocês são bem estúpidos às vezes," Gawain sacudiu a cabeça. "Por que simplesmente não deixam eu acabar com ele antes do jogo e acabar com isso?"

"Continue com o plano," Shanahan o repreendeu. "Tem muita coisa acontecendo que você não sabe. Você viu o tipo de gente que estava naquela reunião em Montreal. Chupacabra é apenas uma parte do quadro, mas grande o suficiente para tirá-lo de foco quando nosso trabalho terminar aqui."

"Bem, vou dar uma volta por aí," Gawain respondeu quando Shanahan se despediu. "Tente me avisar com antecedência se tivermos que sair em breve."

"Esperaria a mesma cortesia se chamasse as garotas para virem à cidade," Shanahan respondeu e fechou a porta.

Gawain decidiu se vestir e pegar o carro que alugara para a semana. Com um pensamento posterior, aumentou ao máximo o volume do filme pornô antes de sair. Tinha quase certeza de que o pessoal do serviço de quarto e os vizinhos ficariam impressionados.

A Prime 112 era uma das churrascarias mais badaladas de South Beach e, embora a maior parte das reservas tivessem que ser feitas com uma semana de antecedência, a visão de Johnny Carmona e sua comitiva na entrada garantia uma mesa ao comando de qualquer um dos maîtres em serviço. Os garçons rapidamente arrumaram um lugar em troca de gorjetas de 100 Dólares para cada um. Logo Tony Ramos, o lorde da gangue MS-13, juntou-se a ele.

"Belo lugar," Tony sorriu admirando o salão espaçoso de tijolos amarelos destacados pela altura do teto e pelas lâmpadas em tochas de vidro arrumadas em nichos ao longo das paredes. "Procurei na internet. Pelo que dizem, George Bush gostava de vir aqui."

"Quando experimentar o bife porterhouse saberá o porquê," Carmona respondeu. Usava um terno de seda branca e uma camisa preta, ao redor do pescoço tinha uma corrente de ouro de 10 mil Dólares, tinha um anel de diamante rosa do mesmo valor e uma obra-prima de um Rolex que valia 90 mil Dólares. Ramos, um gangster da velha guarda, usava um terno de grife verde escuro e gravata, e tinha um relógio Longines de bom gosto.

"Você me convidou para um lugar como esse, espero que seja uma comemoração," Ramos tomou um gole de champanhe.

"Vamos chamar isso de comemoração antes do jogo," Carmona levantou a taça para Ramos. "Tenho tudo combinado com Ernie Guzman em San Antonio. Ele vai colocar seus homens em Houston na sexta à noite para receberem o carregamento."

"Esse é um mau negócio," Tony murmurou quando a garçonete trouxe os aperitivos Oysters Rockefeller. "Tenho um mau pressentimento quanto a esse trabalho. Encontrei com Salvaje Pulga dias atrás e o encorajei, mas agora estou tendo dúvidas. Você se encontrou com o Sheik semana passada, como ele chegou até você?"

"Ele é um cara direito," Carmona voltou a falar seu espanhol nativo. "Está pagando milhões de Dólares a todos os envolvidos na operação e dividindo-a para que ninguém trabalhe mais do que ninguém. Hey, Tony, a Al Qaeda vem aprimorando sua atuação há mais de 20 anos. Trabalham nessa rotina de dentro para fora. Contrabandearam armas por todo o mundo, fizeram os comunistas parecerem amadores. Isso vai ser moleza. Coloquei meu melhor pessoal nisso e você também colocará. Meus homens encontram os seus em Key West e nós dois ficamos mais ricos."

"Estamos passando dos limites com isso, Carmona," Tony espremeu um limão sobre uma ostra. "Já era ruim o bastante arriscar 20 anos por transportar cocaína. Agora estamos falando de Guantánamo. Essa Administração tirou as luvas de pelica. Se cair lá dentro, pode nunca mais sair. Tortura, assassinato, o que eles quiserem. Não existem regras, meu amigo. Não mais."

"Ora, vamos, Tony," Carmona estremeceu. "É

com isso que Alberto Calix lida todos os dias. Você é pego pelas pessoas erradas no México, é pendurado de ponta cabeça e jogam spray de pimenta no seu nariz até seu cérebro explodir seus malditos tímpanos. Você contrabandeia suas merdas no território de outra gangue, é pregado a um cacto, cortam suas bolas e abandonam você para os abutres. Esse é um jogo duro, meu amigo, sempre foi. Por isso somos muito bem pagos. Além disso, qual é o seu problema? Seus contrabandistas têm seu endereço ou telefone residencial? Espero que a Homeland Security não possa lhe encontrar no Facebook."

"Nenhum de nós está ficando mais jovem," Ramos espetou a ostra com um garfo. "Passei a vida toda olhando por sobre o ombro. Agora, de repente, nos últimos 10 anos, tem outras pessoas que os ianques querem mais do nós. Agora estamos aqui, nos preparando para nos juntarmos a essas pessoas e nos colocando de volta no topo da lista."

"Diga-me, quando o dinheiro foi melhor?" Carmona insistiu. "Quando ganhou um milhão para transportar mercadorias de Honduras para Keys? Além disso, Amschel Bauer está planejando começar a nos implicar nesse caminho do ouro com o Conselho Europeu assim que os testes com os colombianos forem concluídos. Uma vez estávamos sentados em uma montanha de coca. Em breve estaremos em cima de uma montanha de ouro. Em questão de meses, todos nós poderemos nos aposentar como alguns dos homens mais ricos do mundo."

"Ninguém nunca se aposenta," Ramos balançou o garfo para enfatizar. "Nem mesmo Pablo Escobar depois de aparecer na *Forbes*. Demais nunca é o suficiente. E é assim que acontece. Está abusando da sorte.

Todos seremos pegos ou mortos um dia. O truque é adiar o máximo possível. Contrabandear armas para a Al Qaeda por fazer isso acontecer mais cedo."

"Então foi isso que disse para Pulga?"

"Não, falei com Pulga da mesma forma que está falando comigo. Eu simplesmente estou compartilhando minhas ressalvas com você. Sou bastante a favor de comprar barras de ouro e estar preparado para a conversão do padrão do ouro. Meu pessoal que mexe com computadores disse que isso vai acontecer muito em breve. Contrabandear armas, no entanto, pode muito bem destruir tudo pelo que trabalhamos. Estamos próximos de realizar nossos sonhos, Carmona. Acredito em Amschel Bauer. Acredito que em breve poderemos nos tornar os homens mais ricos da face da terra. O que não acredito é que deveríamos estar contrabandeando mais armas para a Al Qaeda."

"Então o que fazemos, Tony?" Carmona perguntou sem fazer rodeios. "Desistir do acordo? Você sabe que essa é uma grande parte da operação. Nem eu e nem Ernesto Guzman sabemos quem vai receber o verdadeiro carregamento ou a distração. Se um de nós voltar atrás, precisarão de outra rota. Pode ser tarde demais para mudarem os planos. Pode ser mais conveniente para eles tirarem um do nós ao invés disso. E sua gangue fornece o link entre a América do Sul e a do Norte. Percebe o que estou dizendo?"

"Esse também é um perigo que sempre existe," Ramos admitiu. "Às vezes eles olham para trás de você para ver se o próximo da fila será mais fácil de lidar."

"Hey, Tony, não estaria sentado aqui com você agora se o cara a minha frente não tivesse sido abatido," Carmona o lembrou. "Alguém mandou Julio Cruz para o inferno naquele estacionamento em

Montreal e ainda não se sabe quem fez isso ou o porquê. No momento, todo mundo olha para Chupacabra, mas a razão de não termos declarado guerra aos colombianos foi porque isso está muito fácil. Todo nosso pessoal sabia que eu era o próximo da fila e que meu primeiro instinto teria sido levá-los à guerra. Foi quando parei para pensar. Se estiver em guerra com os colombianos, essa Operação Blackout não acontece. Cruz estava interessado no acordo, não foi colocado de lado por Bauer ou Schnaper. Alguém fez isso para sabotar o acordo e mostrar a todos nós que podemos ser mortos a qualquer momento."

"Então acha que foi alguém de dentro? Alguém que faz parte da operação?"

"Quem mais?" Carmona se recostou e afastou as mãos. "Não vai ser nenhum dos contrabandistas. Eu incrimino você, você me incrimina e ambos perdemos. Outra pessoa nos incrimina depois do fato e ficamos com a batata quente nas mãos. Olhe, Cruz foi morto, todo mundo deixou Chupacabra passar por uma razão ou outra. Talvez as pessoas tenham medo dos colombianos, talvez não queiram ver a operação ser deixada de lado, talvez achem que eu tenho algo a ver com isso. Testaram o quadro e a infraestrutura e ela se manteve de pé bem rápido. Agora eu sou o cara, vou trazer a caixa de Cuba para Keys. Se der certo, ótimo, o plano de Bauer segue em frente. Se não der certo-- esse é o problema. Agora, são os cubanos que trouxeram as armas para a Al Qaeda."

"Então, acha que é alguém de fora? Quem?"

"Olhe o mapa. Quem está de fora? A Máfia de Montreal, Al Qaeda e aqueles novatos do Conselho. Se qualquer um deles quiser chegar até nós, simplesmente nos jogam uns contra os outros. Tentamos ir para cima deles, o que vamos fazer? Mandar nossa força aérea atrás deles? Não, entramos nesse jogo, temos que segurar as pontas. Vamos em frente e fazemos a entrega, mas assim que isso acabar, vou descobrir quem matou Cruz e por quê."

"Talvez devêssemos começar a reconstruir nossas pontes, garantir que nos protegeremos se essa coisa desmoronar. Cada homem por si parece mais uma divisão e cairemos."

"Por isso que não comecei a procurar quem acabou com Cruz logo que assumi seu lugar. Estou procurando, mas não estou me deixando distrair. E acho que percebi algo, mas como disse, estou esperando até esse trabalho terminar antes de entrar na próxima ordem de serviço."

"O que é, Carmona?" Ramos passou manteiga em uma fatia de pão.

Um de meus melhores caras de Liberty City tem um cara que veio do Canadá, apareceu com ele outro dia e saiu em uma ação," Carmona revelou. "Suas mãos ficaram sujas demais para ser um policial. Acho que pode ser um espião da Máfia de Montreal. O nome dele é Jack Wayne, alguma merda do tipo. Vão ligar para ele hoje à noite. Disse a meu homem, Johnnie Sosa, para descobrir o que puder. Sosa é um dos melhores, saberá se esse cara está nessa posição ou não."

"O que diabos um cara do Canadá está fazendo em Miami procurando por trabalho?" Ramos apertou os olhos.

"Boa pergunta," Carmona respondeu com ênfase.

Estava plenamente confiante de que isso era algo que Johnny Sosa descobriria.

CAPÍTULO CATORZE

Era pouco mais de meia noite quando Jack Gawain recebeu uma ligação de um dos homens de Johnnie Sosa e em meia hora estava dirigindo seu Lexus preto alugado em direção à Liberty City. Parou em frente ao prédio dos Irmãos Sosa, onde três motocicletas clássicas já estavam estacionadas. Deu um tapinha na Glock em sua cintura para se tranquilizar, desligou o carro, desceu e foi até onde estavam parados três homens armados de Sosa. Foi reconhecido por Oscar Alfonso que estivera na execução da noite anterior. Ele apresentou os outros homens antes de escoltarem Gawain para dentro do prédio.

Mais uma vez, Johnnie Sosa fazia um jantar delicioso que incluía *pasteles*, feijão preto e arroz com *lechon asado*. Gawain foi convidado a se juntar à mesa junto com Alfonso, Jimmy Sosa e Gilberto Echezabal, que também estivera na execução da noite anterior.

"Aqui está sua parte, meu amigo," Jimmy atirou um enrolado de notas para Gawain. Ele contou e franziu o cenho para Sosa em desaprovação.

"Dois mil?"

"Esse é seu salário semanal," Johnnie parou com as mãos na cintura, mais uma vez usando camisa e calças de marca protegidas por um avental florido. "Não é tão ruim assim. Se continuar com seu bom trabalho, acabara ganhando aumentos e promoções. Além disso, não descontamos taxas."

"Ah, que seja," Gawain meteu o rolo no bolso da jaqueta. "Você sabe, a taxa de uma execução é de dez mil. Se fizer dez execuções para você, o que acredito que acontecerá em breve com vocês, companheiros, eu faria o salário do meu ano inteiro. Então, depois de dez execuções, talvez eu seja o homem mais procurado da Flórida o que significaria não ser prudente ficar por aqui por muito tempo."

"Você não é um homem comum, Jack," Johnnie começou a servir os pratos dos convidados. "Fale mais sobre você."

"Não tem muito o que dizer," deu de ombros e agradeceu Johnnie pelo prato. "Passei a maior parte da minha vida no Reino Unido, trabalhei para a Máfia em Liverpool, fiz vários contrabandos de Glasgow para Belfast. Sei por experiência própria o que acontece quando se tem muitas marcas na sua arma. Mudei para o Canadá, fiz alguns contatos, mas eventualmente os oficiais da Guarda Montada começaram a bisbilhotar então vim para cá. Não achei que se interessariam pelo clima."

"Então, conheceu Kenny Reyes em Montreal?" Johnnie lambeu a colher depois de servir o último prato de feijão preto.

"Mais ou menos," ele respondeu. "Teve essa reunião supersecreta que me pediram para comparecer como suporte para alguns figurões de Londres. Ele estava lá com Ricky Chew e começamos a conversar, sabe, bobagens de espertalhões. Ele disse rapidamente que se acabasse por aqui, bastava mencionar seu nome. Quem sabe se lembraria de mim se meu nome aparecesse novamente, o que deve ser algo bom para mim, imagino. Logo depois da reunião, um dos caras explodiu em um carro bomba no estacionamento e todo mundo da minha equipe se mandou direto para o aeroporto."

"O cara que foi morto foi meu ex-chefe," Johnnie se sentou à mesa na sua frente e analisou seu rosto. "Muita gente pensou que o homem que você chama de Ricky Chew fosse o responsável, mas isso colocaria eu e meus primos em guerra. Alguém tentou começar essa guerra e eu vou descobrir quem foi."

"Bem, tenho certeza de que tem alguma ideia," Jack disse com a boca cheia de porco assado. "Lá em casa, sempre falamos que os caras que começam uma grande luta são aqueles que têm mais a ganhar."

"Quem é você, Sr. Gain? Como acabou chegando aqui da forma que chegou?" Johnny perguntou calmamente.

"Oh, então agora suspeita de mim?" ele zombou. "Sabe, se você fosse à biblioteca local e encontrasse alguém que pudesse lhe mostrar os computadores, facilmente veria que Liberty City é a pior área criminal da cidade. Se aparecesse e pedisse para comprar um quilo de um traficante de rua, isso seria mais do que ele teria forças para carregar. Ele vai até seu chefe e é para ele que você faz seu discurso. É para quem deve perguntar, por que ele me apresentou em primeiro lugar."

"Hey, não me metam no meio disso," Oscar levantou a mão. "Um homem aparece na vizinhança com uma Glock e um bolo de notas de cem e diz que está procurando trabalho, hey, eu não decido essas coisas."

"Eu o vi trabalhar, é bom," Jimmy falou para a surpresa de todos. "*Cojones* (corajoso)."

"Bem, você impressionou meu irmão," Johnnie decidiu, "então agora tem que impressionar a mim."

"E como faço isso?" Jack deu uma bela garfada no *pastel*.

"Pessoas roubando de mim são apenas metade do problema," Johnnie franziu o cenho. "A outra parte são pessoas roubando meus negócios. Toda a vez que você se vira, alguém está montando uma loja em algum lugar bem na nossa porta. Tenho negros americanos, negros jamaicanos, negros haitianos, dominicanos, salvadorenhos, mexicanos, escolha qualquer um, eu tenho. Temos que dar um exemplo e mostrá-los o que acontece quando invadem nossa vizinhança."

"Certo," Jack se serviu de um copo de rum e Coca-Cola. "Então, qual será o exemplo?"

"Vá em frente e termine sua refeição, passei algumas horas a preparando," Johnnie insistiu. "Depois, quero que vá até Northwest 27th Street e passe de carro atirando. Não quero que desça do carro se não precisar, mas se pudermos começar e terminar isso essa noite, será melhor para todos nós. Sabe como é, você nunca quer que alguém volte para se vingar nesse negócio."

"Bem, estou quase acabando aqui, não gosto de trabalhar de barriga cheia," Gawain se recostou na cadeira, tomou um gole de água antes de pegar sua bebida. "Assim que estiverem prontos, vamos sair resolver isso. Gostaria de pregar os olhos antes do amanhecer e não acabar dormindo o dia todo."

Joe Bieber ligou para Shanahan no início daquela tarde e William ficou mais que feliz em sair para encontrá-lo. Resistira ao impulso de convidar Gawain para sair para beberem apenas para ser sociável, talvez criar um senso de camaradagem para o trabalho que estava por vir. Afinal, tinha confraternizado com uma bela parcela de psicopatas borderline no Iraque e Afeganistão. Quando parou para pensar, teve que admitir que Gawain não era muito diferente deles. O estresse pós-traumático era uma realidade, algo que as gerações passadas tinham escondido sob a forma de alcoolismo, dislexia, violência doméstica e abuso infantil. No entanto, não conseguiu descartar totalmente a culpa. Homens como ele e Shaughnessy tinham enfrentado seus próprios demônios e saíram intactos, quando não completamente ilesos.

Era o que mais o irritava em relação a Shaughnessy. Ficava cada vez mais difícil separar o homem do mito conforme o tempo passava. Ele e o MI6 pareciam mais com divindades distantes que se retiravam do mundo real às vezes e deixavam seus acólitos sozinhos para resolverem tudo. Quando Shaughnessy não tinha vontade de descer de sua nuvem, mandava um de seus lacaios anotar os recados, isso se de fato Shanahan conseguisse falar com uma pessoa. Talvez esse fosse o teste para ver se ele merecia Downing Street. Talvez estivessem tentando ver se ele era um homem de ação e não de palavras. Talvez quisessem ver como conseguiria lidar com os primos de Langley.

Não tinha muita certeza de quanta influência Bieber tinha dentro da CIA e Shaughnessy não ajudara muito em relação a isso. Sabia que as janelas se abriam e fechavam de acordo com a necessidade nessas agências, e que você poderia estar sentado com o Diretor em um dia e no outro não conseguir sequer passar pela assistente de sua secretária. Obviamente Bieber jogava no nível de Shanahan, mas a questão era se quem estava no controle era alguém acima de Shaughnessy. Claro que tudo isso dependia de com quem Shaughnessy falava em determinado momento.

Sua mente se enchia com esses pensamentos enquanto percorria a curta distância que levava ao Nobu Restaurant na Collin Avenue, um dos melhores restaurantes japoneses do mundo. Ele recebeu uma ligação de Bieber logo após deixar a suíte de Gawain e concordou em encontrá-lo para um almoço gourmet. Shanahan aproveitou a brisa da primavera enquanto caminhava, as lojas exclusivas e o movimento o lembravam tanto de Nova Iorque quanto de qualquer outra coisa. Decidiu que passaria pelo menos uma tarde na praia antes de ir embora, provavelmente trabalhando seu bronzeado e vendo se conseguia encontrar uma jovem boa o suficiente para se juntar a ele em uma refeição.

Encontrou Bieber no Nobu Lounge e suas cortinas brancas, seu interior pouco iluminado e sua decoração oriental tradicional lhe conferiam uma atmosfera suntuosa que condizia com as socialites e políticos que frequentavam o local. Sentaram-se em uma mesa ao fundo e Shanahan se perguntou de forma despretensiosa se Bieber carregava uma pistola no coldre do tornozelo já que vestia uma camisa Guayabera cara e de cor marfim e calças de grife cor de menta. A garçonete anotou seus pedidos e trouxe uma garrafa de vinho rosé Chateâu D'Esclans quando se sentaram e trocaram palavras sobre o clima.

"Bem, não posso dizer que não estamos bastante ansiosos sobre o que esses narco terroristas têm escondido na manga," Bieber finalmente foi aos negócios. "Ainda assim, as coisas parecem estar indo bem. Recebemos a notícia de que a Al Qaeda tem um grande carregamento chegando à América do Norte nas próximas semanas. Não sabemos se são drogas ou armas da África e se vem do Canadá, Caribe ou México. No entanto, sabemos que está vindo e vamos com tudo para cima disso. Haverá uma coletiva de imprensa na Casa Branca em alguns dias e o Presidente emitirá um alerta geral. Nossa maior preocupação é incitar uma reação contra a comunidade árabe-americana. Parece que toda a vez que tem um alerta de terrorismo, isso sacode uma capa vermelha na frente de todos os grupos de ódio do país."

"Temos a mesma coisa com o National Front no meu país," Shanahan tomou um gole de vinho quando a garçonete trouxe a sopa de missô e lagosta. "É ainda pior em Ulster. É o único momento em que o IRA e a UDA veem as coisas do mesmo jeito."

"Na verdade, estamos pensando que um pouco disso pode funcionar a nosso favor se tiver um empurrãozinho," Bieber soltou. "A Homeland Security já analisou tudo isso e um dos piores cenários que encontraram tem relação com a guerra cambial que estamos tendo com a China e a Rússia. Estão imprimindo dinheiro como se não houvesse amanhã para desvalorizarem suas moedas e manterem o mercado internacional sob controle. Também estão protegendo suas apostas e comprando todo o ouro que podem no caso de as nações voltarem ao padrão do ouro como estão falando. Nossa preocupação é a Al Qaeda entrar no ramo das falsificações e inundar as fronteiras com dinheiro falso. Demoraria um pouco para as falsificações aparecerem, mas quando isso acontecesse, é provável que já estejam por todo o Sul. Com a recessão sendo da forma que é, os ilegais fariam de tudo para pegarem e conseguirem tudo o que conseguirem. Seria o pesadelo do Serviço Secreto."

"Os nazistas tentaram algo assim contra nós na Segunda Guerra, pelo que me lembro," Shanahan assentiu. "Felizmente nosso pessoal entrou em cena antes que o dinheiro entrasse no país. Imagino que esteja contando com o mesmo sucesso."

"Só espero que possamos tapar todos os buracos quando essa inundação chegar," Bieber respondeu. "Se precisarmos contar com todos esses grupos ativistas entrando na onda, que seja. Temos o governo colombiano indo com força para cima do Cartel de Medelín, a Polícia Estadual da Califórnia em cima de todo o MS-13 e a Marinha e Guarda Costeira pescando em alto mar na costa de Honduras e Cuba. Além disso, os oficiais da Guarda Montada estão trabalhando com a Homeland Security para vigiarem nossas fronteiras ao norte. Como pode imaginar, não estamos ansiosos para encontrar novos jogadores por aqui tão cedo."

"Se algo incomum aparecer em nosso radar durante o curso de nossa operação, pode ter certeza de que nosso pessoal estará em cima disso," Shanahan o assegurou.

"Perguntas sobre Emiliano Murra da Máfia Sardenha estar aqui em South Beach a negócios têm aparecido," Bieber revelou. "Temos uma ideia do que está acontecendo, mas não queremos bisbilhotar. Ainda assim, se a Máfia Sardenha montar acampamento nos EUA, seria como acabar com a AIDS e ter um novo vírus surgindo."

"Você é um ótimo jogador de pôquer, Joe," Shanahan deu uma risadinha. "Você deveria ter uma conversa com Jack Gawain em algum momento. Não sei o porquê nossos superiores não estão tendo essa conversa."

"Talvez estejam deixando a gente resolver isso enquanto o problema ainda está no nosso nível."

"Suponho que esteja ciente de que temos uma operação complicada acontecendo," Shanahan baixou o tom de voz. "Murra entrou para um Conselho da Máfia Europeia que não existe. Temos a EUROPOL envolvida nos níveis mais altos e mesmo a Máfia Siciliana no auge de seu poder não conseguiria comprometê-la. Murra já nos ajudou a armar para o Cartel de Medelín e estamos prestes a fechar o cerco contra nossa pessoa de interesse. Se quiser acertar Murra em cheio e revogar seu passaporte assim que terminarmos, nós o entregaremos em uma bandeja de prata."

"Qual é o prazo?" Bieber deu uma colherada na sopa.

"Nossa pessoa de interesse deverá estar no Magic City Casino para o torneio de dominó na sexta," Shanahan revelou. "Precisaremos que Murra fique em liberdade por pelo menos mais uma semana depois disso. Temos um problema muito maior que pode afetar toda a infraestrutura do Cartel de Medelín Assim que fecharmos essa armadilha, posso lhe assegurar que Murra será todo seu."

"Alguma chance de você contar quem é essa pessoa de interesse?"

"Enrique Chupacabra. Está me dizendo que não sabia disso?"

"Oh, apenas queria ouvir de você," Bieber sorriu levemente. "Nunca se perguntou o porquê os oficiais da Guarda Montada não estavam em cima dele depois de Julio Cruz ser abatido? A Homeland Security convenceu-os a deixar que ele voltasse aos EUA para que os cubanos ou colombianos pudessem poupá-los dos custos de um julgamento e prisão. Além disso, sabíamos que se os cartéis deixassem a bola cair, vocês a recolocariam em jogo."

"Temos certeza de que encerraremos a questão com Chupacabra depois de sábado," Shanahan o reassegurou. "Até começo da semana que vem, devemos fazer nosso relatório final. A menos, claro, que precise de--Gawain--para alguma coisa."

"Na verdade, senão aparecer algo nesse momento, penso que estaremos bem. A única coisa que poderíamos nos interessar seria se você conseguisse alguma informação boa sobre a Máfia Cubana. O cara que ocupou o lugar de Julio Cruz no meio da confusão é um cara intragável chamado Johnny Carmona. Carmona escapou da prisão em Cuba e veio para cá a dez anos atrás. Desde então, fez uma reputação no tráfico e em assassinatos. A maioria das gangues rivais esperavam que Carmona fizesse uma jogada contra Crua mais cedo ou mais tarde, mas alguém lhe fez um favor em Montreal. Sua gangue está mais forte do que nunca agora e estão tomando medidas drásticas para eliminarem toda a concorrência em Miami. Obviamente isso não tem reação com os negócios da Empresa, mas como todos estão juntos nesse caso, tudo se resume ao meu país devendo muito ao seu."

"Aos primos," Shanahan levantou o copo quando seus pedidos de carne kushiyaki chegaram.

"À família," Bieber brindou.

Eles apenas podiam imaginar o quanto esses laços seriam severamente testados nos dias que estavam por vir.

Horas mais tarde, o Chevy Impala 61 clássico parou na frente de um prédio grafitado na NW 27th Street. Oscar Alfonso diminuiu as luzes ao virar a esquina e as desligou quando o carro parou na calçada.

"Bom," Jimmy Sosa encaixou um pente em sua Uzi e seus atiradores fizeram o mesmo. "Todos prontos? É o apartamento do porão, pode ser que atirem para dar cobertura do segundo andar. *Cuidado*."

"Certo, então me deixe subir antes de começarem a atirar. Se eu atirar uma vez, amigos, comecem a explosão," Jack Gawain sugeriu.

"É o seu funeral," Jimmy deu de ombros.

Gawain saiu do carro e imediatamente viu que três gângsteres sentados na escada próxima à porta perceberem. Começou a subir devagar as escadas da casa de tráfico quando começaram a gritar com ele. A porta da frente do segundo andar se abriu e Gawain forçou sua entrada antes que o corredor se iluminasse com um disparo. Jimmy e seus homens desceram do carro e começaram uma enxurrada de disparos contra as janelas do porão e do segundo andar com suas automáticas.

Os gângsteres da escada tinham sacado suas pistolas e começaram a mirar nos cubanos quando Gawain reapareceu na porta acima. Era um atirador de elite, disparando calma e deliberadamente enquanto acertava a cabeça dos gângsteres. Ouviu gritos e uma comoção no corredor, voltou e atirou em mais três pessoas antes de descer as escadas.

"Filhos da puta," Gawain rosnou. "Você tem uma lata de gasolina?"

"Claro," Oscar respondeu.

"Temos que ir!" Jimmy ordenou. "*Vamonos!*"

"Abra o porta-malas!" Gawain insistiu. Oscar obedeceu enquanto ligava o carro e Gawain desenroscou a tampa enquanto enfiava um pedaço de pano na boca da lata.

"Você fuma?"

Oscar lhe alcançou o isqueiro e Gawain colocou fogo no pano, deu um salto para frente e arremessou a lata através da janela do segundo andar. Voltou correndo para o carro quando a lata explodiu e uma bola de fogo engoliu todo o marco da janela. Pulou no banco do passageiro enquanto Oscar cantava pneus, afastando-se da calçada em direção à rua onde desapareceram ao virar a esquina.

"Você é dos meus!" Jimmy esticou o braço e deu um tapinha no ombro de Gawain. "Você pode vir comigo em uma ação a qualquer momento! Você é dos meus!"

"Bem, agora sabemos que você não fuma," Oscar deu uma risada com os olhos grudados nos espelhos laterais e retrovisor procurando pela polícia.

Gawain considerou vagamente o fato de não ter acendido um cigarro desde que deixara Maghaberry. Lembrava de fumar na prisão porque era uma das coisas que costumava fazer os presos se sentirem vivos. Agora que respirava ar fresco, não sentia vontade de mais nada.

"Era um de seus melhores pontos," Gilberto respondeu olhando pela janela e relaxando depois da ação. "Esses malditos jamaicanos não voltarão tão cedo."

"Se voltarem, estaremos prontos," Jimmy o assegurou.

"Pode ter certeza," Gawain deu uma gargalhada. Sabia que os cubanos tinham apenas mais cinco dias para aproveitarem seus serviços e faria de tudo para tonar esses momentos em algo que nunca mais esqueceriam.

CAPÍTULO QUINZE

Era segunda-feira de manhã quando Johnny Carmona e seus melhores tenentes foram para Andros Island, a maior ilha das Bahamas. Foram para Swain's Cay Lodge em Mangrove Cay onde tinham um encontro marcado com o Coronel aposentado Vittorio Apollo. O brunch os aguardava no Reefside Restaurant onde o chef ficara mais do que feliz em apresentar o menu para seus convidados especiais. Carne foi servida para os seis seguranças que sentaram em mesas fora do alcance de seus assuntos. Carmona e Apollo desfrutaram um filé mignon e lagosta picada enquanto admiravam a vista das praias de areias brancas, a água esverdeada e as palmeiras enfileiradas nos limites da área do resort.

"Devo dizer, quando estou aqui fora, sinto como se estivesse novamente em Cuba," Johnny Carmona tomou um gole de champanhe enquanto admirava o glorioso céu das Índias Ocidentais. "Miami Beach é um lugar ótimo, mas isso aqui se parece mais com meu lar."

"Antes de Raul Castro assumir o poder, achava que seus sonhos e lembranças não estavam muito ancoradas na realidade," Apollo sorriu. Ele usava um elegante terno Navajo branco, seus cabelos pretos encaracolados eram marcados pelo tom grisalho e sua aparência valentina tinha poucas rugas no auge de seus 50 anos. Lutou em Angola nos anos 70 onde dez mil cubanos morreram em batalha e estava em uma das últimas tropas a serem retiras da África em julho de 1991. Foi um dos principais agentes da DI (Diretoria de Inteligência), o equivalente cubano da KGB, e era o contato principal do cartel de drogas cubano na campanha para enfraquecer o governo americano.

"Concordo, Coronel," Carmona comeu um pouco de seu arroz e feijão preto. "Soube que atualmente tem um restaurante francês em Havana. Sabe, não sei o porquê não podem me conseguir um visto de visitante, apenas por alguns dias. Você sabe, trouxemos muita coca para a América e mandamos muito dinheiro de volta. Deveria ter um crédito acumulado em algum lugar nesse momento."

"Ora, Carmona," Apollo tomou um gole de seu suco de laranja. "Falamos sobre isso todas as vezes que nos encontramos e isso não vai mudar. Quanto fez ano passado? 150 milhões? Você fez muito por Cuba, e eu também. Possuo uma casa de campo nos arredores da Cidade de Havana, posso trocar minha BMW por uma nova todos os anos e investi em alguns *paladares* (restaurantes particulares) nos últimos anos. Nunca verei um milhão de Dólares na minha vida e seu que morrerei e serei enterrado em Cuba. Talvez isso seja o que ganho em troca."

"Não posso reclamar do dinheiro, mas às vezes ele chega a você quando sabe que nunca mais poderá voltar para casa," Carmona disse de forma triste.

"Casa é onde está o coração," Apollo deu de ombros. "Seu coração está em Miami, sabe disso. Já lhe disse, por muitos anos achei que não veria Cuba novamente. Passei os melhores anos de minha vida na África, mas depois de tudo o que foi dito e feito, não trocaria isso por nada. Nem você."

"Nesse momento, todo mundo está olhando para Ramiro Valdes," Carmona ressaltou enquanto cortava sua carne. "Quando ele chegar ao poder, o antigo regime chegará ao fim. Talvez, então, você possa falar bem sobre mim."

"Apesar de todas as suas falhas, o antigo regime sempre foi capaz de manter a integridade," Apollo respondeu. "Estamos contra os EUA a mais de 60 anos, uma ilhazinha contra a nação mais poderosa da história mundial. Mantivemos nossa reputação como o país comunista mais puro de todos os tempos. Ficamos do lado de nossos aliados na África, bem no meio do planeta, por quase 20 anos. É a tradição que nos confere prestígio, e essa tradição está baseada na verdade, na liberdade e na justiça. Diga-me, Carmona, o que acontece com nosso sistema de justiça se permitirmos que um homem condenado por múltiplos assassinatos ande livre pelas ruas?"

"Vamos, Coronel," Carmona zombou. "Passei um ano na prisão antes de escapar. A maioria das pessoas com quem cumpri pena eram prisioneiros políticos. Cada um deles tinha uma história sobre um amigo ou familiar que foi morto na prisão. Quem foi atrás desses caras, dos assassinos? Quando esses verão justiça?"

"Não faço as regras, faço com que sejam cumpridas," Apollo foi curto e grosso. "Você sabe disso."

"Certo," Carmona desistiu. "Então, onde estávamos? Tenho carregamentos vindos de Honduras hoje à noite e quarta-feira. O maior chega na sexta. Os dois menores são de meia tonelada como de praxe. Porém o maior é da Al Qaeda. É o que estão chamando de teste beta. Se conseguirmos fazer isso, todo mundo ganha, viramos a página e escrevemos um novo capítulo. Esse pode deixar os americanos de joelhos. A Homeland Security está gastando 60 bilhões esse ano. Se esse trabalho for realizado, de repente ele não terão mais 60 bilhões. De repente, eles podem ficar sem nada. Não sei como você consegue pegar esse trabalho, mas se tivesse que perder dois desses três carregamentos, preferiria perder mil quilos a perder esse em particular."

"Parece que está atraindo muita atenção," Apollo ponderou. "Não sei quanta dessa atenção podemos aguentar. Principalmente se a Homeland Security descobrir que ajudamos a Al Qaeda a armar um ataque nos EUA. Nosso pessoal é o melhor do mundo, mas não temos recursos para enfrentar a CIA em uma guerra clandestina. A Al Qaeda tentou e foram reduzidos a cinzas. Todos os seus líderes foram mortos, inclusive Bin Laden. Com a transição do poder e a recessão mundial, não podemos nos dar ao luxo de enfrentar a Homeland Security. Podemos garantir a segurança se fizerem um desvio pela costa, mas quando cruzarem para água internacionais, estarão por conta própria."

"Com sua permissão, Coronel, aqui está o plano," Carmona colocou um tablet entre eles sobre a mesa. "O MS-13 tem as embarcações saindo do Golfo de Honduras. O primeiro estará indo em direção à Isla de la Juventus hoje à noite. O próximo, na quarta e o maior na sexta. O que queremos fazer é receber o primeiro em Guanabacoa amanhã de manhã e o enviar para Key West na quarta à noite. Se não tivermos problemas, enviaremos a segunda carga de Cardenas para Keys na quinta-feira à noite."

"Parece que estará levando o carregamento de Santa Clara no sábado à noite." Apollo supôs ao olhar o mapa da América Central e do Caribe no tablet.

"É isso que esperamos que os americanos pensei, se forem esperto," Carmona deu uma garfada na lagosta picada. "Estamos pensando mais em um movimento de pinça. O maior vai até Matanza e então faríamos o que os americanos chamam de jogo de empate. Viria direto para cá, para Nassau. Daqui, podemos chegar à Jacksonville e a partir daí ir para a Georgia ou para as Carolinas. A Al Qaeda tem unidades dormentes dentro das comunidades negras ao longo da Costa Sueste. Assim que eles receberem o carregamento, nosso trabalho está concluído. Se fizermos isso por eles, começarão a levar carregamentos regulares de heroína da África Leste para o Marrocos e para dentro da Espanha. A partir daí ela vem direto para o Caribe. Faremos muito dinheiro, Coronel, muito mais do que já sonhamos."

"Parece um bom plano, Carmona," Apollo concordou. "Excelente, de fato. O segundo carregamento é a armação perfeita para o terceiro. Pode até ser bom fornecermos segurança extra para o primeiro carregamento para fazê-los pensar que o maior. Se não forem enganados, com certeza pensarão que o segundo é o grande prêmio. Interceptar dois carregamentos seguidos os faria pensar que seria impossível você seja tão imprudente para mandar uma carga de Matanza e não de Santa Clara. Além disso, não pensariam que você desejaria correr o risco de ser saqueado por piratas vindo daqui, de Nassau."

"A Al Qaeda tem tudo planejado," Carmona sorriu.

"Tudo bem," Apollo decidiu. "Daremos cobertura de Honduras à Cuba e faremos o que pudermos para distrair a Guarda Costeira para que suas embarcações cheguem a Keys e Nassau. Um porém: se o que a Al Qaeda planejou acontecer e os americanos descobrirem nossa conexão, isso trará sérios prejuízos ao nosso relacionamento comercial. Nem mesmo os russos poderão nos proteger se você estiver trazendo uma arma de destruição em massa através do Caribe. Isso significa que não poderemos mais lhe proteger."

"Estamos dispostos a correr esse risco, Coronel," Carmona disse calmamente. "É uma aposta única e quase ganha. Se funcionar, colocaremos o gigante de joelhos e ele nunca mais se levantará. Ganhando ou perdendo, vamos transferir um milhão de Dólares extra para sua conta na Suíça sábado à noite."

"Desejo tudo de melhor para você, Carmona," o Coronel ergueu uma taça de champanhe para ele. "Pelo seu bem e pelo bem de todos os nossos."

Com isso, mais um passo crucial da Operação Blackout fora dado.

Depois do encontro, Johnny Carmona e seus homens pegaram um Learjet de Andros para voltarem a South Beach e ele retornou a sua mansão em Estate Section em Palm Beach. Ele decidiu descansar até à noite quando iriam para o casino de South Beach. Estava prestes a apaga quando seu principal segurança, Ed Travieso, entrou na suíte master com um celular.

"É Sosa, tem um problema."

"Maldito *maricon*," Carmona rosnou e fez sinal para Travieso. "*Damelo.*"

"Johnny, é Johnnie," Sosa falou. "Cuidamos daquele problema ontem à noite, mas acho que agora temos um problema maior."

"Problema maior? Como o quê?" Carmona estava usando somente sua cueca de leopardo e caminhou sobre o tapete felpudo até a enorme porta de vidro que levava à sacada de mármore com vista para a praia.

"O que dizem nas ruas é que os haitianos e jamaicanos estão unindo forças contra nós," Johnny o informou. "Os jamaicanos convenceram os haitianos que iremos para cima deles em seguida. Espalharam a notícia de que se pegarem qualquer um dos nossos em algum lugar perto da 27th Street, vão declarar guerra."

"Então recue para a 20th Street até as coisas se acalmarem," Carmona acendeu um cigarro. "Faremos as pazes com os haitianos e depois de uma semana iremos para cima dos jamaicanos novamente para mostrar que é que manda. Se recuarmos para a 20th Street, vão vir com tudo, pensarão que vão conseguir novos clientes e que poderão expandir suas operações. Nunca saberão o que os acertou."

"20th Street? Não podemos fazer isso!" Sosa foi inflexível. "Temos cinco casas de tráfico naquela área, isso são 20 mil Dólares por semana, sem contar os traficantes que perderemos se eles entrarem com os jamaicanos. Além disso, se acabarem com os haitianos, vamos acabar em guerra de qualquer jeito, além de termos que recuperar o território perdido. Temos que vencer essa luta agora ou acabaremos tendo que lutar duas vezes mais para recuperar o que vamos perder."

"Ora, Sosa, você sempre adorou uma bela luta, o

que está fazendo, pegando leve para cima de mim?"
Carmona foi para trás do pequeno bar para pegar uma
lata de V8 na geladeira.

"Você tem visto TV ultimamente?" ele insistiu.
"Toda a mídia está em cima disso. Você sabe o que vai
acontecer. Os negros vão ficar na surdina enquanto a
polícia e o xerife passam por cima de nós e, quando
estivermos recuperando o fôlego, vão nos atacar."

"Certo, deixe eu conferir essa porcaria e dou um
retorno a você."

Carmona ligou sua enorme TV de plasma de 70
polegadas que ficava em frete a sua imensa cama King
Size e se sentou para assistir a uma transmissão ao
vivo do WPLG Local 10 News onde os jornalistas
davam informações sem data sobre o ataque dos Sosa
à casa de tráfico dos jamaicanos.

"Oficiais do Departamento de Polícia de Miami
Beach ainda estão coletando evidências nessa tarde
sobre um massacre brutal na Northwest 27th Street
que ocorreu noite passada e deixou 15 mortos e 10
feridos, incluindo uma mãe e duas crianças," uma
adorável repórter dava a notícia em frente a um cortiço incendiado. "Esse prédio que vocês estão vendo
atrás de mim foi o cenário de um tiroteio entre gangues rivais durante o qual uma lata de gasolina foi jogada pela janela do segundo andar. A lata explodiu e
deixou o prédio em chamas enquanto os moradores
aterrorizados tentavam fugir. Suspeitava-se que o
apartamento do porão era usado pelos traficantes locais que foram atacados em um tiroteio por uma
gangue rival. Dizem que os traficantes eram parte de
um grupo jamaicano que disputava território em Liberty City, onde temos uma das maiores taxas criminais de Miami. O MBPD suspeita que os autores

estejam ligados ao cartel de drogas cubano cujo controle de Liberty City tem sido desafiado por gangues rivais nos últimos tempos. Essa foi uma cena de caos que durou até as primeiras horas da manhã enquanto o Corpo de Bombeiros lutava para controlar as chamas e resgatar os moradores presos dentro do prédio. Em uma reviravolta ainda mais sem sentido, existem rumores de que os bombeiros e socorristas sofreram um ataque armado enquanto os traficantes trabalhavam desesperadamente para salvar os narcóticos e armas na parte detrás do prédio. A comunidade está indignada não somente com o fato de um ataque tão cruel ter ocorrido em uma área urbana, mas também com o fato de os traficantes apontarem suas armas para aqueles que arriscavam suas vidas para salvar os outro."

"O MBPD está preparado para tomar medidas drásticas para reprimir aqueles que estão tentando transformar nossa cidade em uma zona de guerra," a equipe de reportagem cortou para uma declaração gravada pelo chefe da polícia. "Estamos trabalhando de perto com o gabinete do Xerife do Condado de Palm Beach e a DEA para acabar com o domínio dos traficantes no distrito de Liberty City. O uso de armas automáticas e objetos incendiários em uma área residencial claramente demonstra a total falta de consideração desses autores pela vida humana. Abrir fogo contra trabalhadores que colocam suas vidas em risco para resgatar cidadãos é um ato desprezível que não vamos tolerar. Pretendemos localizar cada uma das casas de tráfico de Liberty City, vamos obter mandados para invadir esses esconderijos, prenderemos e processaremos essas pessoas com todo o rigor da lei. Proprietários que de forma consciente alugam suas propriedades para essas pessoas serão acusados a nível estadual e federal. Aqueles que possuem armas automáticas e vendem narcóticos também serão presos, acusados a nível estadual e federal e enfrentarão sentenças máximas. Nossa mensagem para esses gângsteres é simples: estamos tirando as luvas de pelica, saia desse negócio antes que seja tarde demais."

Carmona assistiu quando a ABC News mudou para uma transmissão especial da Casa Branca onde o Procuradora Geral dos EUA dava uma coletiva de imprensa.

"Recentemente ouvimos rumores de que elementos da Al Qaeda vêm discutindo sobre encenar um ataque em solo americano nas próximas semanas," ela disse em rede nacional. "Estamos colocando as áreas da costa sul dos EUA em alerta amarelo enquanto a Homeland Security concentra seus esforços na investigação desses relatos. Nossas fontes indicam que a Al Qaeda planeja estender sua campanha de narco-terrorismo pelas fronteiras americanas e estamos tomando medidas preventivas para evitar que isso ocorra. Embora estamos tentando não criar uma atmosfera de pânico, pedimos aos cidadãos para que fiquem alertas quando estiverem em público e evitem áreas de atividades suspeitas ou fora do comum. O Departamento de Estado está em discussão com os governos de Honduras e da Colômbia para tomarem medidas que neutralizem ameaças vindas das redes de contrabando em nossa costa. A Casa Branca discutirá opções para negociar a questão com Cuba e Venezuela nas próximas 24 horas. Mais uma vez, esse alerta amarelo avisa todos os americanos sobre ameaças potenciais à nossa segurança, mas tenham a certeza de que estamos tomando medidas enérgicas para resolver essa questão e notificaremos a mídia quanto aos progressos."

"Olá. Johnnie."

"Carmona. Você viu TV?"

"Isso é muito quente, cara. Muito quente. O que diabos aconteceu? Quem fez o ataque?"

"Jimmy foi com Oscar, Gilberto e o cara novo, Jack Gain."

"O cara novo," a mente de Carmona estava a mil desde que viu a transmissão. "Jack Gain, achei que íamos verificar o cara."

"Eu verifiquei," Johnnie insistiu. "Foi ele que jogou a lata de gasolina. Tinha três gângsteres sentados na varando ao lado quando o tiroteio começou e eles começaram a atirar em nossos caras. Jack atirou neles e acertou um outro cara que estava vindo do segundo andar para cima de nossos caras. Tinha mais homens no apartamento do segundo andar, por isso ele jogou a lata. Ele é bom, Carmona, muito bom."

"Certo, agora é isso o que vai acontecer," Carmona insistiu. "Ficamos na defensiva. Vocês não farão nada a menos que os jamaicanos ou os haitianos venham a nós. Além disso, quero conhecer esse cara. Tenho um sério problema que acontecerá entre hoje à noite e sábado, mas quero conhecer esse cara no domingo. Você tem que mantê-lo sob controle a menos que algo bata no ventilador e ainda assim assegure-se que Jimmy o mantenha em rédeas curtas. Bem curtas. Parece que esse cara tem algum tipo de treinamento militar. Ele está fazendo coisas que nenhum cara das ruas sonharia em fazer. Você me entendeu, Johnnie?"

"*Seguro que si, mi Carmona.*"

"Não levantem suspeitas, fiquem na defensiva e

mantenham o cara na coleira. E eu o conhecerei no domingo."

"Com certeza, *mi Carmona*."

Johnny Carmona desligou o celular, olhou pela janela e se perguntou se sua organização conseguiria aguentar as repercussões. Perguntou-se se o risco valia a pena.

E se perguntou quem diabos era Jack Gain.

CAPÍTULO DEZESSEIS

Ozzy Barbosa deixou o Tribunal Federal Sam Gibbons na North Florida Avenue em tampa pouco depois do meio-dia naquela quarta-feira após uma reunião desgastante com o DEA. Ele fora chamado para uma entrevista pela segunda vez em muitas semanas e, dessa vez, sentiu que mal escapara da prisão. Ainda mais desconcertante foi a ideia de que poderiam tê-lo deixado solto para servir de isca em uma jogada maior.

Barbosa tinha sido um garoto alto e magro, considerado um rato de biblioteca em seus anos de escola na área de Tampa Bay. Formou-se na Alonso High School em Montague Street e conseguiu um emprego de meio período como técnico de computadores em uma loja local de consertos. Lá fez amizade com outros técnicos que gostavam de fumar maconha tanto quanto ele. Eles lhe mostraram como dobrar seus ganhos vendendo erva e seus ganhos quase quadruplicaram quando um de seus amigos criou um esquema lucrativo. Começaram a pegar pedidos de estudantes de bairros de classe alta, colocando saquinhos dentro dos Pcs quando os devolviam após o serviço. A renda disponível permitiu a Ozzy realizar um sonho de sua vida, comprando um iate usado. Ele chegou ao ponto em que ele e seus amigos estavam comprando grandes quantidades e acabaram fazendo contato com um traficante de nível médio da Máfia Cubana.

Ofereceram a Ozzy 2 mil Dólares viajar 85 quilômetros saindo de West Keys, onde uma boia ancorada que continha caixas impermeáveis de 300 quilos havia sido deixada. Suas instruções eram rebocar a boia por 32 quilômetros antes de colocar as caixas no iate. Seguiria até um determinado local a 16 quilômetros da costa onde fora instruído a jogar as caixas no mar. Ordenaram de forma estrita que nunca tentasse abrir as caixas. Se fosse interceptado pela Guarda Costeira, diria que tentou rebocar a boia, mas decidiu colocar as caixas a bordo para não perdê-las. Alegaria que estava em uma caça ao tesouro na esperança de encontrar itens de valor em alto mar. Se fosse pego jogando as caixas no mar, alegaria ter sido pago para descartá-las como lixo.

Na última semana, voltou ao porto de Key West Yatch Club e foi interceptado por um navio do MSST (Equipe de Proteção e Segurança Marítima) da Guarda Costeira. Foi levado em custódia e transportado de helicóptero até a sede do District 7 no Brickell Plaza Federal Building em Miami. Foi lá que o entregaram aos oficiais do Drug Enforcement Agency que o questionaram por horas antes de o liberarem. Ele fora visto jogando caixas no mar pelo telescópio de vigilância do MSST, mas se apegou a sua história de que tinha sido pago por um caminhoneiro para descartar o que ele dizia ser documentos que continham informações protegidas de saúde. Insistiu que fez o que lhe disseram e nunca tentou abrir as caixas. Os agentes do DEA finalmente o deixaram ir, mas o avisaram de que poderia ser contatado novamente em um futuro muito próximo.

Solicitaram que ele se encontrasse com os agentes para uma entrevista de seguimento e chegou ao Tribunal Federal às 10 horas da manhã. Foi levado por três agentes do DEA até uma sala de reunião e o informaram que tinham encontrado uma caixa impermeável parecida com aquela que Ozzy descrevera em sua entrevista inicial.

"Você viu as notícias sobre o mergulhador atacado por um tubarão na costa de Key West outro dia?" perguntou um dos agentes.

"Sim, estava o tempo todo na TV," Ozzy limpou os óculos de aro de ouro com o suor escorrendo por sua sobrancelha logo abaixo de seu cabelo loiro bem cortado. "Eu não tive nada a ver com isso. Meu iate não saiu das docas desde que vocês me trouxeram aqui pela última vez."

"A Guarda Costeira conseguiu resgatar o mergulhador pouco antes do amanhecer," revelou um segundo agente. "O homem mal falava inglês. Salvaram a vida dele embora ele tenha perdido uma perna. Ele não tinha uma explicação de porquê mergulhava naquelas águas tão cedo a não ser que queria entrar para a Marinha e fazer o teste para o SEAL."

"Bem, isso é meio louco para mim, mas você sabe como é," Ozy tomou um gole da água mineral que tinham lhe providenciado. Ele estava sentado em uma mesa estreita de madeira, um agente sentado à sua frente e os outros dois parados em cantos opostos. "As pessoas assistem filmes, têm sonhos, elas tentam tornar a fantasia em realidade."

"Como um cara de Tampa que conserta computadores sendo dono de um barco e sendo membro do Key West Yatch Club?" rosnou o terceiro agente.

"Hey, cara, já passamos por isso," Ozzy insistiu. "Tenho uma clientela cheia do dinheiro. Talvez possa me acusar de cobrar preços diferentes para pessoas diferentes, mas pago meus impostos e tenho um contador que mantém meus registros financeiros. Não tenho nada a esconder."

"A Guarda Costeira mandou seus próprios mergulhadores para darem uma olhada na área onde o mergulhador foi atacado," o primeiro agente olhou para ele do outro lado da mesa. "Encontramos uma dessas caixas exatamente como aquelas que você disse que jogou no mar. O que acha que encontramos?"

"Bem, se for exatamente como aquelas que descartei, suponho que um monte de documentos de saúde com informações protegidas encharcados," Barbosa deu de ombros.

"A caixa era impermeável," retrucou o segundo agente. "Acontece que a Guarda Costeira recuperou 40 quilos de cocaína."

"Cara, qualquer um que vê TV também sabe que os contrabandistas atiram todo o tipo de caixas em alto mar," Ozzy colocou os óculos. "Também tem todo o tipo de lixo, incluindo lixo industrial, documentos confidenciais, mercadorias com defeito e resíduos médicos perigosos. Não sei o que vocês estão tentando jogar em cima de mim, mas dez caixas de papel não são iguais a uma caixa de coca."

Ozzy percebia que os agentes saiam da sala em intervalos de 15 minutos, bombardeando-o com perguntas sobre como tinha ganhado dinheiro no Wizard Computer Sevice, como se juntara ao Yatch Club e quantas vezes tinha sido contratado para jogar lixo no porto. Eventualmente o liberaram, mais uma vez o lembrando de que poderia ser chamado para uma entrevista de seguimento a qualquer momento.

Conforme ia em direção ao estacionamento nos arredores, um garoto negro usando uma camiseta do time de hóquei Tampa Bay Lightnig começou a se aproximar.

"Hey, cara, tenho um amigo que quer falar com você," o garoto espiou Ozzy por sobre os óculos escuros. "Ele está sentado em um banco no parque, em frente ao Lincoln, só vai levar um minuto."

Ozzy ficou relutante, mas decidiu que seria melhor atender ao pedido para que não tentassem o seguir na estrada. Ouviu sobre os Lightning Boys operando em Tampa e não estava ansioso para vê-los irritados.

"Meu nome é Choker. Faço parte do grupo Lightning em Hillsborough," o líder usava um boné e uma camisa dos Lightning e o sol reluzia em suas correntes e anéis de ouro. "Nossos amigos de Key West descobriram que seu barco foi abatido pela Guarda Costeira. Verificamos seu registro e descobrimos que era de Tampa. Também descobrimos que está levando uma dura da DEA. Está tudo bem?"

"Eles me confundiram com outra pessoa, amigos," Ozzy respondeu. "Me pegaram jogando lixo para fora do barco e vieram para cima do meu caso por nada."

"Dá uma olhada, cara," o gangster lhe entregou um cartão de visita. "O que quer que esteja fazendo, vai parar por um tempo porque eles vão vasculhar seu barco exatamente como se estivessem atrás da placa de seu carro nas ruas. No entanto, eles não podem ficar de observando para sempre. Quando quiser ganhar dinheiro de verdade, ligue para esse número."

"Cara, não vou fazer merda depois disso," Ozzy insistiu. "Essa merda é bem pesada para eu segurar, entendo o que digo?"

"Cara, ninguém sai," Choker sorriu para ele com seus dentes de ouro. "O que vai fazer, desistir de seus privilégios no Yatch Club? Mudar para um lugar mais barato e começar a ir jantar no Mc Donald's? Olhe, você pode deixar seu barco no clube, vou te colocar em um Sunrise 45. Saímos de Port Antonio, na Jamaica, em direção à Great Inagua, nas Bahamas. Essa coisa vai direto para Andros Island, onde faremos a entrega a você em Miami Beach. Nosso produto vem em caixas de metal lacradas, não tem como provarem que você sabe o que está descartando. O pagamento atual é de 2 mil por carga, nós pagaremos 2,5 mil para trabalhar com a gente."

"Não tenho certeza se sou a pessoa que vocês procuram," Ozzy estava hesitante.

"Não, cara," Choker riu. "Você foi pego pela Guarda Costeira, teve duas entrevistas com a DEA e ainda está andando por aí. Você é exatamente quem estou procurando."

"Tudo bem, Choker," Ozzy apertou sua mão. "Ligarei para você em algumas semanas quando a poeira baixar. "Gostaria de dar uma olhada nesse Sunrise e partiremos daí."

"Certo, amigo," cumprimentaram-se com um soquinho antes de se separarem.

Ozzy pegou seu BMW no estacionamento e se dirigiu para a Highway 92. Refletindo mais tarde, parou em um estacionamento e discou automaticamente um número.

"*Diga*," respondeu uma voz.

"É o Ozzy para o Johnny."

"Hey, cara," houve uma espera antes de Johnny Carmona pegar o telefone. "O que houve?"

"Está quente por aqui," Ozzy respondeu. "A entrevista correu bem, mas fui abordado por um Lightning Boy do lado de fora do tribunal. Um cara chamado Choker."

"Que porra ele queria?"

"Ele me deu seu número e quer que telefone em algumas semanas. Quer me colocar em um iate de luxo para fazer a rota de Andros à Miami."

"É a rota jamaicana," Carmona rosnou. "Droga. Estão vindo para cima de nós por todos os lados. Olha, rasgue esse cartão e eu vou te trazer para me ver na semana que vem. Se aquele negro de merda aparecer procurando por você, me avise que cuidarei dele."

"Certo, Johnny, você é o cara."

"Você é *meu* homem," Johnny respondeu. "Me ligue na segunda-feira."

Depois de desligar, Carmona discou automaticamente outro número.

"Olá."

"Sosa. Carmona. O que está acontecendo com os jamaicanos?"

"Estão vindo na nossa direção devagarinho," Johnnie respondeu. "Nosso pessoal viu os traficantes deles cruzando as ruas. Na maior parte das vezes, pressionando os riquinhos que vem de South Beach. Disse a nosso pessoal para ficar de olho, mas não confrontar."

"Certo, há uma mudança de planos," Carmona ordenou. "Envie Jimmy e alguns atiradores de volta ao território jamaicano. Vamos levar esses desgraçados de volta para Miramar, entendeu?"

"Certo, Carmona, eu resolvo isso," Johnnie respondeu antes de Carmona desligar.

Era hora de ligar novamente para Jack Gain.

Como muitos outros, Jack Gawain ficara fascinado comas notícias sobre a guerra às drogas em Miami e com o alerta amarelo da Homeland Security. Ficou imaginando qual efeito um evento causou ao outro, mas gastou pouco tempo com isso. Estava mais preocupado com a situação que enfrentaria naquela noite e em como estavam as coisas em Dade County. Johnny Sosa o telefonou e solicitou sua presença no ponto de encontro antes da meia-noite. Disse a ele que estaria lá e suspeitava fortemente que haveria mais tiros na agenda.

Partiu para Liberty City pouco depois das 23 horas e estacionou no lugar de sempre atrás do carro rebaixado, em frente ao cortiço. Apertou a mão de Oscar Alfonso e Gilberto Echezabal do lado de fora e eles o escoltaram para dentro enquanto dois pistoleiros ficavam de guarda na frente do local.

"Olá. Jack," Johnnie foi simpático enquanto Gawain apertava a mão dos irmãos Sosa. Sentou-se à mesa quando Sosa lhe serviu uma bebida. "Parece que as coisas estão esquentando com os jamaicanos. Querem que a gente faça outro tiroteio em uma de suas principais casas de tráfico."

"Bem, você sabe que o último serviço foi exibido por todos os canais de televisão," Gawain se recostou na cadeira bamba. "Na maioria das vezes, os tiras mantêm a alta visibilidade depois de algo assim para mantes as aparências. Pode ser muito mais difícil sair do que entrar." "Vamos tentar uma pequena distração antes de você fazer sua jogada," Johnnie respondeu. "Vamos jogar outra bomba na Northwest 28th, em uma de suas casas de tráfico. Enquanto a polícia responde, você fará sua jogada na Southwest 7th Street."

"A base de operação deles fica no distrito de Kendall, um bairro tradicionalmente jamaicano," Oscar explicou. Gawain começava a supor que Alfonso era um dos cabeças dessa operação. "Desde que começaram a expandir sua rede, eles têm avançado em Little Havana, próximo ao aeroporto na área de Blue Lagoon. O pessoal deles tem trazido coca em voos particulares e a distribuindo por Lagoon e Lake Joanne. Eles têm conseguido cada vez mais negócios com os yuppies em Granada Golf Course, em Coral Gables, e agora possuem alguns locais em West Flager Street, que sempre foi nossa fronteira tradicional."

"Por isso precisávamos abatê-los quando apareceram do lado Northwest," Johnny concordou. "Estão tentando nos enganar e fizeram um acordo com os haitianos para adentrarem em nosso território em Liberty City. Se conseguirmos derrubá-los na Southwest 7th, provavelmente vão se retirar para Kendall e parar de incomodar nos arredores de Little Havana. Será a única forma de evitar uma guerra de gangues."

"Tudo bem," Gawain cedeu. "Vou te dizer uma coisa, se fizer isso, vou querer ficar escondido por uns dias depois. Não vim para cá para ser enquadrado. Você tem granadas que eu possa usar?"

"Claro que sim," Johnnie respondeu e deu ordens em espanhol para Gilberto. Echezabal entrou no quarto, atravessando a cortina esfarrapada e voltando com um saquinho com três granadas de concussão MK3A2.

"Certo," Gawain colocou uma granada em cada

bolso do paletó e uma no bolso direito das calças. "Isso vai ser um estouro."

Ele acompanhou Jimmy e os outros até o Thunderbird do lado de fora e eles seguiram em direção à Southeast 7th Street. Gilberto seguiu pela 8th Street para que pudessem aproveitar o cenário que incluía tabacarias e restaurantes ao longo da tradicional arquitetura dos bangalôs e dos prédios históricos.

"Está vendo," Oscar apontou, "é por isso que estamos lutando. Miami não é só resorts exclusivos, complexos comerciais e bairros de tráfico. Esse é o coração e a alma de Miami, essa é Little Havana. Esse é o nosso pedacinho e Cuba. Aqueles jamaicanos nunca farão parte disso e, se quiserem fazer parte, vão morrer tentando."

Gawain olhava ao redor, tentando montar um plano de ação. Ele estava mais familiarizado com a área agora e pensava nas melhores rotas de fuga assim que o serviço estivesse feito. Provavelmente poderiam pegar à direita na 27th Avenue e se misturar com o tráfego a caminho da Dolphin Expressway e da I-95.

"Aye, camarada," Gawain apontou pela janela quando viraram na direção norte em direção à 7th Street. "Vamos passar e dar uma olhada no alvo, depois nos dirigimos para a 27th. Quero ter certeza de que podemos sair inteiros dessa."

"Normalmente não gosto que vejam o carro duas vezes na rua, principalmente um tão chamativo como esse," Gilberto estava hesitante.

"Bem, foi você que o trouxe," Gawain retrucou. "Você deve pegar um na rua de vez em quando, é a melhor maneira."

"Johnnie gosta que saibam quem fez o trabalho," Jimmy o informou.

"Quando ele estiver encarando vinte anos por conspiração para assassinato, ele não vai gostar," Gawain respondeu de forma irônica.

Passaram pela rua residencial com prédios decadentes dos dois lados da rua sombria como se fossem pessoas comuns. Drogados e bêbados perambulavam de um lado para o outro nas calçadas, sendo importunados pelas prostitutas que tentavam conseguir mais alguns Dólares. Uma das luzes da rua estava piscando, prestes a apagar, o que era muito útil a Gawain. A pedido dele, contornaram o quarteirão e se dirigiram para a 27th Street onde Gawain insistiu para pararem no posto de gasolina da esquina.

Um entregador de gasolina parou no posto e rotineiramente arrumou as placas de perigo conforme se preparava para abrir os dutos subterrâneos de gasolina. Ele preenchia a papelada quando um homem pulou no degrau que dava para a janela do passageiro a sua frente.

"Está fazendo sua entrega?"

"Sim, o que houve?"

"Mexa-se, parceiro, preciso que leve o caminhão para a rua."

"Você está louco?" o homem engasgou quando Jack Gawain apontou uma Glock para ele, abrindo rapidamente a porta e sentando a seu lado. "Esse é um caminhão de gasolina, você vai nos mandar para o inferno se essa coisa disparar!"

"Não, mas isso pode," Gawain abriu o casaco para que o motorista pudesse ver a granada no seu bolso. "Pare de bobagem, vamos indo."

"Você não está vendo aquele carro de polícia ali?" o motorista acenou na direção do veículo da polícia estacionado do lado de fora do posto de gasolina. "Ele vai ver que arranquei e vai sacar!"

"Bem, se ele nos seguir, será ele quem irá para o inferno," Gawain respondeu. "Está vendo aquele carro azul rebaixado ali? Vá em frente e o siga, entraremos à direita na 7th, pouco antes da Beacom. Pare quando lhe disser."

"Olha, cara, eu tenho esposa e filhos," o motorista implorou.

"Bom," Gawain respondeu. "Você poderá contar a eles sua aventura se fizer o que estou dizendo."

O carro rebaixado virou na 7th e conduziu o caminhão gigante pela rua, mal conseguindo passar pelos carros caindo aos pedaços que estavam estacionados dos dois lados da rua. O T-Bird parou na esquina e acendeu as luzes de emergência.

"Certo, mano," Gawain ordenou, "você fica atrás daquela merda ali, na frente das escadas onde aquelas crianças estão sentadas, e a empurra o máximo que puder. Depois, recua e coloca essa coisa na calçada, na frente da casa o melhor que puder. Entendeu?"

"Senhor, essa coisa está cheia de gasolina!" o motorista choramingou.

"Bem, então é melhor fazer o que eu digo e correr quando eu mandar."

Os drogados e gângsteres observaram alarmados enquanto o caminhão de gasolina parou atrás do Chevy Spectrum no meio-fio e lentamente começou a empurrá-lo para frente até que ficasse na frente do prédio ao lado.

"Hey, cara, que diabos está fazendo?" um gangster se levantou e ergueu a camisa de botão para mostrar o revólver enfiado na cintura. "Quer morrer?"

"Não seja estúpido, cara," gritou um segundo gangster. "É um caminhão de gasolina!"

"Essa merda está vazia!" o primeiro gritou de volta. "Tem que estar vazio!"

As crianças, seis no total, ficaram paradas e sem palavras enquanto o caminhão dava ré e depois ia em direção ao meio-fio até que somente os pneus do lado do passageiro ficassem em cima do mesmo.

"Certo, mano, tire seu traseiro daqui. Vou contar até dez," Gawain disse ao motorista. Ele abriu rapidamente a porta, saltou do veículo e correu o mais rápido que conseguiu. Os gângsteres sentiram que algo estava errado e começaram a correr pela rua na direção oposta, onde o T-Bird estava estacionado na esquina. Gawain desceu do caminhão e pegou uma granada do bolso. Puxou o pino e a jogou dentro do caminhão, tirando a Glock da cintura e a carregando a seu lado enquanto ia em direção à esquina.

Houve um grande estrondo e depois uma segunda explosão quando o caminhão de 18 rodas que carregava 9 mil galões de gasolina entrou em chamas. As janelas de todos os três andares da casa de tráfico se estilhaçaram enquanto o fogo se espalhava pela fachada de tijolos. Os gângsteres que estavam dentro e fora do T-Bird assistiram admirados quando Gawain milagrosamente saiu do meio das chamas parecendo um pistoleiro vindo do inferno. Ao invés de mirarem na figura obscura, eles correram pela Beacom Boulevard para salvar suas vidas.

"Puta merda, Jack," Oscar admirou o espetáculo enquanto os moradores dos arredores evacuavam as casas adjacentes à casa de tráfico em chamas. "Puta merda!"

"Você é o meu cara, Jack," Jimmy disse alegremente e deu um tapinha no ombro de Gawain quando o carro rebaixado passou cantando pneu pelos gângsteres na Beacom, virando à esquerda na SW 25th e novamente à esquerda na SW 6th Em seguida, viraram à direita na SW 27th e aceleraram em direção à via expressa. Observaram quando o carro patrulha estacionado no posto de gasolina acendeu as luzes e se retirou da área de serviço, depois deram um suspiro de alívio coletivo quando o carro ligou a sirene e seguiu na direção das proximidades da explosão.

"Bem, com certeza espero que o motorista do caminhão esteja por perto," Gawain se recostou em seu assento.

"Por quê?" Gilberto perguntou.

"Falou que tinha uma esposa e filhos esperando por ele," Gawain respondeu de forma alegre. "Tenho certeza de que se os carros dos jornalistas aparecerem procurando por uma testemunha ocular, eles poderão vê-lo na televisão."

"Você é um louco desgraçado," Jimmy riu quando os outros caíram na gargalhada.

Gawain considerou o fato de que William Shanahan concordaria prontamente.

CAPÍTULO DEZESSETE

QUARTA-FEIRA DE ESPIONAGEM

Três dias antes do torneio, William Shanahan acordou ao nascer do sol para um mergulho matinal depois de uma corrida no calçadão de SoBe. Ele viu o boletim especial de notícias algumas horas antes sobe a explosão do caminhão de gasolina e lembrou de seu quarto estremecer pouco depois da meia noite. Achou estranho que uma área tão rica como South Beach pudesse ficar tão próxima a áreas violentas como Little Havana e Liberty City. Ainda assim, considerou como os visitantes de Belfast se sentiam ao fazer compras no centro felizmente sem saber sobre a guerra de gangues entre grupos dissidentes do IRA e militantes protestantes. Notou que o dinheiro poderia fornecer uma proteção, mas nunca um escudo.

Teve dois encontros importantes nesse dia, um com Joe Bieber e mais tarde se encontrou com Emiliano Murra. Sabia que Bieber e a CIA estavam nervosos com o alerta amarela da Homeland Security, principalmente depois de a mídia questionar se a violência das gangues nos arredores de Liberty City seria, na verdade, atos de sabotagem. Também sabia que estavam preocupados com os aumentos das atividades de contrabando ao longo de Keys e se deu conta de que a WMD poderia muito bem já ter encontrado seu caminho dentro do país. O que não tinha certeza era como Bieber achava que Shanahan poderia ajudar. Tudo o que estavam fazendo era girar as engrenagens e esperar pelo torneio, imaginando se teriam outra oportunidade de comprometer a Operação Blackout nesse meio tempo.

Recebera um telefonema de Shaughnessy na noite anterior avisando que o próximo carregamento de barras de ouro estava sendo preparado para ser entregue em Montreal e que Murra deveria ficar na espera. Imediatamente entrou em contato com Amschel Bauer em Montreal que, por sua vez, notificou o Cartel de Medelín que o próximo negócio estava pronto para ser fechado. Agora cabia a Shanahan dar sinal verde e tempo para que Murra fizesse o negócio acontecer.

Foram as preocupações de Bieber sobre a Máfia Sardenha que fizeram Shanahan questionar a Firma. Era totalmente verdade que eles poderiam muito bem ter exposto os EUA a um novo vírus criminoso. Os sardenhos já tinham estabelecido uma nova rede comercial de Belfast à Montreal e de Montreal à Colômbia. Suas estratégias e táticas eram completamente desconhecidas pelo MI6 ou pela CIA e tirar Murra da jogada não necessariamente eliminaria a ameaça.

Sempre se sentia em paz perto da água, como se ela renovasse sua força espiritual. Ela recarregou seus sentimentos e emoções, preparando-o para as conversar que teria com Bieber e Murra. O que precisava evitar era o desejo de estabelecer laços com qualquer um dos homens, os quais respeitava como indivíduos. Sabia que um de seus defeitos, uma de suas fraquezas, era sua tendência de trazer à tona o melhor dos outros. Cometeria um erro fatal se ajudasse qualquer um dos homens a melhorar a posição de suas organizações, para efeito de conversa, a Máfia Sardenha e a CIA. Ainda assim, tinha que evitar se refugiar dentro de si mesmo e não usar seu físico como uma forma de manter distâncias dos outros. Talvez precisasse passar a noite festejando com um dos homens. Talvez devesse se arriscar e sair para beber com Gawain.

Essa ideia o deixou sóbrio de modo que estava totalmente focado quando ligou para Bieber e depois para Murra. Encontraria Bieber para o almoço ao meio-dia e Murra por volta das três para o brunch. Isso daria a ele bastante tempo para voltar para o quarto, tomar café da manhã e provavelmente tirar uma soneca antes de organizar a agenda da tarde.

Foi mais ou menos nesse momento que um iate de luxo ancorou na costa sul de Isla de la Juventud, parando perto dos pântanos de Cienaga de Lanier. A tripulação de quatro homens desceu do iate e soltou um pontão amarrado à popa e o rebocaram até a areia branca da praia. Eles observaram impassíveis enquanto dois navios de guerra Volgodonsk de fabricação russa desviaram de um recife próximo e se dirigiram em sua direção.

"Bom dia, meus amigos," o líder hondurenho da tripulação do MS-13 cumprimentou os fuzileiros da Marinha Cubana quando eles chegaram à arrebentação. "Navegação tranquila por aqui. Espero que seu pessoal encontre o final de suas jornadas assim tão tranquilas."

"Tudo está intacto? Nada se perdeu?" O Coronel Vitorio Apollo questionou, tanto ele quanto os marinheiros usando uniformes camuflados. Detestava ter de lidar com vermes como os da MS-13, mas eles virtualmente controlavam a indústria do contrabando e não podiam ser evitados ao se aceitar transportes vindos da Colômbia. Quase desejava que uma caixa tivesse sido perdida para que os marinheiros pudessem cortá-los como lenha.

"Dez caixas, seladas a vácuo e enroladas em plástico," o líder assegurou. "Além do contêiner de metal lacrado. Como disse, sem sinal dos americanos. Navegação tranquila."

"Bom," Apollo rosnou e ordenou aos marinheiros que puxassem o pontão até uma das canhoneiras. "Seria muito lamentável se os ianques vissem seu barco entrando e saindo de nossas águas. Não teríamos outra escolha a não ser apreender seu barco ou afundá-lo para que os americanos não tivessem uma ideia errada."

"Bem, irmão," o líder disse nervoso, "esperamos que as relações entre o nosso país e o seu melhore nos próximos meses. Você sabe, mesmo com a morte de Chavez, as nações comunistas em nosso hemisfério ficam cada vez mais fortes. Os venezuelanos estão firmemente decididos a se levantarem contra o imperialismo americano. Tony Ramos, assim como muitos hondurenhos, acredita que o comunismo é o caminho para o futuro de nosso povo. Em breve essa farsa acabará e hondurenhos e cubanos se unirão a nossa luta pela liberdade."

"Você tem trinta minutos para evacuar a área," Apollo acendeu um cigarro, "ou estará violando nossa soberania."

"Digo--uh--pode me dar um desses?" o hondurenho deu um sorriso amarelo enquanto seus homens voltavam para o iate.

"Você é um contrabandista," Apollo soprou a fumaça sobre ele. "Tenho certeza de que tem mais do que o suficiente."

"Se Beard ainda estivesse no poder, pessoas como essas estaria apodrecendo na prisão," um tenente da Marinha se aproximou enquanto seus homens terminavam de prender o pontão na canhoneira. "É preciso se perguntar se a Revolução pode durar em tempos como esses."

"Grandes movimentos perduram enquanto seus campeões se adaptam e se superam," os olhos do Coronel se apertaram quando os hondurenhos começaram a içar a âncora. "Castro era um visionário. Ele viu que a única forma de América ser derrotada era permitir que a decadência e a ganância surtissem efeito como um câncer terminal. Com o tempo, ele devora suas vítimas. Quando ele exilou os criminosos na década de 80, eles se transformaram nos Marielitos que tornaram a Flórida em um ninho de cobras. Embora ele pudesse não aprovar, agora ajudamos esses gângsteres a injetar drogas nas veias da América. Sou da velha guarda, Tenente. Fico enjoado em fazer negócios com essa escória hondurenha. Meu estômago revira em ter que dividir o pão com um ladrão e assassino como Johnny Carmona. Ele me pergunta se algum dia haverá uma chance de perdão. Digo uma coisa: se ele for perdoado, eu vou garantir pessoalmente que ele seja preso e morto na prisão antes de colocar os pés em solo cubano como um homem livre."

"Concordo, Coronel," o tenente concordou. "Assisto televisão e vejo como os criminosos estão destruindo Miami enquanto estamos conversando. As drogas e a violência estão se espalhando como uma praga por suas cidades. Bendito será o dia em que nossos irmão e irmãs cubanas estarão a bordo de navios e aviões retornando para sua terra natal para escapar da ilegalidade."

"Nunca vai acontecer," Apollo disse quando virou de costas e se dirigiu para o navio de guerra. "É como um cão doméstico que teve permissão para correr livre pelos campos. Uma vez que perdeu seu caráter doméstico, nunca mais pode voltar para casa. Ele vai cagar e mijar por toda a casa, roubará comida da mesa, rosnará e morderá quando for corrigido. Até mesmo os cristãos concordam com a gente de que a verdadeira paz e segurança é baseada na lei e na ordem. Liberdade ilimitada, em muitos casos e para a maioria das pessoas, eventualmente leva à anarquia e ao caos. Para os Marielitos--assim como para os hondurenhos--a liberdade é uma licença para roubar, uma licença para matar. A América está aprendendo isso e as lições finais chegarão até eles tarde demais."

Os cubanos voltaram para os navios de guerra e languidamente partiram na direção do iate hondurenho esperando que os contrabandistas se demorassem um segundo mais em suas águas.

Também se perguntavam o que teria dentro da grande caixa selada.

Horas mais tarde e a quilômetros de distância, William Shanahan chegava para almoçar no Joe's Stone Crab na Washington Avenue. Os olhos de Shanahan perdiam de vista a fila de clientes que esperavam por uma mesa enquanto ele era acompanhado a uma mesa VIP onde Joe Bieber o aguardava. Bieber mostrou suas credenciais da CIA e pediu uma mistura das especialidades da casa que incluíam hash browns, creme de espinafre e bisque de frutos do mar. Os aperitivos preparavam a clientela de luxo para suas garras de caranguejo de pedra que alegavam ter descoberto como uma iguaria em 1913.

Shanahan admirou o tom amarelo ouro no interior do restaurante de teto alto que era acentuado por lustres ancorados em correntes e por pinturas contemporâneas acima da área das mesas elegantemente decorada. Ele apertou a mão de Joe e se sentou, a garçonete lhe serviu uma taça de champanhe e suco de laranja enquanto Bieber o encorajava a provar o bisque.

"Acredito que viu os noticiários essa manhã," Bieber tomou um gole de suco de laranja. Shanahan imitava Joe usando uma camisa de grife de manga curta e de bom gosto e carregando sua Glock em um coldre de tornozelo por baixo de suas calças largas. "A Homeland Security está começando a ter um sério problema com isso. O *Good Morning America* está começando a chamar isso de a alvorada do narco-terrorismo nos EUA."

"Bem, você sabe o quanto a mídia pode ser manipuladora," Shanahan realmente apreciou o bisque e em seguida provou o creme de espinafre com um pedaço de torradinha de alho. "Se conseguirem provocar o bastante uma reação pública, podem forçar uma atitude das autoridades locais. Mesmo que a violência tenha ficado limitada entre gangues, simplesmente não é bom para os gângsteres explodirem caminhões de gasolina em áreas residenciais regularmente."

"Agora eles têm a MBPD e o Departamento do Xerife indo para cima das casas de tráfico como moscas no lixo," Bieber revelou. "Estão efetuando prisões e limpando as ruas. O maior problema que eles têm é o perigo de a violência afetar o turismo. Com a economia no estado em que se encontra, Miami não pode se dar ao luxo que os turistas se afastem devido a atividades de gangue. Esse é o grande problema com o qual estamos lidando, a violência afetar nosso modo de vida. De certa forma a mídia está correta: essa é a essência do narco-terrorismo."

"Aye, mas vocês ianques são conhecidos por sua resiliência," Shanahan enfatizou. "A América sempre saiu por cima devido a sua resistência. Esses traficantes estão em Liberty City há muito tempo, pesquisei na internet. Isso nunca impediu as pessoas de virem para South Beach antes e não vai impedir agora. Como você acabou de dizer, vão deixar aquelas ruas muito visadas para os traficantes depois disso. Já vi isso em Belfast várias vezes. Quando o IRA e a UDA ficaram grandes demais, a polícia e o exército foram para cima e os reduziram. Há uma grande diferença entre criminosos profissionais e homens-bomba. Essas pessoas não querem morrer. Elas estão nessa por dinheiro e você não pode aproveitar seu dinheiro se estiver a seis palmos debaixo da terra."

"É isso que temos que garantir, que os homens-bomba nunca cheguem aqui," Bieber assentiu. "E queremos ter a certeza de que os sardenhos não serão aqueles que os ajudarão a chegar aqui."

"É disso que estamos falando," Shanahan riu. "Você poderia ter economizado muito dinheiro para seu governo nesse almoço. Fique tranquilo, Joe, a Firma está acelerando nosso cronograma nessa operação. Estão planejando armar para cima de Murra muito mais rápido que eu imaginava. Na verdade, está programado para que eu me encontre com ele essa tarde."

"Por que não me leva junto?"

"Você pode chamar isso de não-tenho-como," Shanahan foi curto e grosso. "Temos que manter as vendas nos olhos deles para que o truque funcione. Não sabemos do alcance dos recursos dele. A Máfia dele é tão opaca quanto parecemos ser para eles. No momento, as únicas pessoas que ele conheceu de nossa 'organização' foram eu e nossa 'equipe de contrabando' em Belfast. Sou meio difícil de encontrar em qualquer lugar do mundo e tenho certeza de e os 'contrabandistas' também foram escolhidos a dedo."

"Certo," Bieber desistiu. "Então quer dizer que estará bem perto de um encerramento no final de semana."

"Não totalmente. No entanto, posso garantir que o Sr. Ricky Chew estará em uma situação bem complicada. Também posso dizer que o Sr. Murra e seu pessoal também terão a surpresa de suas vidas."

"O problema de minha parte é que nossos operativos e informantes na Europa e Oriente Médio estão ouvindo muitos rumores sobre atividades iminentes. As notícias que chegam é de que algo está acontecendo. O Departamento de Estado não emitiria um alerta amarelo por uma questão rotineira. William, estamos muito preocupados com a possibilidade de outro 11 de setembro. Obviamente que se isso estivesse sendo visto como uma ameaça iminente, estaria muito além de eu e você sentados aqui, em um restaurante. Só espero que eu e você estejamos fazendo tudo o que está ao nosso alcance para manter isso desse jeito."

"Mais três dias, Joe," Shanahan o tranquilizou.

"Apenas mais três dias. Tudo será lhe será revelado e você achará os resultados bastante agradáveis."

No fundo, secretamente ele esperava que isso não se tornasse uma corrida contra o tempo.

Algumas horas depois, um caminhão cubano fortemente protegido cruzou uma estrada de terra próxima à cidade costeira de Cardenas. Carruagens puxadas por cavalos ainda eram o principal meio de transporte na cidadezinha pitoresca. Era conhecida como Banner City, onde Fidel Castro hasteara a primeira bandeira de independência durante a Revolução Cubana. Muitas das fortalezas militares do século 19 ainda existiam e agora eram guarnecidas por soldados do regime comunista do século 21.

O Coronel Vittorio Apollo acompanhara o destacamento militar pelo país até que ele chegasse a seu destino. A tripulação da Marinha levou o pontão a um porto próximo, onde foi descarregado e transportado até um caminhão militar não identificado para que viajasse até Cardenas. Na chegada, a carga foi distribuída em pontões separados para ser enviada a diferentes direções. Apollo se arrependeu do fato de que os militares cubanos entregariam esses carregamentos a criminosos. Acalmou-se porque sabia que quem pagaria por isso seriam os americanos.

Observou cada pontão ser amarrado a navios de guerra separados e rebocado enquanto os pássaros tropicais cantavam acima da floresta. Um navio se dirigiu para o norte, onde sua tripulação atracaria o pontão em uma barcaça posicionada a cinco quilômetros dentro da fronteira internacional de Cuba. O segundo, seguiu seu rumo para o oeste até Matanza. Esse navio rebocava o pontão que continha o misterioso contêiner.

O Coronel tinha um mau pressentimento sobre o contêiner, mas não cabia a ele questionar. O DI decidira que o melhor a se fazer era ajudar e incentivar os contrabandistas a transportarem suas mercadorias para a América desde que entendessem que nenhum de seus produtos poderiam chegar ao interior de Cuba. O abuso de drogas era violento em uma população que acreditava que a prosperidade econômica se tornara um sonho impossível. Ainda assim, o governo tinha bastante certeza de que as drogas vinham das Índias Ocidentais e os navios naufragados no porto assim como os traficantes apodrecendo na prisão eram uma prova disso.

Tinha algo mais acontecendo com o contêiner. Apollo tinha uma forte suspeita de que esse não era um transporte comum e sentia que a Al Qaeda estava por trás disso. Era bem possível que um ataque terrorista enviasse a América para a beira do caos, mas se saísse pela culatra, a suspeita do envolvimento cubano poderia ter repercussões drásticas. O Coronel afastou o dilema da cabeça conforme atravessava a linha de árvores em direção aos caminhões que esperavam. Lavaria as mãos em relação ao desastre que vinha pela frente. Sabia que, assim como os contrabandistas, ele era somente uma peça em um jogo que estava muito além de seu controle.

Horas mais cedo, William Shanahan terminara seu encontro com Joe Bieber e ia se encontrar com Emiliano Murra para um jantar. Repreendeu-se por se permitir comer toda aquela comida rica, mas decidiu compensar isso na praia na manhã seguinte. Encontraram-se no Osterio del Teatro, um dos restaurantes italianos mais elegantes da área, não muito longe do Joe's Stone Crab em Washington. Shanahan se deu tempo suficiente para dar uma volta por dois quarteirões da cidade antes de ir se encontrar com Murra.

O restaurante elegante e à meia luz era decorado em tons pastéis claros e mobília mediterrânea. Não era tão espaçoso como a maioria dos restaurantes da área o que lhe dava um ar mais íntimo e aconchegante. Os homens apertaram as mãos quando Shanahan chegou e a garçonete trouxe cogumelos Porto Belo grelhados como aperitivo antes dos dois pedirem a entrada.

"Tenho o prazer de anunciar que o Conselho concordou com a próxima remessa," Shanahan anunciou após uma breve conversa. "Na verdade, nosso pessoal poderá trazer o carregamento diretamente para cá, para a Flórida, o que facilitará a sua fase da operação em levar as barras de ouro para a Colômbia."

"Para cá? Para a Flórida?" Murra refletiu. "Se seu pessoal queria trazer para os EUA, por que não para Nova Iorque?"

"Muito arriscado," Shanahan respondeu e parou para pedir um scallopini de vitela enquanto Murra optou pelo tagliarini negro. "Com esse alerta amarelo, o porto de Nova Iorque está abarrotado de navios de segurança. Estamos pensando em trazê-lo para os arredores de Jacksonville, o que permitirá a seu pessoal colocar seus caminhões em qualquer via expressa principal e trazê-los para Miami ou para onde achar melhor. Claro que isso será algo que você vai querer acertar com os colombianos."

"Então vocês estão enviando a carga inteira de uma só vez," Murra franziu o cenho. "70 toneladas de carga será uma tarefa difícil, principalmente com toda a segurança reforçada. Se fizerem uma busca aleatória em uma estação de pesagem, tudo vai pelos ares."

"É por isso que estamos lhe pagando 80 milhões, meu amigo," Shanahan foi sarcástico. "Montreal concordou em transferir os fundos assim que você tiver posse da carga. Somos pagos pelas nossas barras de ouro e você recebe sua comissão. Depois disso, será entre você, Montreal e os colombianos. Você não precisa necessariamente pegar a autoestrada, mas nem quero começar essa discussão. Sou meramente um intermediário, não tenho experiência nessas coisas. Nosso pessoal acredita que você está entre os melhores no que faz e estão confiantes de que fará o que for necessário para garantir uma entrega segura e a tempo."

"Claro," Murra respondeu quando a garçonete lhes trouxe o champanhe. Naquele momento, Shanahan pode detectar uma mudança no clima já que o negócio estava sendo de alguma forma ajustado. Percebeu que, para Murra, seria uma perda de dignidade admitir que não tinha autoridade para consentir com a alteração. O rosto de Emiliano começava a refletir a contradição conforme ele tentava se adaptar à situação. Ele avaliava a possibilidade de Shanahan o tirar do negócio, algo que não permitiria.

"Nossa maior preocupação é de que se mandarmos diretamente para Montreal as chances de a Operação Blackout ser comprometida aumentariam," Shanahan o provocou sutilmente. "Considere o fato de que o Banco de Montreal deve ter relatado um aumento considerável de barras de ouro desde o último carregamento, embora ele tenha sido transportado diretamente para Medelín. Bauer não ousaria deixar isso passar despercebido com medo de a RCMP se deparar com a transferência de 70 milhões de Dólares vinda do Banco da Colômbia. Se seguirmos pelo mesmo caminho, existe um grande risco de que investiguem a transferência de um total de 140 milhões em ouro da Europa para Montreal em questão de semanas."

Murra ainda sabia poucos detalhes sobre a Operação. Shanahan disse a ele que os participantes estavam comprando ouro no caso de uma mudança para esse padrão, mas não mencionou nada sobre um ataque às reservas de ouro do G8. Ainda assim, Murra foi astuto o bastante para perceber que a urgência em acelerar os carregamentos indicavam que tinha algo no ar.

"Certo," ele cedeu e tomou um gole de champanhe. "Só que terei que aumentar minha taxa para 10 milhões de Dólares. Estamos nos arriscando demais transportando as barras de ouro pela Flórida. Vou ter que pagar caro pela fiança de meu pessoal caso algo dê errado, sem contar o problema que terei com Bauer."

"10 milhões," Shanahan franziu a testa. "É um aumento de 25%. Tenho que passar isso para o meu pessoal, sem falar nos colombianos."

"Concordo, acho que podemos estar nos adiantando," Murra sorriu de forma tensa. "Entrarei em contato com meu pessoal e dou um retorno para o seu. Podemos retomar essa discussão no final de semana."

"Emiliano," Shanahan juntou as mãos sobre a mesa, "gosto de você e te respeito. Não tenho nada além de elogios pelo trabalho que fez por nós até agora. Não quero levar nosso negócio para lugar nenhum, quero negociar com você. Olhe, vou arriscar meu pescoço e aprovar o aumento. Você prepara seu pessoal para partir no início da semana que vem e avisaremos onde e quando faremos a entrega."

Era a ameaça de levar o negócio para outro lugar que poderia colocar tudo a perder. Não importava o quanto era forte sua imagem de *capo* na Máfia Sardenha, não poderia voltar para casa e dizer a eles que desistira de um negócio de 20 milhões de Dólares. Correria o risco de ser interceptado e transformar a autoestrada da Flórida em um rio de sangue antes que isso acontecesse.

"Certo, William," Murra esticou o braço e apertou sua mão. "Quero fazer negócios com você porque também confio e respeito você. Vamos fazer esse negócio e colher os frutos. Por muito e muitos empreendimentos lucrativos que estão por vir."

Os homens brindaram juntos, mas com profundas ressalvas como se tivessem feito um acordo com o diabo.

CAPÍTULO DEZOITO

QUINTA-FEIRA SANTA

Ernesto Guzman fez a longa viagem de carro de três horas de San Antonio, Texas, até Brownsville, localizada na fronteira mexicana. Era um canto ensolarado do Texas onde a brisa úmida do Golfo soprava na praia de areias brancas, acariciando as palmeiras e buganvílias que floresciam pelo campo. Matamoros, considerada sua cidade irmã, ficava a poucos passos cruzando uma passarela em direção ao México. Era um ponto crítico para os oficiais e agentes da Patrulha de Fronteira que procuravam desesperadamente contar a maré de estrangeiros ilegais na fronteira dos EUA.

Levou consigo cinco de seus homens para o ponto de encontro na fronteira. Estavam armados até os dentes e dois deles ficaria em alerta na van enquanto dois homens guardavam as portas e um se sentaria com ele à mesa. Acabara de resistir a uma guerra contra Alberto Calix no final do ano anterior e estava detestando sentar à mesa novamente com esse homem em tão pouco tempo. Haviam compartilhado uma refeição em Montreal durante a conferência da Operação Blackout, mas o atentado a Julio Cruz com o carro-bomba levantara suspeitas generalizadas. Mesmo sendo uma coisa da Costa Leste, existia a questão de quem estava fechando os olhos para a conspiração e quem seria o próximo.

Tinha sido uma rivalidade de longa data entre a Máfia Mexicana e o Cartel da Cidade do México. Muitos de seus constituintes eram leais a ambos os grupos e podiam transitar entre seus territórios dependendo de qual lado fronteira se encontravam. Embora as gangues cooperassem umas com as outras em operações conjuntas, sempre existiam acusações de trapaças e fraudes. Cruzar a fronteira e invadir o território rival era outro grande problema, e mutilações e desmembramentos era punições comuns para quem era flagrado do lado errado.

Anojava-se em ter que tolerar uma relação de igual para igual com Calix. O chefe da gangue com seus dentes de ouro e barriga de cerveja subiu na hierarquia como um traidor estrategista e oportunista implacável. Ele não precisou sobreviver por cinco anos no inferno da penitenciária de Huntsville. Somente seu treinamento na CIA o manteve vivo, suas habilidades em artes marciais aprimoradas por sua capacidade de transformar os objetos mais inocentes em armas mortais. Depois de cegar com um palito de dentes um líder da gangue rival na prisão, Guzman se tornou o líder da Máfia Mexicana em Huntsville. Assim que foi solto, viajou pelo Texas consolidando o poder até ficar sozinho no topo do vulcão.

Ele e seus homens estacionaram a van em frente ao restaurante de estrutura de estuque que ficava na esquina do quarteirão. Havia alguns bangalôs espalhados ao longo da área, separados por lotes cobertos com ervas-daninhas onde ocasionalmente cresciam cactos ou aparecia um altar para Virem Maria. Avistaram dois homens de Cruz parados do lado de fora e acenaram, cumprimentando-se, antes de Ernie e um de seus pistoleiros entrarem.

"*Como estas*, Ernesto?" Calix se levantou e deu a volta na mesa que apresentava uma variedade de comidas mexicanas. Dois de seus homens observaram impassíveis enquanto os três gângsteres da MM abraçavam Calix antes de se aproximarem para um aperto de mãos. Sentaram-se à mesa e Guzman se posicionou de forma a ter visão da entrada enquanto ficava frente a frente com Calix.

Ernie tinha uma expressão feroz incomum quando se concentrava. Frequentemente, isso fazia que aqueles que negociavam com ele pensassem que, por razões totalmente inexplicadas, ele não tinha nada além de más intenções. Os homens de Calix estavam nervosos de alguma forma, mas Alberto estava acostumado ao comportamento de Guzman e divagou como de costume enquanto Ernie tentava manter o foco nos pontos positivos da rapsodização de seu rival.

"Ernesto, meu amigo," Calix o bajulou enquanto preparava para si mesmo uma *fajita* de carne em uma travessa escaldante. "Temos que aprender a deixar o passado no passado. Todos nós cometemos erros e eu e você cometemos um erro terrível ao colocarmos nossos homens uns contra os outros. Devemos diminuir nossas perdas e tirar vantagem dessa oportunidade que os canadenses estão nos dando. Agora, tenho feito muitas ligações e reunido muitas informações. Sei de fonte segura que todos que fizeram parte dessa operação de contrabando receberam um milhão de Dólares por seus esforços. Além disso, todos nós estamos tendo a oportunidade de comprar toneladas de barras de ouro diretamente da Europa. Pensei que estavam fazendo tudo pelas nossas costas, mas está acontecendo bem diante de nossos olhos! Está acontecendo hoje à noite!"

"Meus homens estarão posicionados do nosso lado da fronteira esperando para assumirem o transporte." Os nativos mexicanos diriam mais tarde que Ernie tinha uma expressão de quem acabara de comer merda. "Não atravessaremos para pegar nada e nem ninguém. Não vou arriscar meus homens caso alguém apareça, a Patrulha da Fronteira, a DEA, Homeland Security, os Federais ou qualquer outro. Manteremos nossas posições o máximo possível, mas se você não conseguir fazer o transporte pela fronteira, está tudo cancelado."

"*Calmate*, Ernie," Calix ergueu a mão. "Tudo vai ficar bem. Acredito no padrão do ouro e acredito em Amschel Bauer. Nunca ninguém veio até nós com esse tipo de plano antes. Quem já nos procurou com uma proposta de fazer um milhão de Dólares com um carregamento? Com certeza isso não é final da linha. Se formos bem-sucedidos, tenho certeza de que terão muitos outros serviços como esse pela frente."

"Diga, o que você acha que estão transportando para pagarem um milhão para cada um de nós?" Guzman tentou se controlar. "Suponha--agora, apenas suponha--que estão trazendo mais de um quarto de tonelada valendo, digamos, doze milhões. Já pagaram um milhão ou para os colombianos ou para o seu próprio pessoal para levar a carga para os hondurenhos, e vão pagar um milhão para vocês trazerem até nós. Isso os deixa com oito milhões antes mesmo de eu chegar até minha conexão. Isso não é cocaína,

Alberto, não seja simplista. São armas. Uma arma, uma arma que cabe em um contêiner."

"Uma arma?" Calix franziu a testa. "Que tipo de arma?"

"Você sabe," Ernie jogou as mãos para o lado e olhou para a porta com cara de nojo. "Por que me fez vir até aqui, para uma aula de ciências? Dirigi três horas de carro de San Antonio até aqui nesse maldito calor e você não tem a menor ideia de nada."

"Ora, vamos, Ernie, temos que manter a paz," Calix alegou. "Você não pode vir até aqui e me desrespeitar em público. Tudo o que eu quis foi que viesse até aqui e me dissesse que somos *compadres* de novo. Hermano, você não tem ideia da merda que estão planejando para o meu lado. Só quero ter certeza de que você entendeu sua parte. Estou de acordo com o que disse, você pode ficar do seu lado da fronteira, mas preciso saber se estará lá para receber a carga caso eu cruze a fronteira. Se eu cruzar e não tiver ninguém lá para recebê-la, eu não serei pago. Ernesto, não vou atravessar o inferno para não ser pago."

"Então, o que me diz, Alberto? Ernie se inclinou sobre a mesa em sua direção. Ele não tocara na comida embora seu pistoleiro já estivesse enfiado em seu prato assim como seus outros dois companheiros. "Entraremos em guerra novamente se meus homens não aceitarem a entrega? Imagine que a Patrulha da Fronteira apareça do meu lado? Não vão atravessar a fronteira, eles não têm jurisdição, você sabe disso."

"Eles aparecem quando precisam e tenho certeza absoluta de que terão que aparecer," Calix insistiu.

"Como sabe disso?" Ernie exigiu uma resposta.

"Veja, isso é o que é e precisamos respeitar isso," Calix argumentou. "Você sabe o que você sabe e eu sei o que eu sei. Não sei sobre uma arma porque não quero saber. Se algo der errado, você não pode contar aos policiais o que não sabe, *verdad?* Da mesma forma, se o seu pessoal não souber de nada sobre a merda com a qual teremos que lidar essa noite, então não terá ninguém para desistir, *si o no?*"

"Deixe-me perguntar uma coisa? O resto do Cartel está envolvido nisso?" Ernie aceitou de forma relutante o copo de chá gelado que a garçonete ofereceu.

"Veja, *carnal*," Calix acenou. "Agora entende o porquê não sabemos o que não sabemos. Se um dos seus mencionasse qualquer um dos meus associados, não seria somente eu contra você. Você estaria em guerra com o todo o Cartel. O que você não sabe, não pode contar."

"Certo," Ernie admitiu. "Se seu pessoal tiver que passar por qualquer merda dessas que está falando, meu pessoal se manterá firme o máximo que puder. No entanto, não vou pedir que ninguém cumpra pena por uma carga que não podem ver. Lembre-se disso."

"Excelente," Calix sorriu. "Quando isso acabar, você pode vir até aqui e me contar tudo sobre armas e eu te contarei tudo sobre as tempestades de merda."

"Ótimo. Bem..." Ernie parecia pronto para partir.

"Você não vai se meter naquela van tão rápido," Calix protestou. "Tem uma briga de galos marcada para daqui uma hora. Tenho um dos meus galos pre-miados preparado para a luta. Vamos, fique para ver uma ou duas lutas, tomaremos alguns drinks antes de você ir embora."

Ernie estava prestes a recusar, mas viu o brilho nos olhos de seu guarda-costas. Sempre permitia rega-lias a seus homens quando era conveniente. Aprendera na prisão que essa era uma das melhores formas de fortalecer a lealdade deles.

"Tudo bem, chame os rapazes, diga que venham comer alguma coisa," Ernie se recostou. "Talvez gostem de perder algum dinheiro apostando contra a Super Galinha de Alberto."

Os homens assentiram ansiosamente e esperavam que a briga de galos fosse a única ação violenta que veriam naquele dia. De alguma forma, tinham um pressentimento obscuro de que seus desejos não se realizariam nas horas incertas que estavam por vir.

A Universidade do Texas em Brownsville era localizada em Fort Brown, tradicionalmente listada como um marco histórico. Mais de dez mil estudantes de todo o estado iam para lá para aproveitarem da diversidade cultural enquanto buscavam se conseguir seus diplomas em quatro anos de curso. O clima subtropical oferecia o luxo de aproveitarem dias ensolarados durante o semestre e o Paseo atravessava o campus junto com as *resacas* onde habitavam peixes tropicais e serviam de bebedouro para as aves exóticas que frequentavam a área.

Os alunos gostavam de aproveitar o privilégio de poderem atravessar a fronteira de Matamoros e ter a emoção de interagirem com uma sociedade diferente apenas a alguns quilômetros do campus. Durante o dia, os cidadãos convidavam os visitantes a visitarem suas lojas e restaurantes das suas áreas comerciais, ansiosos por atenderam às suas necessidades extracurriculares quando os garotos iam se divertir nas boates e cantinas que proliferavam por toda a área.

Era a parede cor de ferrugem do lado de fora do

campus que ameaçava dividir a fronteira mexicana-americana bem como os cartazes de aviso espalhados por todo o campus que serviam como um lembrete do elemento criminoso que ameaçava a segurança dos estudantes americanos. Era a ameaça tripla de traficantes de drogas, tráfico ilegal de estrangeiros e crimes de nativos nas ruas que representavam um perigo constante aos estudantes e residentes locais. Policiais sobrecarregados receberam apoio de oficiais e agentes da Alfândega e Proteção de Fronteiras dos EUA, bem como do Exército e unidades de polícia do lado mexicano. Unidos tiveram sucesso em coibir os esforços dos cartéis de drogas, *coyotes*, ladrões e assassinos, mas naquela noite, suas fraquezas seriam analisadas e exploradas pelos traficantes.

Pouco depois da meia-noite, a Patrulha da Fronteira reportou o surgimento de mais de cinquenta indivíduos vindos pela água em botes de plástico e usando remos também de plástico que mais pareciam terem saído de um playground. Pediram reforços, mas ainda assim conseguiram capturar apenas um pequeno percentual dos estrangeiros. Muitos deles remavam de volta em direção a margem oposta antes de segurarem as cordas e correrem em direção às árvores ao longo da margem. Os veículos da Patrulha da Fronteira acenderam suas luzes e soaram as sirenes, mas isso não fez quase nada para impedir que os estrangeiros continuassem a entrar na América como se fosse uma procissão de lemingues.

A Patrulha da Fronteira entrou em contato com a polícia e oficiais federais que passaram a abarrotar a área com reforços. Os caminhões da polícia começaram a montar postos de comando nas esquinas das ruas da área e o pessoal da DEA e da Homeland Security estavam no local como consultores muito embora estivessem dispostos a chamarem por suporte adicional caso fosse necessário. Era um desvio drástico no modo padrão de operação dos estrangeiros e os oficiais ficaram perdidos em relação a suas motivações.

Suas preocupações foram exacerbadas quando, do nada, uma multidão de estrangeiros apareceu na ponte de madeira que ligava Matamoros a Brownsville e avançou em massa para praticamente subjugar os guardas da fronteira que estavam em menor número. Os guardas começaram a soar alarmes e a descer o portão. Foi em vão pois os estrangeiros começaram a escalar as grades e forçar sua entrada por cima e ao redor da corrente humana dos guardas da fronteira. Pediram ajuda pelo rádio e, de repente, unidades de polícia de Patrulha da Fronteira ficaram sobrecarregadas ao dividirem suas forças para lidarem com a nova ameaça.

Os alunos da Universidade souberam da comoção e entraram em contato com a mídia enquanto se aglomeravam nos muros para assistirem o evento que acontecia. A Polícia do Campus correu pela faculdade avisando para que os estudantes ficassem do lado de dentro, mas o incidente cresceu de forma tão generalizada e turbulenta que foi em vão. Os alunos começaram a levar equipamentos de vídeo para as cercas para filmarem o confronto entre a Patrulha da Fronteira e os estrangeiros. Os ilegais continuaram a atravessar o rio em massa em uma tentativa desesperada de capitalizarem o que seria chamado de o Surto no jornal do dia seguinte.

Uma resposta 'emergência aos perigos' da invasão levou o Exército mexicano para a batalha que eventualmente se intensificou com um tiroteio quando a Patrulha da Fronteira, o BPD e a Polícia do Campus começaram a formar uma linha de frente ao longo da borda do rio. O pelotão do Exército mexicano entrou em formação de batalha quando bolsões de resistência armada começaram a atacar com disparos e granadas ao longo da margem mexicana do rio. Mais uma vez as unidades defensivas se viram sobrecarregadas quando os atiradores tentaram retirar suas forças da ponte de madeira. A polícia mexicana começou a usar gás lacrimogênio do seu lado da fronteira, mas a fumaça atrapalhou os esforços do lado americano para conter os estrangeiros que cambaleavam por sobre as barricadas.

O incidente desencadeou um engarrafamento pois a polícia declarou estado de emergência e bloqueou as ruas em um raio de dez quarteirões de cada lado da área. Falharam em conter a onda de estrangeiros que continuavam a correr na direção da ponte o que levou os oficiais a suspeitarem de que isso era um ataque encenado de forma deliberada e cuidadosamente planejado e coordenado. Parecia que os ilegais tinham sido avisados sobre uma janela de oportunidade que seria perdida caso não aproveitassem o momento. Os guardas da fronteira eram profundamente afetados ao terem que usar força física contra mulheres e crianças que corriam de forma imprudente no meio do mar de pessoas que tentava entrar nos EUA.

A força combinada do México e dos EUA parecia ampliar os perímetros para limpar a área ao redor da ponte e nas margens do rio. No entanto, após um curto intervalo, houve uma grande comoção, pois, os caminhões e vans começaram a ser usados como aríetes para quebrar as barreiras na estrada e atravessar rapidamente a ponte. Os guardas da fronteira observaram atônitos enquanto os caminhões atropelavam as barricadas, passando por cima dos estrangeiros e das forças de segurança antes de voltarem para estrada do lado dos EUA para permitirem que os estrangeiros pulassem fora e corressem por suas vidas. Houve disparos esporádicos dos policiais que foram correspondidos pelos atiradores que estavam nas vans no meio dos ilegais.

Abaixo da ponte, a Patrulha da Fronteira não percebeu um Scarab AVS preto camuflado navegando ao longo da costa mexicana. Ele esperou por uma oportunidade para navegar à deriva na margem da ponte internacional e atravessou pela costa até chegar ao lado dos EUA. Tirou vantagem das sombras e da comoção para chegar à costa onde quatro pistoleiros o esperavam com um Bobcat e um reboque também pintados de preto camuflado. Os pistoleiros ajudaram os tripulantes a descarregarem um contêiner de metal da lancha e o carregaram no reboque. Em seguida, os gângsteres escoltaram o Bobcat conforme ele era levado pela margem do rio até o local onde um SUV preto os esperava nas sombras no topo de uma encosta próxima. Mais uma vez, retiraram o cilindro do mini reboque e o levaram até o Yukon XL onde o colocaram dentro do veículo antes de acelerarem pela escuridão bem longe do caos que rodeava a ponte internacional.

"Fizemos a entrega," o líder da equipe de quatro homens fez uma ligação com seu celular depois que o SUV desapareceu do campo de visão. "A carga está a caminho."

"Muito bom," Ernesto Guzman respondeu em seu quarto de hotel em Corpus Christi. Esperava pela chegada do Yukon nas próximas horas e, dali o cilindro seria levado para um veículo comercial de 18 rodas que o transportaria para San Antonio. Lá seria entregue a outra equipe. A equipe o levaria para a cidade fronteiriça de Texarkana onde a missão da Máfia mexicana acabaria. De lá, ele seria levado por pessoas que Ernesto acreditava serem da Al Qaeda.

Guzman teve um pressentimento de algo estava terrivelmente errado, mas descartou a possibilidade e se arrastou de volta para a cama deixando o celular na mesinha de cabeceira. Adotaria a perspectiva de Alberto Calix, pensando que o que ele não sabia, não lhe faria mal. Seu pessoal não tinha a menor ideia do que tinha dentro do cilindro e ele faria o possível para não se importar com isso.

Tudo o que esperava era não estar participando de um ataque terrorista contra o país que adotara como seu. Era uma culpa que poderia viver sem sentir.

CAPÍTULO DEZENOVE

SEXTA-FEIRA DA PAIXÃO

William Shanahan atendeu ao celular na manhã de sexta-feira assim que saiu do chuveiro. Dera uma bela corrida na praia e diminuíra seu tempo em cinco minutos. Correr na areia sempre foi um dos melhores exercícios cardiovasculares. Fazer oito quilômetros em ritmo acelerado em um tempo mais curto lhe dizia que estava no auge de sua boa forma. O torneio seria na noite seguinte e ele sabia que as próximas 72 horas seriam um inferno. Estava preparado para ir até o fim, não importava o que acontecesse.

"Morgana," ficou surpreso ao ouvir sua voz sensual. "Como vão as coisas?"

"Bem, é bom alguém atender o celular," ela respondeu. "Jack nunca atende o dele. Estou tendo a sensação de que vocês encontraram outra parceria para sair."

"Não, não exatamente," ele tentou organizar suas ideias. Ficou surpreso com o efeito que sua voz estava tendo sobre ele. De repente, não era sobre Gawain estar lhe fazendo um favor e convidando as garotas para sair. Agora era ele e Morgana, e não queria que essa conversa acabasse em um telefone celular.

"Andamos muito ocupados. Tem acontecido coisas muito importantes por aqui e isso tem me deixado realmente ocupado. Imagino que devemos ter tudo resolvido até segunda. Onde você está hospedada? Talvez possa dar uma saída para ver você. Meus negócios com Jack devem estar terminados até lá."

"Acho melhor colocar você a par do que está acontecendo," ela respondeu de forma tensa. "Fianna recebeu uma tremenda proposta de emprego de uma empresa privada em Miami. Queriam que ela começasse imediatamente, estavam pagando 100 mil Dólares. Transferiram 50 mil adiantado diretamente para sua poupança. Ela pagou nosso aluguel por um ano e deixou que eu pagasse a minha parte para ela. Ela foi embora há dois dias e depois que chegou, não tive mais notícias dela."

"Para quem ela disse que trabalharia?"

"Era uma empresa de fora da Colômbia. Tinha um nome parecido com a da sua empresa, algo como Colombian Exports."

Shanahan começou a suar frio enquanto se enxugava rapidamente e olhava à distância pela janela para a Baía de Biscayne. Ele sabia que era Enrique Chupacabra. De alguma forma, descobrira que Gawain estava em Miami e planejou virar o jogo contra ele. Agora tinha uma barata nojenta na sopa e Shanahan tinha a tarefa nada invejável de tirá-la de lá.

"Uh, o que vai fazer no final de semana? Vai estar muito ocupada?"

"Bem, ainda não nos deram nosso cronograma, mas acho que estarei trabalhando na segunda."

"O que acha de sair essa noite?" ele propôs. "Farei algumas ligações e vou procurar por Jack. Tenho certeza de que conseguiremos encontrar Fianna."

"Só estou preocupada com ela," Morgana estava apreensiva. "Não é normal ela não dar um telefonema sequer. Seu telefone cai direto na caixa postal e não também não tenho recebido nenhum e-mail. Tenho medo de que algo tenha acontecido."

"Muitas coisas podem ter acontecido," ele respondeu gentilmente. "Pode estar trabalhando em um local onde não consegue sinal. Por 50 mil, duvido que ela fosse embora só porque seu celular não está funcionando. Pode até mesmo ter uma viagem envolvida. Olha, tenho alguns contatos grandes. Farei algumas ligações e pedirei para algumas pessoas investigarem isso. Vamos encontrá-la. Talvez possa vir para cá e relaxar um pouco enquanto trabalho nisso."

"Certo, William," ela concordou. "Estarei aí essa noite. Ligo para você quando chegar." Depois que Morgana desligou, subitamente Shanahan se deu conta de que não via Gawain há seis dias. Tivera poucas notícias do MI6 além de atualizações sobre o transporte das barras ouro vindas de Belfast e presumiu que tinham deixado Gawain mais solto. Entre acalmar Bieber e enganar Murra, manter o controle de Gawain se tornara uma prioridade menor até agora. Ligou para o celular de Gawain que caiu imediatamente na caixa postal. Depois ligou para o MI6.

"Alô," passou pela série usual de instruções e enfim conseguiu falar com uma pessoa.

"Shanahan, Número 116. Preciso falar com o Coronel."

"Shaughnessy," sua voz surgiu após cerca de três minutos.

"É o Shanahan. Gawain tem feito contato?"

"Como um relógio, duas vezes ao dia. A primeira chamada entre 11h e meio-dia no horário do Leste dos

EUA e a última chamada entre 23h e meia-noite. Acredito que não tem o visto."

"Já faz alguns dias. Suspeito que possa ter se envolvido na violência de gangues da área nos últimos dias."

"Consideramos isso," Shaughnessy admitiu. "Nossa única preocupação é que ele não se mate e comprometa a missão. Você deve levar em consideração o fato de que ele planeja ser um homem livre dentro de uma semana. Ele não ganhou nenhum centavo nos últimos cinco anos. Muito provavelmente está tentando fazer algum para quando o soltarmos. Eu não me preocuparia, William. Você tem coisas mais importantes para fazer amanhã enquanto ele joga dominó com Chupacabra. Precisamos que você faça o que for preciso para manter Murra na zona vermelha."

"Estou trabalhando nisso, senhor. Desligando."

Agora as coisas começavam a clarear e ele começava a ver o quadro geral com mais clareza. Tirar Chupacabra de cena era apenas uma parte do plano geral. Aparentemente o MI6 estava atraindo Bauer e o Cartel de Medelín para o esquema de contrabando de ouro, mas não estavam deixando que ele soubesse qual armadilha estava esperando pelos criminosos. O que sabia era que o MI6 já tinha vendido 70 milhões em barras de ouro para o Cartel e a venda ocorrera sem problemas. Murra e os sardenhos estavam 8 milhões de Dólares mais ricos e o Cartel tinha barras de ouro que poderiam dobrar de valor nos próximos meses. Até agora, ele via um monte de iscas, mas não muitas armadilhas. Isso ia além de Chupacabra e ele não conseguia ver onde o executor se encaixava na equação.

O que sabia era que a vida de Fianna Hesher poderia estar em perigo. Não tinha como saber nem se Gawain tinha notícias dela ou o que Chupacabra pretendia ao trazê-la para o jogo. Deve ter levando em consideração que Gawain era um sociopata que tinha pouco apreço pela vida humana. Se suspeitasse ou soubesse que Gawain estava envolvido na recente guerra de gangues, poderia ter uma chance extra de obter uma vantagem sobre Gawain. Fianna estava sendo usada como peão por duas pessoas que não se importavam nenhum pouco com seu bem-estar. Mesmo que Morgana não estivesse envolvida, Shanahan não poderia virar as costas para a garota agora.

Percebeu que seriam seus padrões pessoais que colocariam à prova suas fraquezas. Sabia que se permitissem que Murra escapasse com 16 milhões depois que o próximo carregamento fosse concluído, ele deixaria Bieber entrar no esquema quer a Firma planejasse fazer isso ou não. Concordava plenamente com Bieber que deixar os sardenhos fincarem pé na América do Norte seria perigoso para os EUA a longo prazo. Isso superaria quaisquer ganhos a curto prazo que a Firma desfrutava e estava disposto a arriscar as repercussões se a armadilha não cortasse as pernas de Murra como tinha previsto.

Também sabia que seus padrões exigiriam que fosse atrás de Fianna Hesher e descobrisse o que acontecera com ela. Usaria as informações sobre Murra como moeda de troca com Bieber, em contrapartida, ele usaria os recursos da CIA para resgatar Fianna da disputa de poder de Chupacabra. Fechar um acordo paralelo como esse, poderia lhe custar sua posição na Firma e seus sonhos na Downing Street. No entanto, nunca conseguiria viver consigo mesmo se deixasse Murra escapar com o poder e deixasse Fianna a mercê de Enrique Chupacabra.

Era final da tarde quando Shanahan encontrou Morgana no Aeroporto Internacional de Miami. Pegaram sua mala e em seguida um táxi para o Shore Club Hotel onde ele tomou providência para que ela ficasse na suíte Superior King no mesmo andar dele. Ele preparou para eles um copo de Bushmills com gelo enquanto ela levava a mala para o quarto antes de sair e se juntar a Shanahan na sacada de suíte que tinha vista para a baía.

"Tenho um encontro marcado com Jack amanhã à noite," Shanahan disse a ela quando sentaram à mesa do pátio na sacada. "Tenho uma reunião de negócios com um colega, mas tenho certeza de que poderemos nos encontrar depois. Descobrirei se ele viu Fianna e deve ter um retorno de meus contatos na segunda, caso precisarmos."

"Você não acha que Jack tem algo a ver com seu desaparecimento, acha?" ela perguntou com seus óculos de tartaruga Bausch and Lomb protegendo seus olhos do sol enquanto sua espessa juba loira era acariciada pela brisa do oceano. "Mesmo se tivessem fugido, ela não teria ido sem me contar, eu a conheço muito bem."

"Você achou estranho ela ter vindo para Miami trabalhar para uma empresa colombiana com toda essa violência de gangue acontecendo?"

"Discutimos sobre isso e fizemos uma pesquisa," Morgana respondeu. "Eles tinham um website e tudo parecia estar correto. São especializados em commodities de ouro, prata e petróleo. Estão registrados na Câmara de Comércio Medelín para Antioquia."

"Pode ser uma empresa de fachada usada para lavagem de dinheiro," Shanahan disse gentilmente.

"Tudo se resumiu a eles transferindo os fundos para a conta dela," Morgana ficou inquieta. "Quando aceitou a proposta, pagou nosso aluguel e o dinheiro caiu direto. Ela pagou todas as contas e isso a convenceu de era legítimo. Isso está me assustando, William. Você não acha que tem algo a ver com drogas?"

"Eu não sei." estendeu a mão e segurou a dela, a primeira vez que fazia isso. "Escute, sinto muito não estar lá por você da forma que poderia ter estado. Esse negócio acabou tomando muito do meu tempo. Queria resolver isso antes de começar a me concentrar em assuntos pessoais. Se soubesse antes, teria dito que estava aqui por você."

"Obrigada, William," ela tirou os óculos e seus olhos cor de esmeralda fizeram o coração dele acelerar. "Eu me sinto muito melhor sabendo que você pode me ajudar a passar por tudo isso. Você parece saber muito sobre essas coisas. É bom saber que tem alguém a seu lado quando situação assim aparecem. Meus pais já morreram e sou filha única, então Fianna é tudo o que eu tenho."

"Não mais," ele apertou sua mão. "Não mais."

Ele se tranquilizava assim como tranquilizava a ela.

Passava da meia-noite mais uma vez quando Jack Gawain foi em direção à Liberty City encontrar com os Irmãos Sosa. Eles tinham concordado em ficar na surdina após a explosão do caminhão de gasolina, mas Gawain solicitou um encontro e os Sosas o chamaram.

Encontrou-se com Oscar Alfonso e Gilberto

Echezabal do lado de fora do cortiço e eles o acompanharam para dentro, onde Johnnie e Jimmy estavam sentados na sala de mobília barata. Eles levantaram para trocar apertos de mão com Gawain enquanto ele se sentava na frente de Johnnie em uma poltrona de trabalho.

"Parece que te deram um dia de folga da cozinha," Gawain provocou.

"Por que queria me ver, Jack?" Johnnie assumiu seu jeito sério.

"Olhe, tenho uma proposta," Gawain abriu as mãos. "Posso transportar um quilo essa noite por 30 mil. Dividirei os 5 mil com você. Se isso der certo, posso transformar em uma compra semanal."

"Jack, está me pedindo que confie a você 25 mil Dólares em mercadoria," Johnnie o encarou. "Se algo acontecesse, estaria sem produto suficiente às custas de 75 mil em poucos meses. A pessoa para quem trabalho ficaria extremamente irritada se eu não tivesse esse valor em dinheiro em 90 dias e me responsabilizaria."

"Vamos, John," Gawain argumentou. "Você colocou a vida de seu irmão e de dois de seus melhores homens em minhas mãos e eu coloquei a minha nas mãos deles duas vezes. Sem nenhuma pergunta. Você nem sequer me disse que o primeiro serviço se transformaria em um atentado, e eu reclamei? Você me tornou cúmplice de assassinato, e eu berrei? Além do mais, eu mandei o lugar na 7th para o inferno, sem falar no lugar antes desse. Não acredito que estou aqui sentado ouvindo que você não confia em mim."

"Não é isso, Jack, é devido à grana," Johnnie explicou. "Veja pelo lado das ruas. Alguém vê ou sabe que você tem um quilo nas mãos, isso vale 100 mil nas ruas. Você poderia sofrer uma emboscada, ser roubado ou morto, e meu chefe me responsabilizaria pelo dinheiro. Se um terremoto acontecesse e engolisse esse prédio, eu ficaria devendo 1 milhão de Dólares ao meu chefe, sem questionar. É diferente para mim. Não é questão de em quem você confia ou não, é questão do quanto está disposto a ganhar ou perder."

"São 5 mil rápidos, John, e eu poderia aproveitar o dinheiro. Olhe, você pode mandar Jimmy vir comigo se quiser. Consigo estar de volta em algumas horas," Gawain insistiu.

"Para quem você vai vender, Jack? Para a competição? Para algum cowboy que vai colocar uma loja a alguns quarteirões daqui?" Johnnie indagou. "Pense sobre isso. Eu faço rapidamente 2500 e faço meus competidores perderem 75 mil."

"Vamos, você não está falando com um completo idiota," Gawain levou os cotovelos para trás da poltrona. "Seu chefe não está te dando o produto a preço de custo e não está te limitando ao preço de varejo. É um camarada italiano que conhece pessoas. Ele diz que pode transportar gerando lucros e oferece uma comissão. Se ele se sair bem, vou patrociná-lo e darei uma comissão a você. Será como uma espécie de empréstimo para uma pequena empresa, como pode ver."

"Bem," Johnnie sacudiu a cabeça, então se inclinou para frente e cruzou as mãos enquanto apoiava os cotovelos nos joelhos. "Não sei o que fazer com isso. Você chegou aqui como se fosse um infiltrado. Você vem aqui atrás de trabalho e recupera 50 mil de um de meus traficantes que estava pronto para ficar no vazio. Nos dias seguintes, fecha duas casas de tráfico rivais e faz nossos inimigos saírem correndo para se esconder. Agora está planejando abrir seu próprio negócio. Está indo muito rápido e não tem medo de nada. Como posso saber se não está tentando me passar a perna?"

"E fazer o que, ter seu chefe procurando por mim?" Gawain desdenhou. "Eu disse que conheço esse negócio de trás para frente. Além disso, disse que estava em Montreal quando Julio Cruz sofreu o atentado. Sei como as coisas funcionam e sei como ganhar dinheiro. Assumirei a responsabilidade pelo cara e, se ele estragar tudo, vou tirá-lo da jogada e recuperar a carga. Se ele se sair bem, vou colocá-lo sob sua égide. Como disse, você manda Jimmy e os caras comigo, farei as apresentações e deixar que ele veja com quem estou. Você não tem como perder aqui, John."

Johnnie se inclinou na direção de Jimmy que estava sentado a seu lado em um sofá pegajoso. Conversaram baixinho em espanhol antes de Johnnie voltar a Gawain.

"Certo, vamos ver como isso vai funcionar," Johnnie cedeu. "Jimmy vai com você junto com Oscar e Gilberto. Você dirá a seu homem que trabalha para os Irmãos Sosa. Você voltará para cá com 25 para mim. Dividiremos 10% do que ele ganhar com um quilo, o que esperamos dar 10 mil para cada um. Ele pode pagar como quiser, mas eu recebo 10 mil antes de lhe dar mais um quilo."

"Tudo bem," Gawain respondeu.

Jimmy foi para a sala dos fundos, demorando um pouco, e finalmente apareceu com um saco plástico contendo um quilo de cocaína pura. Colocou-a na mesinha de centro cheia de arranhões que ficava no meio da sala, entre Johnnie e Jack.

"Essa é uma grande mudança," Johnnie expirou

tenso. "Só espero não estarmos avançando de forma muito prematura."

"Não, posso assegurar que esse é o momento perfeito," Gawain sorriu. "Diga, Oscar, pode me dar um cigarro?"

"Claro, por quê?" Oscar respondeu, puxou um maço de Marlboro do bolso do casaco e deu um tapinha para que Gawain pegasse um. "Achei que tinha parado."

"Bem, essa é uma ocasião especial," ele respondeu e agradeceu Oscar enquanto ele dava a Gawain o isqueiro. Gawain deu uma longa tragada e o colocou em cima do quilo de cocaína como se o usasse como um cinzeiro.

"Diga que sabe o quanto essa coisa é cara," Johnnie reclamou.

"Claro que sei," Gawain respondeu.

Rapidamente levantou-se de seu assento, sacou e atirou com a Glock, acertando Johnny Sosa bem no meio dos olhos. Depois se virou e atirou bem no meio da testa de Oscar e Gilberto. Correu até Jimmy e o agarrou pelos cabelos, colocando o cano da arma em sua cabeça.

"*No me mate*," Jimmy implorou. "Não me mate, Jack."

"Você acha que vai sobreviver sem seu irmão?" Jack perguntou calmamente.

"*No me mate*," Jimmy implorou. "*No me mate*,"

"Tudo bem," Gawain virou sua cabeça e pressionou o cano na bochecha de Jimmy. "Vou deixar você entregar a mensagem. Diga que Enrique Chupacabra manda lembranças. Entendeu?"

"Sim, sim, sim," Jimmy ofegou.

"Qual é a mensagem?" Gawain podia ouvir a comoção no vestíbulo do lado de fora.

"Chupacabra diz olá," Jimmy respondeu. "Chupacabra diz olá."

"É bom o bastante," Gawain respondeu e puxou o gatilho. Jimmy quase entrou em choque quando a bala rasgou seu rosto e, pela ferida de saída, saiu um jato de sangue e seus dentes que se espalharam pelo tapete. Em seguida, Gawain atirou no rosto do primeiro pistoleiro que apareceu na entrada. Depois, atirou na parede formando um padrão e ouviu um corpo cair no corredor enquanto as balas estraçalhavam a moldura e o gesso. Então pegou o quilo de cocaína e calmamente saiu pela porta. Todos na rua correram para se proteger enquanto ele atirava a Glock e a cocaína para dentro do carro alugado antes dele mesmo entrar no carro e sair voando pela noite adentro.

CAPÍTULO VINTE

O Magic City Casino era o local onde ocorreria o Campeonato Mundial de Dominó que estava sendo patrocinado pela ESPN. O grande prêmio de 1 milhão de Dólares mais o prestígio e fama que o acompanhavam tornou essa a maior competição de dominó da história. Centenas de milhares competiram em auditórios nas capitais de todos os 50 estados, seguidas das eliminatórias nos estados vizinhos até se chegar a 4 campeões regionais. Ricky Chu foi nomeado o campeão do Sudeste e Jack Gain, o campeão do Nordeste. Somente os outros dois finalistas solicitaram acomodações no hotel, cortesia do casino. Para preencher o tempo das transmissões, a ESPN passou vídeos das eliminatórias, dando aos espectadores um tutorial sobre as regras e os meandros do jogo à medida que as disputam avançavam.

"Maravilha," Jack Gawain ficou encantado quando os cinco homens chegaram a sua suíte junto com William Shanahan naquele sábado à tarde. Um homem se aproximou com um grande sorriso e entregou a Gawain sua credencial para o turno do campeonato. O homem era quase uma réplica perfeita de

Gawain e poderia se passar por seu irmão gêmeo. "Onde diabos conseguiu isso, parceiro?"

"Isso é confidencial," o líder da equipe de escolta disse com um sotaque de Belfast. "Vocês dois não lembrariam de nós, estávamos disfarçados. Fomos nós que cuidamos daquele problema que você teve em Atlantic City."

"E fizeram um ótimo trabalho, com certeza," Gawain disse com admiração.

"Acabamos de fechar aquele negócio em Jacksonville," o segundo no comando levou Shanahan até a sacada falando baixinho. Isso indicava que Gawain ficara de fora no que dizia respeito a essa parte da operação. "Esperamos ter notícias de seu garoto às 3 horas. As coisas realmente devem estar andando até lá."

"Sem dúvida," Shanahan respondeu. "Certamente estou ansioso para saber como tudo vai se encaixar. Deve ser uma obra-prima."

Os quatro homens de macacão preto partiram em seguida com o sósia de Gawain. Gawain se serviu uma dose de Jameson e ofereceu outra a Shanahan que educadamente recusou.

"Então, teve alguma notícia de Fianna nos últimos dias?"

"Nops, tenho estado um pouco ocupado," Gawain tomou um gole de sua bebida. "Imagino que dê uma ligada para as garotas depois do jogo, provavelmente amanhã. Imagino que seu pessoal esteja providenciando minha libertação, se de fato pretendem honrar com o compromisso. Isso seria algo para celebrar embora sem o conhecimento delas."

"Tem conferido suas mensagens de voz?" Shanahan perguntou de forma interrogativa.

"Acredito que não. Faço contato com seu pessoal

duas vezes por dia e isso é tudo o que tenho que fazer com os celulares. Levei um para emergências quando estive na rua e, como estava fora, não tive nada o que fazer com eles."

"Morgana chegou ontem, encontrei com ela essa manhã no café da manhã. Ela veio à procura de Fianna, pensou que talvez nós a tivéssemos visto."

"O quê?" Gawain perguntou. Shanahan quase ficou assustado ao ver a carapaça arrogante de Jack se quebrar pela primeira vez desde que os dois se conheceram. "Como assim?"

"Ela recebeu um bônus de contrato sobre um salário de 100 mil de uma empresa de exportação colombiana especializada em commodities," Shanahan respondeu friamente. "Parece-me que Chupacabra criou uma empresa fictícia e atraiu Fianna."

"Que inferno!" Gawain ficou irritado.

"Eu te disse, Gawain," Shanahan rebateu enquanto andava pela espaçosa sala. "Eu disse quando começamos que você deveria tratar essa missão com um senso de paranoia extrema. Chupacabra representa uma organização multibilionária. Não temos ideia do quão profundamente eles corromperam as agências governamentais do planeta. Como podemos presumir que não existe um oficial da Homeland Security em algum lugar que possa ter sido alcançado por essas pessoas? Como não podemos pensar que não existe um suborno muito alto, uma extorsão muito desleal ou um comprometimento de segurança em um computador muito intrincado para essas pessoas atacarem? Você pode ter colocado as garotas em risco no minuto em que usou um celular para telefonar para elas. Não espero que se culpe por isso, mas, ao seguirmos em frente, poderemos juntar as peças e descobrir se ela está bem."

Gawain foi para o quarto em silêncio e pegou seu celular. Shanahan foi atrás do bar para pegar uma caixa de suco de frutas na geladeira enquanto ouvia Gawain checar sua caixa de mensagens. Após um longo período de tempo, ele voltou com uma expressão azeda no rosto.

"Ela ligou na segunda-feira para me contar sobre a proposta e queria que eu ligasse de volta para dizer o que achava," ele fez uma careta. "Ela aceitou o trabalho na terça já que não teve um retorno. Ligou na quarta e disse que ligaria quando chegasse aqui. Essa foi a última mensagem."

"Morgana não ligou até ontem, antes de pegar um voo para cá," Shanahan respondeu. "Olha, não acho que Chupacabra saiba que estou aqui ou que estamos trabalhando juntos. Ele deve ter descoberto sobre você pesquisando o torneio. Aquele cara se parece com você e o nome Jack Gain não é o suficiente para despistar um imbecil. Deve ter entrado em contato com seu pessoal em Medelín que deram sinal verde para rastrearem suas ligações no celular. Duvido que possam ter hackeado seu telefone do MI6, mas podem ter feito uma engenharia reversa e rastreado as ligações feitas para o seu número."

"O bastardo provavelmente suspeita que tivemos algo a ver com o sumiço daquela loira dele," Gawain coçou o queixo de forma pensativa.

"Acha que *você* teve algo a ver com isso," Shanahan resmungou. "Foi uma jogada estúpida, Jack. Deveríamos entrar na mente dele e não cuspir em seu rosto. Tivemos muita sorte que seu carro-bomba de Montreal trabalhou a osso favor, mas atar aquela garota levou as coisas para o lado pessoal. Agora a vida de outra garota inocente está em risco."

"Certo, mano, você é o James Bond super enxerido aqui," Gawain tentou recuperar sua arrogância. "O que podemos e devemos fazer?"

"Temos que ficar bem longe um do outro," Shanahan insistiu. "Seu jogo acontecerá no Amphitheater e meu encontro será no Secada's Lounge. Sob hipótese nenhuma devemos nos encontrar perto de algum desses lugares. Você não deve me ligar exceto em caso de extrema emergência. Fianna não será uma exceção. Nem pense em mencioná-la ao MI6, isso teria sérias repercussões. Nunca deveríamos ter nos envolvido com civis nessa operação, e isso foi uma burrada mais minha do que nossa. Se você a vir, consiga toda a informação que puder, mas não comprometa sua posição. Seu perdão dependerá disso, garanto a você."

"Certo, tudo bem," Gawain disse resignado. Considerou o fato de que, se não tivesse matado Johnny Sosa, ele poderia lhe estender a mão e ajudar a encontrar Fianna. Sua maior esperança era que Chupacabra fosse assassinado pelos cubanos antes do torneio e que Fianna fosse solta.

"Não se esqueça, Jack," Shanahan acabou o suco de manga antes de se dirigir para a porta. "Não me ligue, eu ligarei para você. E boa sorte no jogo."

Foi a primeira vez que Shanahan conseguiu lembrar que Gawain não tinha uma piadinha de despedida para ele.

Depois de sair da suíte, Shanahan foi direto para o lobby, de onde ligou para Morgana. Ela desceu para encontrá-lo e ele ficou agradavelmente surpreso ao vê-la usando uma camiseta do Hard Rock Café e jeans. Parecia uma tia que pegou roupas emprestadas para passar a noite, as calças se ajustando aos seus maravilhosos quadris e coxas como se fosse uma segunda pele. Ela se dispôs a voltar e se trocar quando viu Shanahan com uma camisa de seda escura e calças sociais, mas ele não quis falar sobre isso.

"Finalmente consegui falar com Jack," revelou. "Ele fechará aquele negócio essa noite e não tem recebido ligações. Finalmente conferiu sua caixa de mensagens e tinha mensagens de Fianna de segunda, terça e quarta. Como disse, tenho contatos grandes que podem fazer uma séria investigação. Conseguirei colocá-los nisso amanhã."

"Estou com medo por ela, William," ela disse calmamente conforme andavam em direção ao centro da cidade no sentido da Brickell Bridge, onde o Capital Grille se localizava. Ele ouvira que serviam um excelente bife porthouse e também pensou que a caminhada lhes daria tempo para espairecer antes do almoço. "Você não acha que tem uma maneira deles investigarem isso antes?"

"É meio complicado," ele tentou explicar. "As pessoas com quem estou lidando tem contatos limitados com o pessoal do State Department devido à natureza de nossos negócios. Se entrassem nisso em um sábado à noite, isso poderia ser interpretado de forma errada por determinadas pessoas. É mais provável que coletem informações amanhã e possam entrar em ação na segunda-feira. Isso se não tivermos notícias de Fianna até lá."

"Certo," ela expirou de forma tensa. "Isso está acima de minha capacidade e tenho certeza de que você sabe mais sobre esse tipo de coisa então vou confiar em você."

William estendeu o braço quando se preparavam para atravessar a rua e ela o segurou. De repente, os dois sentiram uma profunda alegria que há muito não sentiam. Também tinham a sensação de que, de alguma forma, tudo daria certo.

Horas mais tarde, o Anfiteatro começou a encher enquanto o Campeonato Mundial de Dominó estava prestes a ser filmado perante uma audiência ao vivo na ESPN. Jack Gawain se apresentou ao Comitê do Torneio e recebeu uma identificação e um resumo das regras do torneio. Seria um jogo que decidiria o campeonato. Jogariam com um conjunto tradicional de 28 peças e elas seriam colocadas em um suporte na frente de cada jogador. Os jogadores usariam fones de ouvido para eliminar qualquer distração e o árbitro comunicaria cada jogada conforme o jogo prosseguia. O jogador que tivesse a peça com os dois 6 jogaria primeiro. Se ninguém o tivesse, continuariam perguntando até que se chegasse a peça com dois 3. Se ninguém jogasse até esse momento, as peças seriam embaralhadas novamente. No caso de as peças serem embaralhadas por três vezes, o jogo seria considerado terminado e o jogador com o menor número de pontos em suas peças seria declarado campeão.

Bebidas refrescantes seriam disponibilizadas para os jogadores e teriam garçonetes prontas para encherem seus copos quando o jogador tocasse nele. Gestos elaborados seriam considerados infração e com três infrações o jogador deveria colocar seus dominós de volta na pilha. Se o jogador tocasse em uma peça do suporte, ele seria obrigado a jogá-la. Tentar fazer contato com qualquer pessoa que não fosse a garçonete seria uma infração sujeita a desqualificação. Os jogadores continuariam jogando de acordo com seus turnos e aquele que jogasse todas as peças de seu suporte seria o vencedor. Se um jogador não pudesse jogar, bateria na mesa indicando que passavam a vez para o próximo jogador. No caso de o jogo travar, o jogador com o menor número de peças seria declarado o vencedor.

Pediram aos jogadores para se sentarem em uma área restrita enquanto a mesa de jogo era preparada. Jack Gawain pegou um exemplar do *Sports Illustrated* e o folheou distraidamente, esperando ansiosamente para ver a cara de Enrique Chupacabra quando os dois se enfrentassem na mesa de jogo mais uma vez.

Johnny Carmona estava cercado por seis de seus guarda-costas mais confiáveis enquanto tagarelava sem parar na enorme sala de estar de sua propriedade em Palm Beach. Era uma construção de padrão concêntrico que apresentava uma escada de mármore que levava até o lounge acarpetado e primorosamente decorada. Estava aos berros desde que seus homens chegaram para a reunião de emergência e se mostrou insensível a quaisquer propostas que eles faziam.

"Entraram lá e mataram Johnny Sosa junto com Alfonso, Echezebal e outros dois caras!" enfureceu-se. "Além disso, roubaram um quilo de cocaína! Um quilo! Amadores de merda! Tinha nove quilos no banheiro e nem sequer tocaram neles! Poderiam ter nos apagado por um lucro de um milhão de Dólares, mas não! E por quê? Porque queriam que soubéssemos que Enrique Chupacabra armou tudo! Ou acham que sou o bastardo mais estúpido de Miami ou Chupacabra perdeu a cabeça de vez!"

"Johnny, temos que nos acalmar um pouco e pensar sobre isso," Ed Travieso insistiu. "Não podemos apagar Chupacabra essa noite depois do torneio. Não só entraremos em guerra com os colombianos como também os policiais virão para cima de nós com força total. Nesse exato momento, estamos lutando em uma guerra de dois frontes contra os jamaicanos e contra os haitianos. Pense no que estamos perdendo. Os riquinhos estão evitando Liberty City como se fosse uma praga e até mesmo os junkies e drogados estão atravessando a cidade para conseguir alguma coisa. Além disso, imagine se alguém está tentando armar para Chupacabra. Temos que segurar as pontas, Johnny."

"Foda-se!" Johnny gritou. "Foda-se! Esse é o segundo strike! Primeiro Julio Cruz é detonado e agora Johnnie Sosa. O que vamos esperar, que eu seja o próximo a ser morto? Isso parece muito bom para você, mas não para mim. Eu sou assassinado e você é o novo chefe. O que acha disso?"

"Não fale assim comigo, Johnny," Ed retrucou. "Isso é uma bobagem e você sabe disso."

"Você já conseguiu falar com Antonio ou Heriberto?" Johnny berrou com o pistoleiro obeso que acionou a discagem rápida do celular.

"Deixei mensagens, Johnny," ele respondeu com nervosismo. "Você sabe que temos instruções para não fazer mais de três ligações no caso de estarmos sendo monitorados. Também deixei mensagens para Dionicio, Tomas e Ramon. Três para cada um deles, isso são quinze mensagens. Não existe a possibilidade de não nos retornarem a menos que haja um problema em algum outro lugar."

"Um maldito problema," Johnny revirou os olhos e subiu os degraus do bar em forma de ferradura que se estendia por aproximadamente um quarto do comprimento da sala. "Qual outro problema você acha que estamos tendo nesse momento além desse?"

"Suponha que seu segundo palpite esteja correto?" um homem com um rosto de ossos proeminentes olhava pela janela admirando o pôr de sol magnífico sobre o porto. "Suponha que alguém está tentando nos fazer culpar Chupacabra ou os colombianos? Teriam que ter muito músculo, Johnny. Se estão se arriscando a confrontar a nós e aos colombianos, precisam de muito músculo. Quem poderia ser?"

"Quem diabos vai saber disso?" Johnny tomou um gole do rum com Coca no topo do bar cromado a ouro. "Talvez o MS-13, os malditos hondurenhos. Eles são uns desgraçados psicóticos malucos por armas. Aquele Tony Ramos fica lá sentado em sua plantação de bananas, bancando o bonzinho e soltando fumaça no rabo de Alberto Calix. Ele se sentou comigo na Prime 111 alguns dias atrás, olhando nos meus olhos como se não soubesse de nada. Ele sabe de alguma coisa, aquele gordo de merda. Ele sabe de alguma coisa."

"Nem comece, Johnny," Ed o advertiu. "Nem pense em fazer algo contra Ramos. Eles se tornaram muito forte e isso se transformaria em uma guerra enorme que não conseguiríamos vencer. Ele facilmente conseguiria trazer os colombianos para o seu lado para terminar rapidamente com a luta."

"Não disse que estava levando Tony Ramos para a guerra," Johnny se virou para ele de forma feroz.

"Eu disse que aquele gordo de merda sabe de alguma coisa. Quer saber? Ligue para ele, quero falar com ele!"

"Ora, vamos, cara!" o gordo reclamou. "Ramos não, não agora. Vamos, Ed, por que não cuidamos de uma coisa de cada vez?"

"Que merda, você pensa que Ed está no comando por aqui?" Carmona rosnou para ele. "Acha que morri e ele já virou o chefe?"

De repente o celular tocou e o gordo o atendeu imediatamente. Foi até um canto mais distante e rocou comentários abafados antes de desligar.

"Que merda! Você não me deixa falar!" Carmona quase ficou louco.

"O Cartel está em reunião," o gordo respondeu nervoso. "Existe um problema maior."

"O quê?" Carmona questionou. "Onde? Com quem?"

"É o DEA," o gordo disse de forma seca. "Pegaram o carregamento. O maior."

O jogo do torneio começou com quatro jogadores pegando seis peças, quatro delas indo para a pilha. Gawain jogou a peça com os dois 6 o que lhe conferiu assumir a liderança. Chupacabra jogou uma peça da mesma forma que o fez o campeão do Sudoeste, cuja peça na outra ponta dos dois 6 fechou as jogadas de 6 por aquele momento. O campeão do Noroeste foi forçado a pegar uma peça da pilha para jogar, sobrando três peças na pilha.

Gawain tinha mais dois 6 para jogar junto com dois 4 e a peça com as duas pontas em branco. Provavelmente era a melhor mão da mesa. Só que ele não tinha o 3 ou o 2 necessários para jogar e precisaria pegar uma peça na pilha. Cruzou as mãos e olhou para o suporte dos outros jogadores, depois para o suporte da pilha e em seguida para a multidão do outro lado do cordão de isolamento que cercava a área de jogo. Havia um tempo limite de cinco minutos para cada jogada, então Gawain decidiu fazer o melhor possível.

Viu os olhos escuros de Chupacabra olhando para o outro lado da mesa à esquerda e, disfarçadamente, olhou de volta para ele enquanto fingia observar o suporte à sua frente. Chupacabra, que tinha o dedo indicador da mão direita encostado de forma pensativa sobre o fone de ouvido, de repente o tirou e o movimentou lentamente. Imediatamente houve um movimento na multidão atrás dele e, de repente, ele a viu.

Fianna Hesher estava exuberante em um vestido prateado que não só realçava suas curvas adoráveis como também a destacava como se fosse um farol no meio da comitiva de terno preto que acompanhava Chupacabra. Ela não olhava para o jogo e provavelmente não reconheceria Gawain se o tivesse visto. Olhou para onde Chupacabra estava jogando e dois de seus homens a seguraram e pareceram lhe dar instruções. Assentiu com a cabeça e depois sumiu novamente no meio da multidão.

Ele considerou a hipótese de se levantar e desistir do jogo para recuperá-la dos colombianos. Teria cobertura total da ESPN se fizesse isso. Mas então a missão em si estaria comprometida já que a mídia se jogaria em cima disso. Além disso, não tinha a menor ideia se Fianna aceitara voluntariamente o emprego e não arriscaria 100 mil para ir embora com ele. Praguejou e jogou a peça com dois 1, percebendo seu erro logo em seguida. Deveria ter jogado o 5 e pode ver a expressão de surpresa nos olhos dos outros jogadores quando não o fez.

Para sua sorte, Chupacabra jogou uma peça, mas o campeão do Sudoeste teve que pegar uma peça na pilha assim como o campeão do Noroeste. Havia somente uma peça sobrando na pilha e Gawain e Chupacabra se encararam pela primeira vez. Não só um deles enfrentaria a possibilidade de pegar essa última peça, mas também a de quem ficaria com Fianna Hesher no final da noite.

Emiliano Murra se encontrou com William Shanahan no Secada's e as coisas começaram a azedar para ele quando suas margaritas foram servidas em copos plásticos no bar ao ar livre. Cumprimentou Shanahan calorosamente como de costume, mas não estava muito empolgado de como as coisas estavam indo.

"Nosso pessoal está em posição em Jacksonville," Shanahan o informou. "Traremos a mercadoria nós mesmos. Assim que a recebermos, poderemos efetuar o pagamento. A única coisa é que surgiu outro problema que deve ser resolvido."

Qual, William?" Murra o encarou.

"Enrique Chupacabra. Mencionei os problemas que estamos tendo com ele em nossa rede. Parece que a gangue dele causou um tumulto em Miami na semana passada e pode estar prestes a começar uma guerra entre nossos amigos de Cuba e os colombianos. Achamos que está na hora de te oferecermos o contrato."

"Vocês querem que eu suma com Chupacabra," Mura mexeu seu drink.

"Pretendemos deixar o bônus existente como está.

Pagaremos a você 4 milhões para trazer o carregamento até Jacksonville. Depois disso, te diremos exatamente onde Chupacabra pode ser encontrado. Sugerimos que traga quatro de seus melhores homens para o serviço. Acreditamos que ele esteja indo para Texarkana, na fronteira do Texas e Arkansas. Existe um carregamento de vital importância vindo por essa área e suspeitamos que ele planeja comprometer a operação fazendo um acordo com os Federais. Ele deve estar esperando um ataque de seu pessoal nesse exato momento e, se isso acontecer, tentará desertar e entrar no Programa de Proteção a Testemunhas."

"É uma mudança de planos radical," Murra ficou pensativo. "Para falar a verdade, fiz algumas pesquisas sobre Chupacabra e parece que ele é um dos maiores executores do Cartel de Medelín. Não gostaria de me meter em uma coisa dessas a menos que soubesse que foi totalmente aprovado pelos colombianos."

"Obviamente você sabe que estamos em contato direto com os colombianos," Shanahan foi empático. "Seus homens trouxeram 140 milhões de Dólares em barras de ouro há apenas uma semana. Está prestes a entregar outros 70 milhões. É uma quantidade enorme de dinheiro e ninguém pode se dar ao luxo de colocar em perigo esse empreendimento. Ninguém sabe se Chupacabra está criando caos por Miami para acabar com as operações dos cubanos e desaparecer. Também podem estar planejando usurpar a rede do Cartel de Medelín ao longo da Costa Leste e juntar forçar com o MS-13 para garantirem um bloqueio na região como um todo. Os riscos são muito grandes e as possibilidades infinitas para permitir que Chupacabra fique sem supervisão por mais tempo."

"Certo," Murra decidiu. "Vou mandar o seguirem

quando sair do hotel e faremos esse trabalho para você. Espero ter as duas tarefas cumpridas até amanhã à noite e, depois disso, esperamos 4 milhões de Dólares como pagamento. Quanto é o contrato por Chupacabra?"

"Será de mais um milhão o que resultará em um pagamento de 5 milhões."

"Feito."

Os homens apertaram as mãos, mas Shanahan percebeu que a lua-de-mel tinha acabado. Murra não estava ansioso para intervir no que acreditava ser uma guerra de gangues iminente. Tudo o que Shanahan podia esperar era que o cerco do MI6 estivesse pronto para se fechar até a meia-noite e que do outro lado estivesse os sardenhos acreditando que aquela seria uma relação longa e duradoura.

Enrique Chupacabra foi forçado a pegar a última peça da pilha. Tinha a escolha de jogar ou não a peça com o 3 ou o 4 e sabia que Gawain provavelmente teria que jogar seu último 6 para ganhar o jogo. O dilema era de que o sudoeste e o noroeste também precisavam do 3 e do 4 e isso lhes daria a chance de jogar suas últimas peças. Começou a pensar na peça com o 3 por um momento, mas considerou que era melhor jogar o 4. No entanto, se jogasse o 4, abriria a oportunidade para o sudoeste e o noroeste abrirem caminho para o 6 que Gawain precisava.

De repente, Chupacabra viu Gawain levantar lentamente a mão de forma majestosa, posicionando sua mão direita do lado da cabeça com o dedo indicador encostado em sua bochecha. Ele olhou e sorriu de forma triunfante para Chupacabra antes de dobrar o dedo como se lentamente puxasse o gatilho de uma arma. Chupacabra se virou para olhar para a esquerda para ver se alguém de sua comitiva tinha sido afetado pelo gesto e inadvertidamente roçou o dedo no suporte de peças.

"Sudeste joga quatro-seis," anunciou a voz no fone de ouvidos.

Chupacabra ficou apoplético ao perceber que provavelmente tinha entregado o jogo. Começou a dizer algo para o árbitro, mas percebeu que, assim como ele, todos os outros estavam com os malditos fones. Regas eram regras e se fossem quebradas, haveria penalidades a serem cumpridas. Ele não sabia que regra tinha quebrado para trazer esse homem, Jack Gain, para sua vida. O que sabia era que o expulsaria de sua vida da forma mais lenta e dolorosa possível.

Gawain observou quando Chupacabra levantou e retirou seus fones, atirando-os sobre a mesa e indo embora. percebeu que não poderia fazer o mesmo sem estragar seu disfarce e não tinha opção a não ser terminar o jogo. Observou com frustração quando as peças de Chupacabra foram colocadas na pilha, garantindo pelo menos mais quatro rodadas. Chupacabra voltou para sua comitiva e Gawain pode ver o vestido prateado no meio do grupo conforme se afastavam da mesa.

Olhou cegamente para o suporte de dominós e xingou a si mesmo por não ter pedido a Shanahan e seu maldito MI6 para ficarem de olho na mesa no caso de algo assim acontecer. Fora pego totalmente desprevenido, não esperava que Chupacabra saísse com algo desse tipo em frente à ESPN e de todas as nações do mundo. O que sabia era que não cometeria mais nenhum deslize e encontraria Fianna Hesher. Se algo acontecesse a ela, tornaria a vida de Enrique Chupacabra no verdadeiro inferno.

Os cubanos trouxeram o Hinckley H-64 Ketch até o porto pouco antes do anoitecer, tendo passado por uma pequena frota de navios a caminho de Flórida Keys para uma exposição de barcos. Tiveram uma navegação tranquila ao cruzar a Ilha de Andros em direção ao cais particular em Jacksonville. Viram os quatro jamaicanos que esperavam como o combinado junto ao caminhão de 18 rodas estacionado nos fundos e ao lado de um pequeno barraco. Um dos cubanos subiu uma escada até o cais e foi até os jamaicanos.

"Tem um guindaste?" perguntou. "Essa merda é pesada."

"Traga até ali, perto da rampa, para que tenhamos espaço para trabalhar, cara," o jamaicano insistiu. "Damos as amarras e vocês apertam bem, cara. Recebemos instruções que essa merda não pode balançar."

Os cubanos apoiaram o barco de fibra de vidro na rampa antes de destravarem o enorme contêiner da popa do navio. Abriram a escotilha e se reuniram em volta do enorme cilindro de metal embalado junto a várias latas de metal de tamanho semelhante que continham iscas de pescaria. Subiram nas latas e cuidadosamente içaram o cilindro do meio do carregamento, em seguida o entregando assim que o apoiaram no convés. Então, seguraram as correrias do guindaste que havia sido baixado, fixaram-nas firmemente ao redor do cilindro antes o segurar gentilmente enquanto o guindaste levantava.

"Trouxeram isso de Andros, cara?" o jamaicano se aproximou novamente do líder.

"Sim, navegamos tranquilamente, sem problemas."

"Eles trouxeram isso de Matanza?"

"Sim, foi o que ouvi."

"Muito quente essa noite, cara," o jamaicano abriu a camisa de botão. O cubano observou com o rosto se revirando de pavor quando viu um gravador colado c no peito do homem.

"DEA! Parados!" gritaram os outros três jamaicanos, sacando revólveres 38 e se espalhando pelo cais. Os cubanos se renderam levantando as mãos enquanto outros agentes saltavam do caminhão e invadiam o cais subindo no barco. Os contrabandistas foram arrastados para fora do barco enquanto os agentes usavam uma lâmina de serra com ponta de carboneto para cortar a ponta do cilindro no cais.

"Desgraçados!" o agente jamaicano gritou, agora em um inglês perfeito.

"O que houve?" perguntou outro agente depois de algemar os quatro cubanos de barriga para baixo no cais.

"É a porra de um motor! Pregaram uma peça na gente!"

Outro agente avançou e arrastou o líder dos cubanos para fora do cais.

"Leve esses outros bastardos para Duval County," ordenou. "Esse merda aqui vai para Dade County. A Homeland Security quer ter uma conversinha com ele."

O cubano não tinha a menor ideia de que em breve conheceria Jack Gawain.

PARTE III

O PRESTÍGIO

Emiliano Murra pegou um voo privado em um Learjet saindo do Aeroporto Internacional de Miami em direção ao Aeroporto Internacional de Jacksonville logo após seu encontro com o homem que se chamava William Bruce. Pegou um táxi para ir até o Porto de Jacksonville que costeou o St. Johns River em direção ao Oceano Atlântico. Os terminais marítimos ao longo da orla estavam bastante vazios àquela hora da noite e ele garantiu ao taxista que tinha feito os preparativos antes de lhe dar uma bela gorjeta e o dispensar.

Murra esperou até o taxista desaparecer para ir até o final do cais e descer uma escada de concreto que dava para uma das rampas de carga. O navio de carga de Belfast estava no cais como o esperado, mas havia uma acalorada discussão entre a tripulação e os homens de Murra que esperavam para tomar posse da carga como era programado.

"Dizem que tem um problema com a carga," um dos pistoleiros de Murra praguejou em italiano. "Estão dizendo que o acordo está desfeito."

"O que diabos está acontecendo?" perguntou a Jimmy Burke que estava acompanhado dos mesmos três contrabandistas que conhecera em Belfast dias atrás. "Você sabe com que tipo de dinheiro estamos lidando por aqui."

"Recebemos uma ligação de nosso pessoal em Belfast," o irlandês ruivo respondeu de forma tensa. "Os colombianos desfizeram o acordo. Disseram que foram roubados no último carregamento e não vão entrar em detalhes nesse momento. Estão falando merda nesse momento e ouviram que Amschel Bauer está frito. Estão o colocando como o responsável por descobrir quem os sacaneou. Nesse exato momento, a Máfia de Montreal está no telefone com o Sr. Bruce tentando descobrir se o problema estava do nosso lado. Vou lhe dizer uma coisa, Sr. Murra, nossas mãos estão limpas nisso e atravessaremos o mundo para matar qualquer bastardo que disser o contrário."

"Isso é impossível," Murra olhou para a escuridão ao redor do rio fracamente iluminado pela lua prateada. "Nem sequer abrimos os caixotes, eles foram fechados com pregos quando os recebemos em Belfast. Nós os trouxemos direto para Montreal e, assim que foram descarregados e processados, foram novamente embalados e carregados em nosso navio. Estavam fechados com pregos quando os recebemos e os levamos fechados diretamente para Medelín. Precisamos de mais informações sobre isso. O que vocês vão fazer com a carga?"

"O Conselho tomou medidas de contingência," Burke apertou os olhos. Murra estava tendo a nítida sensação de que Burke desconfiava dele, mas não questionaria o homem naquele lugar e naquele momento. Tinha visto o suficiente em Belfast para saber que esses irlandeses apenas sacariam uma arma e começariam uma discussão. "Levaremos a mercadoria para uma área de espera e aguardaremos por mais instruções. Enquanto isso, o Sr. Bruce quer que telefone para ele. Ele tem certeza de que sabe qual é o problema e diz que você provavelmente pode ajudar a resolvê-lo."

"Você me disse que voltou ao Conselho anos atrás," Murra disse enquanto seus homens recuavam até o caminhão de dezoito rodas estacionado na doca e abriam uma porta aérea próxima a um armazém para colocarem de volta o guindaste móvel que usavam para descarregar a mercadoria. "Já se deparou com um problema como esse antes? Talvez alguém tenha adulterado a carga antes dela ser entregue a você."

"Obrigado por isso, companheiro," Burke disse de mal humor. "Você trouxe a mercadoria para Montreal onde ela foi descarregada e enviada para o Banco de Montreal. Depois da compra, devolveram-na para você transportá-la até Medelín. Como diabos um banco nacional processaria tal transação se a carga ficou menor? suspeito que aqueles franceses malditos pegaram uma parte da carga antes de a entregarem para você. Isso não é da minha conta, mas se fosse do meu jeito, saberia que estaria morto, então caçaria esses franceses para encontrar as barras de ouro perdidas. Tudo o que sei é que, se nosso nome aparecer, vamos virar o planeta Terra atrás do homem que nos acusar nessa questão."

"Vamos continuar a cuidar um do outro, meu amigo," Murra apertou a mão dele. "Também vou enfrentar qualquer um que o acusar, assim como sei que fará o mesmo por mim. Vamos apenas esperar que esses ladrões sejam descobertos e que o problema se resolva para que possamos continuar com esse empreendimento tão lucrativo."

"É assim que fazemos em Belfast," Burke assegurou. "Primeiro limpamos nossa casa antes de sugerir aos outros como limpar as suas."

Murra sorriu sem palavras e pensou nas muitas formas que poderia ajudar os outros em como fazer uma faxina em suas próprias casas.

Salvaje Pulga estava sentando no jardim tropical de sua fortaleza no meio da floresta nos arredores de Medelín, aproveitando a brisa da noite junto com uma margarita. Estava satisfeito como as coisas estavam indo ultimamente e esperava receber notícias dos europeus em breve sobre como estavam as coisas com o último carregamento de barras de ouro. Seus pensamentos foram interrompidos por uma ligação que recebeu no celular e imediatamente ficou agitado por saber que só poderia ser um assunto de extrema importância àquela hora da noite.

"Pulga."

"Alguém adulterou o último carregamento de ouro," falou uma voz em um claro dialeto castelhano. "Confira as barras antes de transferir o próximo pagamento."

"Quem é?" ele perguntou.

"Um amigo. Talvez seu único amigo. E não se esqueça de quem supervisionou o carregamento," a voz respondeu antes da ligação ser encerrada.

Pulga resistiu à tentação de atirar o celular para a escuridão da noite. Colocou-o sobre a mesa de mármore e refletiu antes de fazer uma ligação.

"*Si, mi Salvaje.*"

"Quero que ligue para a Fortaleza 7 e peça que confiram três das barras de ouro," ordenou. "Diga para cortarem as barras no meio, certificarem-se de que são sólidas e as analisarem para detectar quaisquer impurezas. Pegue uma barra de cima da pilha, uma do meio e uma debaixo. Quero que isso seja feito imediatamente e quero que me liguem com os resultados em uma hora. Você entendeu? Uma hora."

"*Si, mi Salvaje.*"

O maior problema que tivera com essa situação foi a insinuação de que Enrique Chupacabra era o culpado. Tinha segurado a barra de Enrique várias vezes ultimamente. O boato de que Chupacabra tinha autorizado o atentado contra Julio Cruz em Montreal tinha sido somente o início dos problemas. Em seguida, houve a reclamação formal do cartel cubano de que Enrique estava por trás do atentado contra o tenente de Johnny Carmona em Liberty City. Pulga ficou irritado com Chupacabra estar participando de um jogo de dominós televisionado em um momento como aquele, mas considerou isso como apenas outra idiossincrasia de um de seus capitães preferidos. No entanto, o problema em questão era algo que alguém seria responsabilizado caso um problema realmente existisse.

Recebeu uma ligação cerca de 45 minutos depois e Pulga pode dizer pelo tom de voz do homem que algo estava errado.

"*Mi Pulga,*" o homem na linha estava perturbado. "Aqui é Andrade da Fortaleza. Antes de passar o relatório, quero que saiba que quando recebi o carregamento, eu radiografei as barras com nosso equipamento padrão, pesei-as e conferi os números de série com nosso banco na Suíça pessoalmente. Estava tudo certo, *mi Senor.*"

"Se estava tudo certo, o que diabos está tentando me dizer!" Pulga rebateu.

"Acabei de fazer um de meus especialistas perfurar três barras como você instruiu," a voz do homem estremeceu. "Seu palpite estava correto, senhor, e me amaldiçoo por não ter apenas um pouquinho de sua sabedoria. As barras estavam cheias de tungstênio. De alguma forma, conseguiram perfurar a parte lateral das barras e inserir lingotes de tungstênio. Depois disso, foi uma questão de selar e polir as barras. O tungstênio tem exatamente o mesmo peso do ouro e seria impossível de ser detectado por qualquer um envolvido com o carregamento."

"Quero que você," Pulga controlou a voz, "perfure cada uma das barras e determine quanto dinheiro estamos perdendo nesse negócio. Não me importa quanto tempo vai demorar, contanto que seja feito o mais rápido possível. Não quero que vaze uma palavra sobre isso ou então alguém vai morrer. Você me liga assim que tiver um número."

Pulga colocou o celular de volta sobre a mesa antes de começar a andar pelo terraço de um lado para o outro. Sabia que seria responsabilizado perante o Cartel. Apesar de poder facilmente reembolsar o investimento deles, ainda assim ficaria com um rombo de 140 milhões de Dólares. Conseguiu fazer as contas e raciocinar que a iminente conversão para o padrão do ouro recuperaria sua perda ainda que as barras de ouro só valessem um terço do que tinha pago por elas. Ainda assim, alguém o tinha enganado feio e alguém teria que pagar por isso. Ainda pior, Enrique Chupacabra era o responsável por garantir que coisas desse tipo não acontecessem. No final das contas, Chupacabra estava jogando dominó em Miami.

Essa situação precisava ser resolvida imediatamente, mesmo que isso significasse cair fora da Operação Blackout. Havia ligações a serem feitas, problemas a serem resolvidos e pessoas para serem mortas. Só esperava que seu executor mais confiável não se tornasse uma delas.

William Shanahan recebeu uma ligação do MI6 à meia-noite, logo depois de seu encontro com Murra no Magic City casino e do coquetel que bebeu com Morgana. Descobriu que Gawain tinha perdido o jogo do campeonato, ficando em segundo lugar por pontos em relação ao competidor do Sudoeste. Gawain o telefonou e revelou ter visto Fianna durante o jogo e eles concordaram que o MI6 muito provavelmente tomaria providências para confirmar a situação em breve.

"O Coronel queria que soubesse que a primeira fase da operação foi bem-sucedida," a voz o informou. "Os carregamentos de barras de ouro foram feitos com barras cheias de tungstênio. Quando entrar em contato com Murra, você dirá a ele que os colombianos entraram em contato com o Conselho e cancelaram o negócio. Você não sabe nada sobre as barras falsas e é importante que se lembre disso. Só estamos deixando você a par sobre isso para que não seja pego de surpresa quando a notícia se espalhar. É possível que os colombianos relatem suas descobertas para a Máfia de Montreal ou aos sardenhos antes de entrarem em contato com você ou com a gente. Essa pode ser a parte mais perigosa da operação na atual conjuntura. Os colombianos irão atrás do traidor e usarão todas as mentiras e subterfúgios a seu dispor para enganar alguém para que entregue o esquema. Você deve ficar alerta e não fazer nada ou encontrar alguém antes de entrar em contato conosco."

"Tem um outro problema," Shanahan relatou. "Duas garotas americanas que fizeram amizade com Gawain. De alguma forma, Chupacabra soube dessa amizade. Acredito que suspeitou que Gawain estava fazendo uma jogada contra ele e pode ter colocado em perigo a garota que fez a cabeça de Gawain. Exista uma obrigação moral em proteger essa garota e a Firma deve estar ciente de que esse é um assunto urgente."

"Informarei o Coronel imediatamente. Recomendo enfaticamente que não tome nenhuma medida sobre esse assunto até receber mais instruções. Você sabe que os americanos não levam essas coisas de forma leviana e toda essa operação poderia ser comprometida se Chupacabra fosse obrigado a deixar o país por algum motivo."

De repente, ocorreu a Shanahan que Fianna poderia ser usada como escudo por Chupacabra por mais de um motivo. Ele poderia estar pensando que se o FBI ou o DEA estivessem em cima dele, seria menos provável agirem com uma garota inocente por perto. Além disso, se algum membro da rede criminosa planejasse agir contra ele, também estariam se arriscando demais caso uma garota fosse colocada em perigo.

"Certo," Shanahan concordou de forma relutante. "Preciso de uma resposta do Coronel sobre esse assunto o mais rápido possível. Além disso, qual a situação com Gawain? Marcaram um interrogatório com ele?"

"Gawain foi enviado em uma missão especial nesse exato momento," a voz respondeu e deixou Shanahan alarmado com a notícia. "Fizemos um acordo com a CIA que tenho certeza de que você está ciente. O DEA levou em custódia um grupo de contrabandistas que atuavam como isca para um grupo que suspeitamos estar afiliado a Al Qaeda. Temos agido com base em relatos não confirmados de que a Coréia do Norte recentemente vendeu um pequeno dispositivo nuclear aos terroristas. Os contrabandistas foram pegos entrando no país com um cilindro de metal lacrado. No final das contas, o cilindro continha um pequeno motor veicular. A CIA está convencida de que o cilindro foi usado para desviar a atenção do item verdadeiro e tememos que ele já esteja nos EUA nesse exato momento."

"E onde Gawain entra nisso?"

"A CIA não tem tempo para transportar os terroristas até a Baía de Guantánamo para o interrogatório," a voz foi direta. "Concordamos em levar Gawain a um local não revelado para agilizar as coisas. Você será atualizado conforme obtivermos mais informações. Seis, desligando."

Shanahan ficou olhando para o telefone sem conseguir acreditar. Ficou chocado com a ideia de o MI6 ter concordado com uma coisa daquelas e igualmente surpreso que a CIA tenha feito tal pedido. Tentou racionalizar a situação considerando o possível perigo de um ataque nuclear. No entanto, não podia fingir que não via as consequências de agências governamentais se afundarem no mesmo nível de pessoas sem escrúpulos ou senso de decência.

Não conseguia aceitar a ideia de que, em um futuro próximo, poderia não existir quaisquer protocolos.

. . .

Gawain foi apanhado de carro no hotel logo após a meia noite e levado ao aeroporto, onde se encontrou com Jimmy Burke e seus parceiros. Embarcaram em um Learjet e foram para uma propriedade isolada em Key Largo que pertencia à CIA. Usaram sua tática já estabelecida para locomover seus prisioneiros e agentes em padrões aleatórios que qualquer um fora do circuito acharia impossível de rastrear.

Os irlandeses foram escoltados até a mansão à prova de som cercada por quilômetros de praia deserta que evitavam qualquer interferência nas atividades da propriedade. Tinha uma dezena de atiradores posicionados ao redor da casa e uma equipe de bombeiros de guarda sob um holofote situado mais adiante na praia, ao lado de uma garagem de tamanho comercial onde uma frota de caminhões e carros estava estacionada. Tinha um esquadrão reunido na área da garagem que levava os irlandeses a acreditarem que havia um pelotão atribuído aquela propriedade.

Gawain e os outros foram recebidos pelos agentes no pátio e Gawain apertou a mão de Joe Bieber. Ele os conduziu até a sala de estar espaçosa, onde Gawain recebeu um avental de açougueiro.

"Você está brincando," Gawain zombou.

"Isso tem um efeito psicológico, sem falar nos motivos mais práticos," outro agente o assegurou.

Bieber os levou para o andar de baixo onde o prisioneiro estava sendo mantido. Era um porão amplo ocupado por uma pequena geladeira, um sofá, uma mesa de sinuca, uma mesa de pôquer e algumas cadeiras dobráveis. No meio da sala estava um cubano fortemente amarrado e suando muito cujos olhos se arregalaram de terror ao mirarem os irlandeses com rostos ameaçadores.

"Dissemos a cavalheiro que precisamos saber onde o outro carregamento atracou," Bieber disse ao parar na frente do cubano. "Se ele não entregar, então precisamos saber quem lhe atribuiu o serviço e onde essa pessoa pode ser encontrada. Será muito mais fácil para ele e para nós se ele simplesmente nos contar para onde foi o segundo cilindro."

"Oh, ele vai nos contar tudo," Gawain foi até o cubano e deu um tapinha em seu rosto gordo, olhando para os instrumentos cirúrgicos dispostos sobre a mesa de sinuca. Ele avistou o machete em um canto com a certeza de que seria tudo o que precisaria.

"Estarei lá em cima, voltarei para dar uma olhada daqui a pouco se não tiver terminado," Bieber disse a ele e acenou para os três agentes da CIA para que os acompanhassem para o andar de cima.

Bieber tentou manter a calma mesmo sabendo que estavam em uma corrida frenética contra o tempo. A Firma especificou que a bomba vendida para Al Qaeda era, na verdade, um dispositivo de 15 quilotons que poderia dizimar uma área de mais de 1,6 quilômetros quadrados. Se conseguisse detonar a bomba ao lado de um caminhão com restos radioativos, ela criaria um efeito de 'bomba suja' que poderia se irradiar por uma área superior a 16 quilômetros quadrados. Em uma área densamente povoada, os efeitos seriam catastróficos. Se a bomba já estivesse dentro do país, o governo teria que tomar medidas drásticas para revistar todos os veículos capazes de transportar materiais perigosos. Tal cenário criaria um enorme congestionamento e possivelmente mais distrações que os terroristas poderiam usar a seu favor.

Assim como Shanahan, ele ficou enjoado por terem que recorrer a medidas extremas para obter informações dos suspeitos. No entanto, um ataque nuclear dentro dos EUA era algo inimaginável. Uma catástrofe dessas poderia custar a vida de centenas de milhares de americanos inocentes. Ele não podia ignorar o fato de que o homem no andar de baixo tinha trazido para dentro do país de forma consciente e voluntária um cilindro que possivelmente continha uma arma de destruição em massa. Mesmo que soubesse que trazia uma isca, ele sabia o que estava acontecendo e agora encarava as consequências de seus atos. Ainda assim, Bieber acreditava na Constituição, acreditava que a América era uma terra de integridade e justiça. Tinha que existir uma forma melhor que essa, mas não tinha tempo para descobrir qual era.

Bieber estava prestes a descer para dar uma olhada em Gawain quando deu meia hora, mas ouviu passos na escadaria. Enfim, Gawain apareceu e se aproximou, sorrindo maliciosamente enquanto tirava o avental manchado de sangue e o atirava como se fosse uma bola no chão de parquet.

"Bem, temos o nome da pessoa que o enviou, assim como os detalhes de qual era sua parte no acordo," Gawain revelou. "O outro cilindro desembarcou em Brownsville, no Texas, há cerca de um dia. Ele diz que provavelmente está com a Máfia Mexicana, se já não o repassaram para Al Qaeda."

"Então, a Máfia Mexicana está nisso," Bieber sacudiu a cabeça. "Puta merda. Preciso entrar em contato com meu pessoal imediatamente. Escute, já discutimos os planos de contingência com o seu pessoal. Vá em frente e ligue para eles. Tomamos providências para que você e sua equipe sejam levados de avião até o local apropriado no caso de interceptarmos mais algum terrorista. Imagino que queiram levar vocês para Houston, mas ligue para o seu pessoal e fale com eles primeiro."

"Você só pode estar brincando," Gawain levantou as sobrancelhas e se virou para Jimmy Burke. "Você sabia sobre isso?"

"Bem, isso apareceu em uma conversa," admitiu Burke.

"Muito obrigado por comentar, mano," Gawain zombou. "Certo, estou indo para o pátio para ligar para eles. Sabe se o Capitão Gummo--erm, Shanahan-- está vindo para cá, se não se importa que eu pergunte?"

"Ele teve uns assuntos urgentes para tratar," Bieber o assegurou. "Vá em frente e ligue, teremos que agir rápido nessa situação."

Gawain foi para o pátio percebendo que o terreno estava ficando mais denso e os riscos, sem dúvida, também aumentariam. Sabia que sia liberdade viria com um preço, mas começava a se perguntar o quão alto seria o preço que teria que pagar.

CAPÍTULO VINTE E DOIS

Foi mais ou menos naquele momento que o mundo descobriu como os planos de Amschel Bauer eram complementados pelos da Al Qaeda.

Pouco depois da meia noite, o Departamento de Estado anunciou que um golpe fora encenado por uma facção radical liderada por extremistas islâmicos no Paquistão. Embora o ditador militar tenha sido resgatado por tropas leais, a residência do Primeiro Ministro foi tomada pelos rebeldes que anunciaram planos de instalar uma administração provisória. Os governos Federal e provinciais foram sitiados pelas forças insurgentes e a Al Qaeda anunciou na Al Jazeera que governaria o Estado Islâmico do Paquistão através de um representante.

Shanahan se revirava em uma noite que não conseguia dormir e estava disponível quando seu celular tocou mais uma vez.

"Seis," disse a voz. "Você soube das notícias?"

"Estamos no meio da madrugada por aqui," ele resmungou e acendeu a lâmpada na mesa de cabeceira.

"Aconteceu uma tentativa de golpe em Islamabad.

Tropas britânicas e americanas foram enviadas para lá. Estamos seriamente comprometidos nesse momento. Já temos um número significativo de forças das operações especiais atuando no Iraque e no Afeganistão. Precisaremos de você em uma missão secreta, não temos mais ninguém disponível com as suas qualificações."

"Você deve estar brincando," Shanahan se sentou na beirada da cama. "O que vai acontecer com essa operação?"

"Queremos que termine seus negócios com Murra. Faça com que ele localize Chupacabra e nos avise assim que o localizar. Gawain foi transferido para a unidade de apoio que está trabalhando com nosso contado com a CIA. Essa operação está quase concluída e precisamos de você nessa nova tarefa o mais rápido possível. Entre em contato com Murra na primeira oportunidade e nos avise quando estiver pronto para prosseguir."

"E quanto a garota?" ele pressionou.

"O Coronel foi informado da situação e ela está sendo encaminhada nesse exato momento. Esperamos ter notícias suas o mais rápido possível. Seis, desligando."

Shanahan pegou o controle remoto da mesa de cabeceira e ligou a TV de plasma. Colocou na rede BBC que fervilhava com os últimos acontecimentos em Islamabad. O Parlamento de lá há meses era cercado por rumores de um ataque insurgente iminente. No entanto, seus contínuos problemas com elementos do Talibã operantes na fronteira com o Afeganistão os distraíram dos comícios extremistas na capital. Os comícios serviram como um subterfúgio para os terroristas contrabandearem suas armas para dentro da cidade durante as manifestações. Eles tinham tropas alocadas ao lado de prédios governamentais importantes que estavam prontas para agir assim que um sinal fosse enviado. Os manifestantes se aproximaram o bastante dos prédios para que os atiradores organizassem seus ataques. Naquele momento, estimava-se que 20% dos prédios do governo espalhados pelo país estavam sitiados pelos rebeldes.

Ele não tinha certeza do que o MI6 planejava fazer sobre a Operação Blackout. Havia reportado que Amschel Bauer planejava romper com o padrão internacional do ouro e era óbvio que o contrabando de armas de destruição em massa era uma parte integrante da trama. Eles não podiam pensar que matar Chupacabra atrapalharia a operação. Quando muito e na melhor das hipóteses, todo esse episódio distrairia a rede criminosa. Tinha certeza de que a operação delicada que envolvia Murra tinha causado um dano enorme, mas agora o foco voltava para Chupacabra, o que não fazia sentido para ele.

Olhou para o celular e viu que Murra tinha ligado, e, sem dúvidas, já estava planejando seus próprios movimentos à luz dos últimos acontecimentos. Teria que se encontrar com Murra e colocar a culpa em Chupacabra para colocar em prática essa última fase da operação.

Atirou-se de costas na cama king size, esperando que, pelo menos, tivesse algumas horas de sono profundo antes do nascer do sol. Duvidava muito que teria um tempo para malhar de manhã. A merda estava prestes a atingir o ventilador e agora, de repente, Shanahan enfrentava a possibilidade de vestir um uniforme novamente no sul da Ásia.

Revirou-se até o sol começar a aparecer por detrás

das cortinas. Decidiu ligar para Murra, sabendo que a essa altura ele já devia ter ouvido sobre o carregamento que fora cancelado.

"Murra."

"É o Bruce."

"William. O que aconteceu?"

"Ainda estamos tentando descobrir. Aparentemente houve um problema com os carregamentos."

"Sua equipe de contrabandistas me contou o que aconteceu. Disseram que adulteraram os carregamentos. Disseram que você entraria em contato com Montreal para descobriu o que aconteceu."

"Posso encontrar com você no lobby em meia hora."

"Estarei lá."

Shanahan se vestiu rapidamente e desceu com o elevador para o Terraza, em seguida reservou uma mesa no terraço. Comprou um jornal e o folheou, franzindo o cenho com as notícias da insurgência paquistanesa antes de Murra atravessar as portas de vidro. Ele se aproximou e eles apertaram as mãos antes de irem para o Terraza e a garçonete os levar até a mesa. Ela anotou os pedidos de café, suco de laranja e torradas antes de os deixar com o cardápio.

"Já teve notícias de seu pessoal?" O semblante normalmente sério de Murra ardia de tensão.

"Dizem que encontraram barras cheias de tungstênio," Shanahan revelou. "Ele pesa tanto quanto o ouro e é impossível de ser detectado pelo raio X. Obviamente as barras passarão pela inspeção do Banco de Montreal. Os colombianos não sabiam disso até a noite passada. Todo mundo está calado até o momento, até mesmo meu pessoal. Os chefões estão conversando desde que a notícia chegou da

Colômbia. Estão tentando descobrir onde a troca ocorreu."

"Seu pessoal de Belfast parece estar muito chateado," Murra comentou seriamente. "Meu pessoal está muito chateado com a possibilidade de perder nossa comissão nesse carregamento pendente. Você verificou a mercadoria em Jacksonville para ver se foi adulterada?"

"Nesse momento, estou completamente no escuro," Shanahan admitiu. "O motivo pelo qual queriam que eu te encontrasse é Chupacabra. Era ele que deveria ter providenciado a segurança para toda a operação. Ele foi o responsável pelo transporte do ouro do porto de Montreal até o Banco de Montreal e depois de volta para o cais, onde foi entregue para o seu pessoal. Eles têm certeza de que a troca não foi feita em Belfast e seu pessoal é considerado acima de qualquer suspeita. Nesse momento, parece que Chupacabra foi deixado na mão."

"Então ele vai ser o bode expiatório," Murra olhou para o centro da cidade no horizonte.

"É o que parece," Shanahan respondeu. "Não é só isso, mas também as outras coisas. De acordo com todos os relatórios, Liberty City se transformou em uma zona de guerra. Ele é suspeito de ter matado dois dos principais traficantes do cartel cubano em um esforço conjunto com os jamaicanos para assumir o comércio de drogas em Miami. Nesse momento, parece que os jamaicanos e os haitianos estão agindo contra os cubanos, mas a aposta mais alta aponta para Chupacabra. Ele vem se comunicando regularmente com a Máfia de Montreal e as pessoas acham que ele está se preparando para seguir carreira solo."

"Como quer lidar com isso?"

"Meu pessoal está trabalhando com os colombianos para conseguir a aprovação deles para o serviço. Assim que o fizerem, esperamos que armem tudo em algum lugar em West Florida para que parece menos óbvio. A preocupação primordial é deixar claro que os cubanos não tiveram nada a ver com isso. Ao mesmo tempo, não queremos correr o risco de ofender Montreal e comprometer empreendimentos futuros. Estou quase certo de que conseguiremos colocar isso em prática em algum momento na noite de hoje."

"Muito bem," Murra suspirou. "Avisarei meu pessoal na Sardenha que houve uma mudança de planos. Espero que essa questão possa ser resolvida o mais rápido possível. Meu pessoal ficará muito chateado se descobrir que perdemos 8 milhões de Dólares nessa jogada."

"Tudo isso estará resolvido em breve," Shanahan o assegurou. "Você tem minha palavra."

Morgana McLaren apostou em um palpite. Entrou em contato com uma de suas amigas da Aer Lingus, Lakeesha Washington, que trabalhou para a Segurança do Aeroporto junto à companhia aérea. Recentemente, ela aceitara um trabalho na Homeland Security, mas prometeu manter contato com Morgana a trocarem telefone. Morgana ligou para ela e perguntou se ela podia usar seus novos contatos para verificar alguns nomes para ela. Lakeesha ficou feliz em poder ajudar e ligou de volta para Morgana naquela manhã.

"Primeiro de tudo, não tenho nada sobre Fianna," Lakeesha informou, sentada em seu novo escritório em Washington DC. "Tudo o que tenho sobre a Colombian Exports é o que você me contou. Eles lidam com commodities fora do escritório central de Medelín. Ela deve ter pegado um voo particular saído de Nova Iorque. Definitivamente ela não saiu do país e posso avisar a você caso apareça alguma coisa. Tenha em mente que se eles estão voando em um avião particular, será difícil localizá-la."

"Entendo."

"Agora, esse cara, William Shanahan," continuou Lakeesha. "Eu o tenho como Capitão do Exército Britânico. Ele serviu no Iraque e no Afeganistão com o Special Air Service e o Special Boat Service. Quase todas as informações sobre ele são confidenciais, o que significa que você pode apostar que ele ainda está envolvido em contra inteligência. Não estou conseguindo muita coisa sobre a Universal Exports, o que faz parecer bastante com a Colombian Exports. Ambas se parecem muito com corporações falsas, mas isso é apenas um palpite baseado no meu passado."

"Certo," a barriga de Morgana estava se revirando de medo.

"Quanto a esse outro cara, Jack Gawain," o tom de Lakeesha ficou mais ameno. "Tenho um John Oliver Cromwell Gawain, 1,70m, 81kg, cabelos pretos, olhos castanhos escuros, atualmente cumprindo três prisões perpétuas por 13 assassinatos e 27 tentativas de homicídio, além de crimes de insurreição, terrorismo, tráfico de drogas, extorsão, roubo e por aí vai. De acordo com o que tenho aqui, ele está cumprindo pena no Maghaberry HMP. Isso significa Prisão de Sua Majestade."

"Então esse não é o Jack Gawain que está aqui," Morgana murmurou.

"Em que tipo de coisa você se meteu, amiga?" Lakeesha perguntou. "Por que está pesquisando pessoas como essas? Fianna está em algum tipo de problema?"

"Não, não," insistiu Morgana. "Conhecemos esses caras quando estivemos em Nova Iorque e estava me perguntando sobre eles. Não parecem os caras de quem você falou. Aposto que são da Europa ou Austrália. Provavelmente inventaram essa coisa da Universal Exports. Só não tive notícias de Fianna e fiquei curiosa. Gosto muito de você, Keesh."

"Claro, querida, sem problemas. Da próxima vez que estiver em Washington, ligue, vamos sair para almoçar, certo?"

"Muito obrigada. Falamos em breve."

Refletindo posteriormente, Lakeesha decidiu passar a informação a seu supervisor. Imaginou que poderia ser útil à luz dos tumultos dos eventos recentes.

Do outro lado da linha, Morgana se sentou pensativa na sacada de sua suíte e tomou um gole de café. Não estava engando Lakeesha mais do que estava enganando a si mesma. Talvez estivessem falando do Jack errado apesar da descrição física ser assustadoramente semelhante. No que dizia respeito a William e a Universal Exports, isso era demais para se ignorar. Ele estava envolvido com algo diferente do comércio internacional e o desaparecimento de Fianna a fazia pensar que provavelmente ele sabia mais do que dizia saber.

Decidiu esperar a manhã seguinte para ver se William aparecia com alguma coisa. Resolveu não ligar para ele e, se não tivesse notícias dele, não diria que estava deixando o hotel. Voltaria para Nova Iorque, faria uma denúncia de pessoa desaparecida e deixaria a polícia lidar com isso. Não gostava de ideia de romper os laços com William, mas se ele mentira para ela, não existia motivo para levar o relacionamento adiante. Tinha visto em sua vida diversas mulheres magoadas por relacionamentos baseados em mentiras e não tinha a intenção de se tornar uma delas.

A quilômetros de distância, Ernesto Guzman era preso por agentes federais em Riverwalk, San Diego, e transportado para o escritório local da Homeland Security na Fourwinds Drive. Guzman ficou desconfiado quando o carro não identificado se dirigiu para o norte na I-35 ao invés de ir em direção à Prisão do Condado de Baxer no North Comal. Imaginou que era algum tipo de jogada federal e só esperava que não tivesse nada a ver com Alberto Calix. Se alguém de seu pessoal falasse demais, a última guerra entre a Máfia Mexicana e o Cartel Mexicano seria como um jogo de paintball comparada a essa.

Ernie foi levado até o porão do prédio e permaneceu algemado enquanto era colocado em uma cadeira dobrável de metal no meio de uma salinha pintada de amarelo. Os agentes o deixaram sozinho por cerca de 20 minutos antes do retorno de três deles. Um deles ficou na sua frente enquanto os outros dois se posicionaram um de cada lada da cadeira, levemente atrás dele.

"Vão tirar essas algemas?" Guzman exigiu. "Estão começando a cortar minha circulação."

"*Alguma coisa* precisa cortar sua circulação, parceiro," o agente alto da esquerda deu uma risadinha.

"Sou Kelly Stone," o homem alto, corpulento e de juba grossa bem arrumada parou na frente dele. "Estou aqui para descobrir o que o seu pessoal fez com o item que contrabandearam de Brownsville durante aquele incidente na fronteira algumas noites atrás."

"Brownsville?" Ernie apertou os olhos. "Estou aqui em San Antonio, como diabos tenho algo a ver com Brownsville?"

O agente robusto da direita passou o peso para outra perna antes de dar um cruzado de direita que quase derrubou Guzman da cadeira.

"Brownsville, Ernie," Stone se sentou na mesinha que estava encostada na parede. "Seus coiotes em Matamoros soltaram uma onda de refugiados perto do campus da UT naquela noite. Eles tiraram todas as nossas unidades da Patrulha da Fronteira de posição para que seus gângsteres em Matamoros pudessem invadir a ponte com seus caminhões e pegassem os policiais de Cameron County desprevenidos. Sabíamos que não era apenas uma tentativa meia-boca de enfiar todos aqueles ilegais fronteira adentro, mas não conseguíamos descobrir o que realmente estava acontecendo."

"Por que diabos está me batendo?" Ernie perguntou meio grogue. "Eu quero a porra do meu advogado."

"Interceptamos um navio em Key West que veio de Andros Island, cruzando Cuba." o agente alto o informou. "Capturamos quatro contrabandistas da Máfia Cubana trazendo um cilindro lacrado de metal em um barco cheio de barris de isca de peixe. Sabemos que a Al Qaeda planejou contrabandear uma arma de destruição em massa para solo americano e era óbvio que estavam usando o cilindro como isca para fazer os traficantes pensarem que estavam transportando a arma verdadeira. Como os cubanos que

capturamos eram estrangeiros sem direitos constitucionais, nós os despachamos para Guantánamo."

"Nosso pessoal em Guantánamo pode se safar
com muito mais merda do que nós," o agente robusto
deu um tapa na nuca de Ernie. "Não demorou muito
para que eles entregassem tudo. Sabemos sobre
Brownsville e obviamente sabemos sobre você. Agora,
precisamos saber onde foi parar o segundo cilindro."

"Olha, cara, eu não sei que diabos..."

O homem robusto se virou novamente, deu um
cruzado de direita que acertou a mandíbula de Ernie
e o mandou para o chão de concreto com a cadeira de
metal caindo a seu lado.

"Controle sua língua," o agente rosnou no meio da
névoa. "E não minta para nós."

"Sei que você conseguiu seu visto e sua esposa e
filho são cidadãos," ele conseguia ver os sapatos de
Stone conforme ele se aproximava e parava próximo a
cabeça de Ernie. "Pena que sua amante e seus dois
filhos bastardos não são. Eles estão indo muito bem lá
em Austin. O mais novo está tirando só A no ensino
médio e o mais velho está na National Honor Society,
indo muito bem no time de futebol. Acho que seria
uma merda para eles terem que pegar um voo para
Guantánamo."

"Coloque seus advogados judeus nisso e vai ser
pior," o agente robusto lhe deu um chute nas costas.
"Vamos levar a cadela e as crianças para Brownsville,
colocá-la na cadeia e as crianças na detenção juvenil.
Quando seus advogados descobrirem onde estão, nós
os mandaremos direto para Guantánamo. Acho que
depois de algumas idas e vindas, quando seus bastar-
dinhos voltarem para a escola, *no México*, as notas
deles serão uma merda."

"Não mexa com os meus filhos," Guzman conseguiu dizer. "Se fizer isso, você pode me matar aqui e agora. Não ligo a mínima para quem você é, vou encontrar você e sua família. Pode fazer o que quiser comigo, mas não mexa com os meus filhos."

"Tudo bem, machão," o agente robusto o agarrou pela parte detrás da guayabera e rasgou o colarinho quando arrastou Ernie o colocando sentado e encostado na parede. "Tudo o que precisamos saber é para onde foi o cilindro depois de Brownsville. Achamos que é uma pequena arma nuclear da Coréia do Norte. Achamos que seus contatos de merda do Cartel mexicano trouxeram a bomba nuclear da América Central e a entregaram para os seus homens em Brownsville. Sabemos que você e sua escória não vão detonar uma bomba nuclear no Texas. Então, seu babaca, quem recebeu a bomba nuclear e para onde ela está indo?"

"Olha, Stone, você sabe como o jogo funciona, a menos que recém tenha saído da faculdade de Direito como estou começando a pensar," Guzman rosnou para ele. "Eles nunca dizem o que você está levando e nem para onde está indo! Você só transporta até o final de seu trajeto e pega seu dinheiro!"

"Você acha que estamos blefando, não é?" Stone balançou um celular na frente dele.

"Nenhum de nós sabia que era uma bomba!" Ernie gritou para ele. "Traga um pouco de seu pentotal sódico (*soro da verdade) e um detector de mentiras! Acha que vão lacrar um contêiner e nos dizer o que tem dentro dele?"

"Para onde ela foi, Ernie?" Stone insistiu. "Para onde a enviou?"

"Houston," ele entregou, derrotado pela ideia de sua amante e seus filhos serem levados sob custódia.

"Não tive nada a ver com os detalhes, apenas dei minha aprovação. Nosso pessoal a pegou em Brownsville e a levou para Houston. Não sei nada sobre uma arma de destruição em massa, Al Qaeda ou qualquer uma dessas merdas."

"Não falamos sobre Al Qaeda," o agente robusto resmungou. "Você acabou de fazer isso."

"Vá se ferrar," Guzman pigarreou e cuspiu um muco sangrento no chão de concreto. "Esse desgraçado disse Al Qaeda um minuto atrás."

O agente alto se aproximou e deu um tapinha na cabeça de Ernie.

"Certo, leve ele para se limpar e traga algo para ele comer," Stone se levantou da mesa. "Vamos mandar você por alguns dias para Huntsville até que a poeira baixe. Os caras de turbante vão detonar a bomba ou se esconder nas próximas 48 horas, então não importa se você está de volta às ruas ou não. Você também pode economizar algum dinheiro e se manter de fora. No momento em que seu advogado entrar com o habeas corpus e solicitar a fiança, você estará de volta às ruas."

"Quem vai pagar pela minha camisa?" Guzman zombou quando o levantaram e retiraram as algemas.

"Mande a conta para o meu chefe," Stone devolveu ao abrir a porta de metal para sair da sala. "Ele fica na grande casa branca na Pennsylvania Avenue, em Washington."

Ernie pegou um lenço do bolso detrás da calça e cuspiu mais sangue.

Desejou que a Al Qaeda estivesse enviando o cilindro de metal para a grande casa branca na Pennsylvania Avenue.

CAPÍTULO VINTE E TRÊS

Salvaje Pulga estava sentado no jardim de sua fortaleza naquela tarde, esperando impaciente para que seus técnicos de computadores terminassem de arrumar os monitores e microfones para a videoconferência que estava marcada para dali meia hora. Não gostava muito de lidar com dispositivos e equipamentos eletrônicos, delegando essas tarefas sempre que possível. Chegou ao ponto que seus supervisores exigiram que os funcionários da casa tivessem habilidades básicas de informática para facilitar as comunicações diárias de Pulga.

Ele enfrentou uma enorme crise ao lidar com a fraude do ouro e, com sorte, essa conferência resolveria todos os problemas. Falou com os outros membros do Cartel pouco depois da meia noite e eles concordaram em adiar sua decisão até que ele consultasse Bauer e William Bruce. Haviam feito uma enorme pesquisa sobre os fatos atenuantes e as evidências sobre a Operação Blackout e concluíram que esse era realmente um plano engenhoso. Não queriam se retirar da operação a menos que fosse extremamente necessário, e deixariam Pulga resolver tudo.

Ele enfim entrou em contato com Enrique Chupacabra naquela manhã e, depois de uma discussão acalorada que foi esquentando cada vez mais, teve a certeza de que alguém estava tentando armar para o garoto de ouro de Pulga. Ele narrou detalhadamente como seus homens encontraram os contrabandistas de Murra no porto de Montreal, carregaram os caixotes nos caminhões de 18 rodas e os levaram diretamente para o Banco de Montreal. Eles ficaram em motéis locais até que os fundos de Medelín foram transferidos para o banco e, prontamente, pegaram novamente as barras de ouro e as levaram de volta ao porto, onde foram carregados novamente no navio de carga sardenho com destino à Colômbia.

"Ora, *mi patron*, use sua cabeça," Chupacabra protestou ao ponto de ser desrespeitoso. "Você pode verificar os registros e ver quando os sardenhos chegaram ao porto e pode verificar para ver quando nossos caras chegaram ao banco. No mínimo, os seguranças dos dois lugares teriam registrado as datas e horários que meus homens apareceram. Onde diabos arrumaríamos tempo para descarregar toda aquela merda e trocar o ouro de verdade por falsificações? Estamos falando de 60 toneladas de metal! Meus homens são o que, super-homens? O mesmo vale para o tempo entre o banco e o cais. Além do mais, estamos falando de 134 milhões de Dólares. Claro que é muito dinheiro, mas você e eu fizemos essa quantidade de dinheiro dezenas de vezes ao longo dos anos. Acha realmente que iria ferra você por essa quantia?"

"Certo, vou defender você," Pulga enfim cedeu. "Vamos falar sobre outra coisa. O que diabos está acontecendo em Liberty City?"

Conversei exaustivamente sobre isso com Johnny

Carmona," Chupacabra disse de forma impaciente. "Um cowboy chamado Jack Gain entrou na equipe de Johnie Sosa em Miami e mexeu com os jamaicanos antes de matar Johnnie pela porra de um quilo. Deu um tiro na cara de Sosa, mas o deixou vivo para entregar a mensagem. Aquele maldito idiota tentou colocar a culpa em mim. Ele mencionou algo para Johnnie sobre ter estado na reunião em Montreal e meus homens lembraram de um britanicozinho contando um monte de piadas e agindo como um idiota aquele dia no saguão. Estou imaginando que ele veio com aquela equipe da Europa, aqueles caras do Conselho."

"Aqueles europeus," Pulga rosnou. "Já é ruim o suficiente lidar com aqueles judeus Asquenazes de Montreal, ainda mais com os ingleses e aqueles outros desgraçados. Como podemos saber se eles não se juntaram para nos queimar pelos 140 milhões? Eles venderiam *mi compadres* no negócio, mas eu preferiria mandar toda a operação para o inferno!"

Pulga se sentiu muito melhor depois de passar tudo a limpo com Chupacabra. Confiava cegamente em seu executor e só precisava ouvir seu lado da história para ter paz de espírito. Agora, era uma questão de acertar as cosias com Montreal e os europeus, e descobrir se alguém ganharia alguma coisa com os 140 milhões. Seu pessoal concluiu que as inserções de tungstênio comprometeram cerca de 33% do peso de cada barra, então ele tinha sido logrado em cerca de 48 milhões de Dólares. De forma alguma fora uma mudança boba, mas de longe era mais sustentável. Foi o primeiro número que ele colocou na mesa quando a videoconferência começou.

"Certamente é uma quantia significativa e de

forma alguma estamos considerando essa situação como algo sem importância," Amschel Bauer apareceu com Nathan Schnaper do lado esquerdo da enorme tela de plasma que sua equipe colocara em uma das mesas de mármore no jardim. Do lado direito, estava a imagem de William Bruce. "Nosso pessoal está investigando a fundo a questão e pretendemos lidar com isso da forma mais conveniente possível."

"E o que diabos vai acontecer com o meu dinheiro?" Pulga exigiu. "Vocês sabem que represento o Cartel como um todo. Não foi somente o Salvaje Pulga que se ferrou, foi todo o Cartel de Medelín. Não quero que esse empreendimento lucrativo se transforme em um banho de sangue."

"Com certeza não queremos que o Cartel de Medelín seja de forma alguma prejudicado," Bauer o assegurou. "Sua organização é muito importante para nós para comprometermos nosso relacionamento por uma quantia tão insignificante. Fiz algumas ligações e acredito que podemos fazer uma reclamação junto ao seguro referente às barras que foram adulteradas. Na verdade, como nosso pessoal praticamente controla o banco, seguiremos em frente, transferiremos de volta para você os 40 milhões e esperaremos a determinação do nosso reembolso."

"A pergunta óbvia é como saberemos se não vão nos ferrar de novo?" Salvaje exigiu.

"Acho que começaremos essa parte da conversa com o Sr. Bruce," Bauer decidiu. "Até agora, ele deu garantias de que a equipe Sardenha levou as cargas de Belfast para Montreal e de Montreal para Medelín. O fato é que os sardenhos estiveram de posse dos itens por mais tempo do que qualquer outra pessoa envolvida no transporte. Acho que nem seria preciso dizer que um banco como o nosso não processaria conscientemente commodities adulteradas. Sem apontar o dedo, acredito que o Sr. Bruce pode continuar falando livremente em nome dos sardenhos."

"Não tão livremente," William fez sua jogada mestra. "Infelizmente, acabamos de começar a negociar com os sardenhos na tentativa de expandir nossa própria rede. Posso e vou dar garantias a respeito de Emiliano Murra, com quem tenho negociado diretamente aqui em Miami. Quanto a seu pessoal, estou começando a achar que é aí que reside o problema. Estou certo de que a Máfia Sardenha dificilmente arriscaria a possibilidade de ter seus laços cortados com o Conselho por tal quantia. No entanto, um contrabandista mais ganancioso de sua equipe poderia muito bem achar que vários milhões de Dólares valeriam uma boa jogada."

"Muito bem, cavalheiros," Bauer continuou. "O que também iremos garantir é que a partir de agora faremos uma verificação aleatória em todas as cargas para verificar a pureza das barras de ouro. Além disso, comunicaremos nossas seguradoras de que temos a confirmação de que existe commodities adulteradas sendo negociadas no mercado. Isso vai facilitar quaisquer outras reclamações que possamos ter que apresentar em nome da Colombian Exports."

"E deixe-me acrescentar que se descobrirmos quem está tentando arruinar esse negócio, minha equipe vai arrancar suas cabeças e atirá-las no meio da rua," Nathan Schnaper assegurou a todos.

"Vou me encontrar com Sr. Murra em algumas horas," William os informou. "Expressarei nossas preocupações e avisarei a vocês sobre quais medidas preventivas ele planeja tomar para evitar que isso ocorra novamente em um futuro próximo."

"Foi um prazer, cavalheiros," Bauer finalizou a videoconferência. "Entrarei em contato individualmente com vocês para que possamos reagendar o carregamento que está em espera na Flórida."

Salvaje Pulga ordenou que seus funcionários retirassem o equipamento de vídeo. Considerou suas opções em permanecer com seus negócios com os canadenses e com os europeus. Parecia que Bauer realmente ainda estava no controle da situação e Pulga tinha a certeza de que seu dinheiro seria devolvido.

Também decidiu firmemente de que muito sangue seria derramado antes de ferrarem com ele novamente.

Logo após a videoconferência, Shanahan ligou para o quarto de Morgana e não obteve resposta. Em seguida, ligou para a recepção e foi informado de que ela marcara o check out para as 11h da manhã. Ele vestiu uma camisa social de mangas curtas e umas calças e correu para o elevador para ver se conseguia alcançá-la. Apressou-se para chegar à suíte dela e encontrou a porta escancarada, como se o serviço de quarto estivesse ali, mas quando se aproximou, viu que ela estava sentada na cama ao lado de sua bagagem.

"O que está acontecendo, amor?" foi até o local onde ela estava sentada de forma desamparada e olhando para o tapete grosso e felpudo. "Quer dizer que nem ao menos ia me ligar para se despedir?"

"Eu--realmente pensei que as coisas estavam indo bem entre nós, William," ela disse calmamente. "Estava prestes a descer para o lobby, mas decidi esperar para ver se você ligaria."

"Então, isso não tem nada a ver com Fianna," ele concluiu. "Ouça. Por que não me deixa ligar para a recepção e peça para que sua reserva seja renovada. Vamos conversar sobre o que está incomodando você."

"Tenho uma amiga no aeroporto que tem alguns contatos, e eles fizeram algumas verificações," ela admitiu com seus lindos olhos cheios de tristeza. "Não existe nenhuma Universal Exports, não é?"

"Vou fechar a porta," ele disse e pegou a placa de Não Perturbe, colocando-a do lado de fora da porta antes de fechá-la suavemente. "Existe uma Universal Exports, mas não é o que parece ser. Na verdade, estou trabalhando para o Governo Britânico como uma espécie de investigador. Não posso contar tudo a você porque é altamente confidencial. Não tenho tentado esconder nada de você, garota. Apenas existem algumas coisas que estou tratando por aqui que é muito melhor para você não saber a respeito."

"Foi o que aconteceu com Fianna?" uma lágrima escapou de seus olhos cor de esmeralda. "Jack contou algo que ela não deveria saber?"

"Acho que não," ele disse e se sentou ao lado dela. Ela usava um vestido como era de seu feitio e o coração dele acelerou quando suas pernas se cruzaram ao seu lado. "Posso assegurar a você que Jack está muito preocupado com Fianna. Tivemos uma discussão sobre ela mais ou menos um dia atrás e vi um lado dele que ainda não tinha visto."

"Ele--ele está metido em problemas com a lei?" ela perguntou calmamente.

"Bem, deixa eu colocar dessa maneira," ele pigarreou. "Você sabe que nós dois somos da Irlanda do

Norte. Infelizmente, estamos em lados opostos, por assim dizer. O que para um lado é visto como um dever patriótico e fazer a coisa certa pela família e amigos, para o outro lado pode ser visto como um ato criminoso. Para falar a verdade, Jack estava do lado certo e pode-se dizer que eu nasci do lado errado. De alguma forma, nesse mundo maluco em que vivemos, os papéis se inverteram. Eu acabo sendo o herói e ele acaba sendo o bode expiatório de alguém em algum lugar. O que posso dizer é que, como nós dois podemos ver, ele está andando como um homem livre. Se fosse um homem ruim ou perigoso, certamente não estaria andando livremente por aí, não acha?"

"Ele é o homem que dizem que está preso na Irlanda?"

"Ele não está na prisão, Morgana," Shanahan a abraçou pela primeira vez e seu cabelo encostou em sua bochecha fazendo com que ele pudesse sentir o cheiro de seu perfume. "Ele é livre."

"Só preciso que me diga que Fianna vai ficar bem," ela conseguiu dizer.

"Tenho pessoas poderosas investigando isso," ele a assegurou. "Tenho quase certeza de que terei boas informações até essa noite."

"Se puder me prometer que nunca vai mentir para mim," ela fungou, "eu vou ficar."

"Contanto que entenda que existem cosias que não posso compartilhar, para sua proteção, eu nunca mentirei para você."

Ela segurou a mão dele e eles ficaram sentados em silêncio por um bom tempo. Enfim, ela ligou para a recepção e disse ao recepcionista que renovaria sua estadia.

Tanto ela quanto William perceberam que a relação deles tinha um longo caminho a ser percorrido.

Morgana e William passaram a tarde juntos caminhando pela praia e passeando pelo calçadão, entrando nas lojas e batendo papo com os lojistas e turistas. Shanahan decidiu que tiraria o dia para ficar com Morgana e assumiu uma personalidade diferente ao fazer isso. Viu-se muito parecido com o cachorrinho de olhos brilhantes e cauda peluda que fora enviado pela primeira vez ao Iraque durante a Operação Desert Storm quando se apresentou como voluntário ao exército. Isso foi antes de sentir o primeiro gostinho do capo de batalha, antes de ver um homem ser morto em campo, antes mesmo de ter matado um homem. Em uma época onde era desligado e despreocupado, anos luz antes do MI6. Agora sabia o motivo de ter levado tanto tempo para encontrar uma mulher como Morgana. Não saberia o que fazer com ela.

Foi um dia perfeito para eles, ambos vestiram camisetas, shorts e sandálias. Ele não conseguia lembrar quando fora a última vez que dera tanta risada e ela levou alegria a seu coração com sua risada alegre, seus olhos deslumbrantes e seu sorriso malicioso. Andaram de braços dados pelas ruas públicas e ele não pode deixar de explodir de orgulho ao flagrar com sua visão periférica os outros homens o olhando com inveja. Ela tinha uma alegria infantil com as coisas mais simples, conferindo cada loja de quinquilharias e bancas de souvenires. Em algum momento no meio do caminho, ele deixou de lado seus princípios fundamentais de se resguardar para uma mulher nascida no campo. Não tinha certeza de que encontraria novamente uma mulher tão linda e de espírito único já que, até aquele momento, nunca tinha visto uma mulher como ela.

"William, eu me diverti muito," ele a levou de volta a sua suíte depois de jantarem frutos do mar no restaurante Yuca. Morgana experimentou a Paella Cubana e Shanahan pediu o Mahi Mahi, ambos comendo metade de seus pratos antes de os trocarem entre eles. Terminaram uma garrafa de vinho branco antes de voltarem enquanto o sol começava a se pôr no porto.

"Eu também, amor" ele afastou uma mecha do cabelo dela de seu rosto. "Chamo você para o café da manhã a menos que algo aconteça. Agora, prometa que não vai ficar chateada se não for pontual. Tenho algumas coisas para resolver, mas isso não quer dizer que esqueci de você. Acho que nunca serei capaz disso."

"Certo," ela olhou profundamente em seus olhos. "Confio em você."

Imediatamente foi como se ele perdesse o controle de si mesmo desde muito tempo. Tomou-a em seus braços e encostou seus lábios nos dela com a língua se movendo em sua boca como se ela fosse um portal mágico para o êxtase. Ela correspondeu fervorosamente, beijando-o como se não fossem se ver nunca mais. Ele a puxou com força em sua direção e pode sentir seus seios voluptuosos encostarem em seu peito. Enroscou sua mão nos cabelos dela, segurando sua cabeça próxima a ele como se fosse a coisa mais preciosa que existisse...

"Vamos entrar," ela disse com voz rouca e lambeu levemente os lábios.

"Não," ele disse suavemente. "Oh, meu Deus. Tenho que ir a essa reunião, não tem como não ir. Você vai ser o meu fim, garota. Deixa que eu ligo para você amanhã de manhã, querida."

"Tudo bem, garotão," ela abriu a porta da suíte. "Não diga que não convidei."

"Você é muito especial para mim, Morgana," ele a abraçou mais uma vez e beijou seus lábios. "Muito especial."

"Você também não é fácil de esquecer, bonitão" ela piscou antes de fechar a porta.

Imediatamente ele se deu conta de que, independente de como essa missão acabasse, para ele e Morgana seria apenas o começo.

Mais tarde, na mesma noite, Shanahan esperava na frente do hotel usando seu traje de corrida preto quando o SUV preto de Murra chegou. Um de seus homens dirigia o Ford Escape e Murra estava sentado a seu lado com um terceiro homem quando estacionaram no meio-fio próximo a Shanahan.

"Que belo tempo estamos tendo" Murra o cumprimentou com um aperto de mãos. "Entre."

Shanahan sentou-se no banco do passageiro e eles foram em direção ao aeroporto. O Learjet de Murra estava a espera uma vez que planejavam ir à Cidade do Panamá, onde souberam que Chupacabra e seus homens foram vistos.

"Então tudo foi esclarecido com os colombianos?" Murra perguntou conforme aceleravam pela rodovia com o magnífico pôr do sol se transformando no azul noturno no vasto horizonte.

"Sim," Shanahan mentiu. "Tive uma videoconferência com o Cartel e os patrocinadores do empreendimento. Ambos concordaram que Chupacabra era um risco que não poderia mais ser tolerado. Dei meu total endosse a você e seu pessoal e eles me asseguraram que, se esse trabalho for concluído como o planejado, você seria o melhor candidato para inspecionar e supervisionar nossas operações conforme esse empreendimento avançar."

"Excelente," Murra sorriu e olhou pensativamente pela janela. "Excelente."

Shanahan avaliou os atiradores conforme Murra os apresentava antes de começarem a bater papo para passarem o tempo. Napolitano era um homem alto e entroncado que tinha um pouco de sotaque. Pellegrino era um homem nanico, mas tinha um brilho perverso nos olhos, o tipo de homem que cortaria uma garganta a qualquer momento. Pareciam bastante amigáveis, mas compartilhavam a aura mortal de seu mestre que faia Shanahan se sentir dentro de uma cova cheia de víboras.

"Então," Shanahan perguntou com naturalidade. "O que achou dos caras de Belfast? Pareceram confiáveis para nós. Estamos pensando que ter vocês e eles em conexão no porto seria o elo mais firme da corrente."

"Concordo," Murra acenou sabiamente. "Aquele Jimmy Burke e os irmãos O'Connor são verdadeiras joias. Se não parecessem tão irlandeses, juraria que eram sardenhos."

"Eles estão em um serviço com um dos meus parceiros," Shanahan acompanhou os outros em uma risada. "Fico feliz em saber que ele está em boa companhia."

"Sim, está," Murra mirou dentro dos olhos de Shanahan pelo espelho retrovisor. "Eu os conheci em Belfast quando estive lá preparando o primeiro carregamento. Eles me levaram para beber por toda a West Belfast. Deixe eu te falar que foi um dos momentos mais inesquecíveis da minha vida. Esses irlandeses com certeza sabem fazer festa."

"Você quis dizer East Belfast," Shanahan o corrigiu gentilmente.

"Não, foi em West Belfast," Murra respondeu de forma incisiva. "Fomos até Falls Roads, para um lugar que disseram ser uma fortaleza do IRA antigamente. Conheci alguns homens fortes que disseram ser veteranos do IRA. Claro, o Continuity IRA ainda está em ação assim como o Real IRA. Acredito que Jimmy e seus homens estão com o grupo Continuity, mas não tenho certeza."

O estômago de Shanahan começou a se revirar quando percebeu a situação em Jack Gawain se encontrava. Se Jimmy Burke e seus homens estivessem com qualquer um dos grupos dissidentes do Exército Republicano Irlandês, existia pouca dúvida de que saberiam quem era Jack, o Hacker. Começou a suar frio ao considerar o fato de que o MI6 conscientemente mandara Gawain para uma viagem só de ida com aqueles assassinos.

"Bem," Shanahan comentou, "fico feliz que vocês, companheiros, conseguiram se conectar dessa forma. É muito importante estabelecermos uma relação de confiança uns nos outros já que viajamos juntos pelas estradas do destino."

"Confio neles," a mão poderosa de Murra se estendeu e apertou o ombro de Shanahan de forma tranquilizadora. "Confio neles tanto quanto confio em você."

Shanahan olhou a paisagem sombria pela janela, esperando que o MI6 fosse tão confiável quanto em seu acordo com Jack Gawain.

CAPÍTULO VINTE E QUATRO

Horas antes, Joe Bieber e seus homens monitoravam suas comunicações eletrônicas a partir de diversas agências Federais, Estaduais e locais diferentes enquanto a busca pelos terroristas continuava por todo o sul do Texas. Tinham um escritório clandestino instalado em Galveston de onde combinavam esforços com a Homeland Security. O DHS, por sua vez, trabalhava em conjunto com o FBI, o DEA e o Serviço de Álcool, Tabaco e Armas de Fogo e Explosivos para rastrear o cilindro misterioso de Brownsville. Eles estavam fervorosamente compilando informações e armando uma jogada, sabendo que estavam em uma corrida contra o tempo.

O primeiro passo foi criar um perfil racial de todas as pessoas de ascendência árabe da região, tanto árabes-americanos quando imigrantes, e compilaram as informações em um banco de dados onde foram os eliminando através de um processo de qualificação superficial. Primeiramente, dividiram o banco de dados em categorias, separando homens maiores de 18 anos de menores de idade, mulheres e idosos. Em seguida, eliminaram os enfermos da lista. Depois, removeram todos aqueles que declararam descendência mista ou negaram o Islã como sua religião em registros públicos. Avançando para uma identificação mais positiva, ateram-se a todos aqueles que tinham antecedentes criminais, licenças para qualquer propósito ou campo de atuação, violações por tráfico e interações com a mídia pública.

Acabaram com um punhado de indivíduos, mas o que chamou a atenção de Bieber foi um homem chamado Mohammed Hassan. Ele havia sido detido logo após o 11 de setembro para interrogatório e o incidente pareceu levá-lo ao limite. Ele tinha uma página no Facebook onde defendia filosofias islâmicas radicais, assinava o Al-Jazeera e frequentava uma mesquita militante na área, assim como grupos de estudos islâmicos que estavam registrados no FBI como potenciais agitadores e subversivos. Após uma breve discussão com sua equipe, Bieber ligou para Jack Gawain.

Gawain, assim como Jimmy Burke e os O'Connor, estava de prontidão em um motel em Houston quando recebeu a ligação. Ele recebeu instruções detalhadas sobre o endereço de Hassan, o endereço de sua mesquita e o endereço de seus parceiros do grupo de estudos. Após uma breve reunião com Burke e os O'Connor, os cinco homens entraram em seu Ford Explorer alugado e se dirigiram para a casa de Mohammed Hassan em West Houston.

Hassan estava na internet quando ouviu a batida na porta. A pessoa do outro lado tinha um forte sotaque irlandês e disse que era do FBI. Hassan respondeu que queria ligar para o Departamento de Polícia e os notificar antes de abrir a porta. Houve uma breve pausa antes do homem do lado de fora da porta começar a chutá-la, destruindo o batente da mesma. Em seguida, enfiaram um pequeno pé-de-cabra pela porta e destruíram a corrente de segurança antes de quatro homens entrarem correndo porta adentro.

Hassan pegara um cutelo na cozinha, mas a visão da Glock na mão de Gawain o fez hesitar. Gawain arrancou o cutelo de sua mão antes de o acertar no rosto e o atirar em cima do sofá do pequeno apartamento. Do lado de fora, os O'Connor mostravam aos inquilinos identidades falsas e se identificando como sendo do FBI, avisando para que voltassem para seus apartamentos.

"Certo, mano," Gawain o agarrou pela parte da frente da camisa e o empurrou em cima do sofá, metendo a pistola embaixo de seu nariz ensanguentado. "Não tenho muito tempo para perder por aqui. Alguém de seu círculo de amizades está planejando um baita ataque em nome de Alá muito em breve. Preciso saber quem, o que, quando e onde, ou vou arrancar todos os dentes de sua boca só para começar."

"Vá se ferrar," Hassan murmurou. "Quero falar com meu advogado."

"Simplesmente não tenho esse tempo todo," disse Gawain, parando a sua frente e chutando o homem na virilha o mais forte que podia. Jimmy Burke riu e tremeu de forma debochada com a ferocidade do chute.

"É um gol do meio do campo, parceiro," brincou.

"Certo," Gawain agarrou Hassan pelos cabelos. "Você vai me ajudar?"

"Ah, acho que ele vai precisar de mais um," Burke subiu no sofá em cima de Hassan e começou a levar a mão em direção as pernas das calças.

"Não, não" ele implorou. "Não me bata de novo."

"Agora, escute," Gawain colocou o rosto próximo à orelha de Hassan e pressionou a pistola contra sua virilha. "Se você não me ajudar, vou meter uma bala nas suas bolas. Com certeza não vai matar você, mas vai desejar que tivesse matado."

"Por favor," Hassan engasgou. "Só existe uma pessoa que pode estar fazendo alguma coisa. Samir Farhat tem um barracão no Traders Village, em Eldridge. Ele é o único que tem contatos. Não sei de nada sobre alguém planejando alguma cosia, juro por Alá."

"Acho que isso significa 'sem mentiras' em árabe," Kevin O'Connor veio do corredor.

"Certo, você vem com a gente," Gawain o arrastou no chão pela gola da camisa, virando-o e algemando seus pulsos atrás das costas. "É melhor que essa seja sua melhor aposta porque se não encontrarmos nada, haverá um saquinho de mingau embaixo de seu criador de árabes."

Começaram a empurrar Hassan pelo corredor em direção à rua antes de uma pequena multidão se aglomerar no saguão. Edward e Danny os avisaram para se afastarem, mas os inquilinos começaram a tirar fotos com os celulares e a ligarem para o 911. Sem o conhecimento deles, tanto a polícia quanto o Gabinete do Xerife foram avisados pelo FBI sobre a situação e solicitados a atrasarem suas respostas até que os agentes tivessem deixado a cena.

"Certo, Aladim, vá para baixo do tapete mágico," Edward agarrou Hassan e o empurrou para o banco de trás do Explorer, onde os O'Connor o forçaram a sentar no chão antes de o usarem como um banquinho.

"Certo," Gawain disse a Burke, "vá em frente e olhe esse Traders Village no GPS e vamos indo."

"O que, essa coisa?" Burke puxou o dispositivo. "Como liga isso?"

"Ora, não brinca, dá isso aqui," Gawain rosnou, puxou o GPS e digitou comandos em sua interface. Em alguns minutos, o Explorer estava voltando para a I-10 indo em direção a Eldridge Road.

"Vocês não são do FBI," Hassan murmurou.

"Nem você" Danny respondeu e pisou no rosto de Hassan.

"Vocês têm que afrouxar as algemas!" choramingou. "Não consigo sentir as mãos!"

"Eu também não consigo senti-las," Edward riu. "Levante-as até aqui para que eu possa alcançá-las."

Gawain pisou no acelerador e o Explorer disparou pela rodovia, logo chegando à saída para Eldridge. Viraram para o norte e dirigiram por cerca de 13 quilômetros, dobrando a esquerda junto à Highway 6 pouco antes da Sam Houston Tollway. Hassan continuou a gemer e apelar, mas foi chutado pelos O'Connor para ficar em silêncio. Gawain foi até o portão da frente onde o segurança apareceu e os informou que as instalações estavam fechadas.

"Saia e cuide desse camarada," Burke pediu a Danny que desceu da caminhonete e enfiou uma arma na cara do guarda. Ele forçou o guarda a abrir o portão enquanto Gawain guiava o Explorer em direção a parte detrás das instalações. Edward aproveitou o espaço extra para puxar Hassan pelos cabelos e o colocar sentado para que pudesse ver pela janela.

"Certo, agora nos diga onde é a casa de seu amigo," ordenou.

Gawain seguiu as instruções de Hassan e estacionou em um barracão localizado no canto nordeste do estacionamento. Viu as luzes acesas em um trailer branco e estreito que estava estacionado pouco atrás de uma tenda e de um pequeno celeiro para armazenamento. Avisaram para Hassan ficar quieto enquanto o arrancava de dentro do Explorer e o empurravam em direção ao trailer.

"Quem é?" ouviram uma voz abafada depois de Gawain bater suavemente na porta.

"É Hassan," ele soltou. "É uma emergência."

Os irlandeses ouviram o homem gritar em árabe antes pudessem ouvir os ocupantes se agitando dentro do trailer. Gawain chutou a porta e atirou em um dos árabes que estava pegando uma Uzi atrás do sofá. Outro árabe abriu uma gaveta para pegar uma pistola antes que Gawain atirasse em sua nuca. O terceiro homem saiu correndo pela porta detrás e Kevin o perseguiu, efetuando um disparo após o qual somente o silêncio foi ouvido. Edward correu e enfiou a pistola na orelha do último homem.

"Certo," Burke perguntou a ele e enfiou Hassan dentro do trailer. "Onde está a maldita bomba?"

"Bomba?" choramingou o árabe. "Que bomba?"

Gawain saiu detrás dele e sem dizer uma palavra deu um tiro em Hassan bem no meio da testa.

"Como pode ver, não estamos de brincadeira," Burke parou em frente ao árabe que foi empurrado para o sofá por Edward. "Mais uma vez: onde está a bomba?"

"Que bomba?" insistiu o árabe. Com isso, Burke sacou impacientemente a pistola e deu um tiro no joelho do árabe. O homem gritou de agonia e Gawain deu um passo à frente pressionando a Glock contra a bochecha do homem.

"Agora, vou te contar," Gawain se inclinou sobre ele, "atirei bem nos dentes de um cara alguns dias atrás e ele não gostou nem um pouco. Ou você nos diz onde está a caixa ou vou atirar na sua cara."

"Merda," Kevin olhou para a parte da frente do mercado onde vários veículos da polícia e do governo convergiam para a entrada com as luzes de emergência piscando. "Temos companhia."

"Tenho muita coisa em jogo nesse serviço," Gawain murmurou. "Enrole-os se puder, preciso cuidar disso."

"Na parte detrás do galpão!" gritou o árabe ao perceber que não somente o jogo tinha acabado, como poderia ser poupado de outra bala vinda das mãos daqueles selvagens.

"Bom menino," Gawain deu um tapinha em sua cabeça antes de saltar para fora do trailer e correr em direção ao galpão com Burke logo atrás dele. Fez uma careta para a fechadura na porta e a explodiu com uma bala da Glock antes de abrir caminho entrada adentro. Tateou em busca do cordão para da luz de teto, acendendo-a e revelando uma enorme máquina de lavar posicionada na parte detrás do galpão. Gawain abriu a tapa e olhou para dentro dela onde as peças haviam sido removidas para abrigar um enorme cilindro de metal que se parecia com uma bala gigante.

"Agora, lá vamos nós," Gawain sorriu de satisfação, colocando sua pistola de volta na cintura enquanto os carros de patrulha começavam a frear na frente do trailer do lado de fora. "Essa é uma visão que se tem apenas uma vez na vida. Se isso não é uma ogiva nuclear, o que é?"

"Você acha que se metermos uma bala nisso, mandaríamos Houston inteira para o inferno?" Brincou Burke.

"FBI!" dois agentes usando coletes à prova de balas entraram intempestivamente pela porta por detrás deles. "Parados!"

"Relaxa, parceiro," Gawain acenou com a cabeça em direção à máquina de lavar. "Acabamos de encontrar sua maldita bomba para vocês."

"Certo, vocês dois, saiam devagar e me deixe ver suas mãos," os atiradores do FBI apontaram as armas para o irlandês.

"Por Deus," Burke deu um passo à frente com as mãos na altura da cintura enquanto os agentes pegavam sua pistola e o conduziam para a porta. "Deveria pensar que são você que estão nos fazendo um favor."

"Por Deus?" Gawain olhou para ele apertando os olhos. "Péssima escolha de palavras, você pode ser confundido com um maldito feniano."

"Escapou," Burke sorriu de volta.

"Olha, não sei o que vocês acham disso, mas levaremos esses meliantes para a cidade," argumentou um policial. "Isso é um massacre!"

"Nem pensar," um vice xerife foi inflexível. "Chegamos aqui primeiro. Eles vão direto para o Condado."

"Tenho novidades para vocês dois, cavalheiros," um dos agentes do FBI deu um passo à frente enquanto Gawain e Burke eram empurrados para onde os O'Connor haviam sido agrupados e desarmados. "Isso faz parte de uma investigação Federal. Assumiremos a partir daqui."

"Hey!" intrometeu-se o sargento encarregado da Polícia de Houston. "Tenho quatro corpos aqui, todos com disparos à queima roupa. Um cara algemado e outro com uma bala na nuca. Seu pessoal não tem nada sobre eles. Isso parece uma execução ao meu ver!"

"Deixe eu ajudar você com algo por aqui," o agente o confrontou. "Tenho certeza de que temos uma arma de destruição em massa no local. Vocês podem preencher toda a papelada que quiserem, mas se fizeram qualquer coisa para obstruir essa investigação, as chances são de que a Homeland Security vai retirar o seu distintivo."

"Vamos, pare de brincadeiras, essas caras estão meio irritados," Burke deu uma cotovelada em Gawain que movia os lábios zombando dos policiais.

"Deveriam estar irritados por serem tão estúpidos," Gawain falou alto o suficiente para a polícia e os agentes escutarem. "Se não tivéssemos pegado esses bastardos, as chances seriam de que toda essa porcaria de cidade tivesse ido pelos ares em uma nuvem em forma de cogumelo, e levado suas mulheres e filhos de brinde."

"Ele tem razão nesse ponto, cowboys," admitiu um dos agentes do FBI. "Teremos o esquadrão anti-bombas aqui em alguns minutos, mas o quadro lá dentro é terrível. Esses caras podem ter salvado a cidade inteira."

"Sou o Agente Starkey," o líder da unidade se aproximou do local onde os irlandeses foram reunidos. "Não sei o que vocês fizeram para fazer o serviço, mas no final das contas, provavelmente salvaram milhares de vidas. Todavia, haverá uma tempestade assim que essa notícia se espalhar, a menos que seu pessoal possa sacudir uma varinha mágica em algum lugar."

"Acabamos de receber notícias da CIA," outro agente disse calmamente. "Querem que vocês se apresentem no ponto de encontro de Galveston assim que possível. Disseram que James Burke tem todos os detalhes."

"Parece bom," Burke respondeu. "Acho que podemos pegar a I-10 bem ali, no final da rodovia."

"Sim, como se você fosse dirigir," Gawain resmungou. "Dá o endereço e eu vou configurar o GPS. Espero que possamos receber informações para que eu possa voltar para casa."

"Aye," Edward exclamou. "A América é um bom lugar para se visitar, mas certamente não gostaria de morar aqui."

Eles voltaram para o Explorer acompanhados de Danny que vinha do portão da frente, trazido pelos agentes do FBI. Os cinco partiram no meio de um comboio de veículos Federais e policiais em direção a sua próxima parada de encontro com o destino.

CAPÍTULO VINTE E CINCO

William Shanahan olhou pela janela do Learjet quando ele parou de deslizar na pista de pouso na Cidade do Panamá. Sabia que tinham uma pista sobre o paradeiro de Enrique Chupacabra e agora chegavam nesse ponto. Tratava-se de um assassinato, o primeiro que recebia ordens de realizar. Havia matado mais de trinta homens em campo, mas se tratava de um combate entre tropas aradas e forças hostis. Lembrou-se do primeiro homem que matara, sua alma dividida entre sua emoção de macho por ter eliminado um soldado inimigo e o remorso por ter acabado com uma vida humana. Eventualmente o dever venceu, mas a dissonância retornou quando matou o primeiro insurgente, um civil armado. Novamente, seu espírito perturbado suportou o conflito moral e, mais uma vez, o dever para com Deus e o país prevaleceu. Agora, fora chamado para ser o juiz, o júri e o carrasco para esse traficante, para esse assassino. Quem é que decidia quem tinha direitos e quem não os tinha? Nesse caso, era o MI6. E quem iria julgá-los?

"Parece que chegamos, William," Murra deu uma olhada pela janela através de Shanahan antes de soltar seu cinto de segurança e se levantar. "Hora de ir ao trabalho."

"Você tem um veículo a espera?" perguntou e esperou dois guarda-costas de Murra passarem a seu lado, pelo corredor.

"Sim, temos," ele respondeu. "É um Ford Expedition. Uma bela carona. Ele nos levará e buscará de qualquer lugar que precisarmos ir."

Murra informou a Shanahan que seu pessoal tinha feito contato com a equipe de Chupacabra e dito que queriam se encontrar perto do Bay Dunes Golf Course, próximo ao Panama City Mall, perto da Highway 231. Explicaram a eles que tinham um carregamento comprometido em Keys e precisavam movê-lo o mais rápido possível para evitar a malha fina da DEA quando vasculhassem a área. Também informaram aos colombianos que Shanahan e seu pessoal não puderam ajudá-los pois seus contatos eram limitados nos EUA.

"Acho que temos a armação perfeita," Murra assegurou enquanto os dois se dirigiam ao Expedition onde seus homens aguardavam. "A área é bem aberta. Verificamos na internet, não deve haver ninguém nas proximidades a essa hora da noite. Convencemos os colombianos que seria o lugar perfeito para entregarmos o dinheiro e pegarmos o produto. Claro que o que estamos levando é uma maleta cheia de jornal. Fornecemos a eles a latitude e a longitude e dissemos que nos encontraríamos do lado de dentro da cerca, próximo ao quinto buraco. Duvido que ele tenha mais de quatro homens com ele, vai ser uma moleza."

"Você disse a ele que eu viria junto?"

"Claro, sem problemas. Ele não vê você desde a conferência em Montreal. Ele sabe que o pessoal dele têm falado com o seu e sabe que você e eu temos nos encontrado quase diariamente. Pensará que essa é uma oportunidade de fortalecer os laços entre a sua equipe e a dele. Nunca vai esperar que o tiremos da jogada."

Por um estranho motivo, ele começou a pensa em Morgana e uma onda de culpa o invadiu. Sabia que se ela descobrisse sobre essa parte de sua vida, sobre se tornar um assassino de aluguel, existia a possibilidade de ela terminar o relacionamento. Ela olharia isso com a mesma perspectiva que ele o fazia, imaginando o que existia no fundo do coração de um homem capaz de tirar a vida de alguém fora de uma zona de guerra. Ele sabia que estavam ali para mexer com a cabeça de Chupacabra, mas a ideia de assassiná-lo nunca tinha vindo à tona. Obviamente, também precisavam tirar Murra dos trilhos e, literalmente, isso mataria dois coelhos com uma cajadada só, mas seu pensamento não tinha ido tão longe.

"Então, já sabe como faremos isso?" Shanahan perguntou.

"Você irá na frente quando nos reconhecerem e cumprimentará Chupacabra" Murra revelou. "Você me apresentará e eu me aproximarei, provavelmente ao mesmo tempo que Chupacabra. Darei um sinal e você se abaixa enquanto eu atiro nele. Então eu vou me jogar no chão a seu lado e meus homens acabarão com os homens dele."

"Parece um plano," William admitiu.

Atravessaram a rodovia em direção ao shopping e Shanahan não pôde deixar de considerar o quanto seu coração mudara ao longo dessa missão. O que agora percebia ser uma ambição cega tinha se extinguido quando se permitiu ver as coisas de um outro ângulo.

A desesperada necessidade de ser bem-sucedido estava sendo substituída por um senso de certo e errado mais forte do que aquele que conhecia anteriormente. Era como se seus padrões tivessem sido ajustados e corrigidos. Estava vendo Morgana para além da mulher linda que era, como se estivesse se permitindo ver que pessoa maravilhosa ela era bem lá no fundo. Assim que esse serviço terminasse, tiraria um tempo de folga e iria para algum lugar bem longe com ela, onde descobririam um ao outro e determinariam se estavam destinados a seguir juntos.

O Expedition finalmente parou diante do campo de golfe e eles diminuíram a velocidade enquanto atravessavam a rua deserta. Perceberam que as árvores ao longo da cerca cobriam a área com sombras, tornando mais fácil para que acessassem a propriedade sem serem notados. O motorista parou e estacionou o carro, em seguida eles desceram do SUV e olharam ao redor por um longo tempo antes de irem em direção à cerca. Um de seus homens tinha feito um alicate de titânio. Shanahan ficou bastante impressionado com a força das mãos do gangster enquanto ele abria rapidamente um buraco para eles entrarem.

Os cinco homens passaram pela cerca e se moveram rapidamente pelo gramado em direção ao quinto buraco. Os três atiradores calmamente trocaram comentários em italiano, indo na frente enquanto Murra e Shanahan iam logo atrás deles. O trajeto era bem iluminado embora os conjuntos de árvores e arbustos que cresciam de forma intermitente ao longo do caminho fornecessem cobertura o suficiente para que não fossem avistados de longe.

Saber que Murra mataria Chupacabra tornava tudo mais fácil embora a prática do ato tornasse tudo a mesma cosia. Os traficantes estavam sendo atraídos para o campo de extermínio para um massacre e o resultado seria o mesmo não importava quem fosse puxar o gatilho. O MI6 decidira que Chupacabra era dispensável agora que a operação do ouro estava concluída. Não estava claro como acertariam as contas com Murra ou o que fariam em relação a Fianna. O que era certo era que esses colombianos jamais retornariam a ela. Ela estaria em um lugar onde jamais ninguém a encontraria? Esse foi um pensamento que o deixou bastante receoso.

Os sardenhos sinalizaram para Murra e Shanahan pararem e eles se aproximaram de uma árvore próxima enquanto um dos homens corajosamente avançava em direção à clareira mal iluminada. Detectaram um movimento cerca de 27 metros à frente, observaram e esperaram até que uma figura solitária saiu do meio dos arbustos ao lado de uma passagem perfeitamente aparada.

"*Hola!*" gritou o homem.

Os sardenhos se afastaram das árvores e avançaram quase em uníssono. Cada passo era cauteloso e ponderado conforme se espalhavam e paravam a 10 metros de distância um do outro. Viram figuras vindo dos arbustos à frente, movendo-se da mesma forma e se espalhando de modo a parecer uma imagem espelhada de seus companheiros. Havia apenas quatro deles na linha de conflito, com uma pessoa solitária vindo de encontro aos sardenhos.

"Agora," Murra cutucou Shanahan com as costas da mão. "Vamos."

"Enrique," gritou Shanahan, avançando com Murra o acompanhando pela esquerda. Murra parou bruscamente a 20 passos e deixou Shanahan seguir em frente enquanto se aproximava de quem, agora, podia reconhecer como sendo Chupacabra.

"Sr. Bruce," gritou com o rosto quase invisível à distância. "Nos encontramos de novo."

"Acredito que é aqui que o jogo termina, William," ele ouviu Murra falar baixinho atrás dele.

"O quê?" ele perguntou, virando levemente a cabeça sem dar as costas aos colombianos.

"Tomei a liberdade de entrar em contato pessoalmente com o Sr. Chupacabra," Murra levantou a voz alto o suficiente para que Chupacabra ouvisse. "Não demorou muito para descobrirmos de onde veio o ouro adulterado ou quais as medidas seu pessoal tomou para colocar os colombianos e os sardenhos uns contra os outros."

"E agora você foi pego no meio disso!" Chupacabra rosnou e puxou uma pistola de um coldre de ombro localizado debaixo do paletó.

Os colombianos na linha de tiro sacaram pistolas automáticas de seus próprios paletós e começaram a disparar contra Shanahan. O colete Kevlar embaixo de sua roupa preta de treino absorveu os impactos brutais embora o corpo de Shanahan sacudisse a cada disparo. Ele cambaleou para trás, mas logo ouviu tiros vindos por detrás dele. Sentiu uma bala penetrar sua omoplata esquerda, virando-o de lado de modo que um segundo tiro atingiu seu bíceps direito antes dele cair de costas na grama.

Ouviu darem ordens de ambos os lados e, enfim, um atirador de cada lado se aproximou para verificar Shanahan enquanto ele estava deitado de costas na grama. William avaliava sua posição o melhor que podia, verificando que estava na base de um aclive, não muito longe de onde os dois grupos estavam. Estava bem protegido pelas sombras e eles teriam que se aproximar para ver onde ele tinha caído.

Tinha conseguido sacar sua arma enquanto caía, uma tática que praticara por horas a fio durante o treinamento e exercícios práticos ao longo de sua carreira. Manteve o braço direito ao lado do corpo, escondendo-o o melhor que podia, e deixou os outros membros bem abertos como alguém que está mortalmente ferido. Os impactos em seu torso foram como se tivesse levado uma porrada de um campeão dos pesos pesados e ele estava tendo dificuldade em recuperar o fôlego. Suas costas, braço e perna direita estavam um tanto dormentes e ele sabia que o tempo era essencial. Sabia que a dormência logo seria substituída por uma dor lancinante. Um fluxo constante de sangue logo o deixaria fraco e grogue. Teve que formular um plano de fuga antes que acabassem com sua vida e sua carreira terminasse nesse campo de golfe estrangeiro a mais de 1600 km de sua casa.

"*Alli esta*" um dos colombianos chamou ao avistar Shanahan. "*Esta muerto.*"

O colombiano e o sardenho vieram dos dois lados dele. Shanahan esperou alguns segundos antes de se encolher, disparando em ambos os alvos e metendo uma bala em suas cabeças com tiros precisos. Em seguida, começou a rolar para o leste até outra depressão no campo onde se situava uma vala de drenagem. Ele ouviu os dois grupos gritando e dando ordens, espalhando-se para o norte e para o sul em cada um dos lados dele.

"William, isso é inútil," Murra gritou. "Entregue-se e eu o manterei vivo para um resgate. Deixarei seu pessoal barganhar por sua vida. Você sabe que sou um homem de negócios, não gostaria que isso acabasse sem que ninguém lucrasse nada."

Shanahan sabia que restavam três sardenhos e quatro colombianos. Decidiu que tinha que empatar o jogo. Rastejou sobre os cotovelos e abriu as pernas para ficar o mais próximo possível do chão enquanto ia em direção à vala. Ficou feliz em descobrir que caíra em um declive usado para acomodar água corrente e rolou duas vezes para chegar até ele.

"*Alli!* "*Alli!*" um dos colombianos gritou ao avistar Shanahan. Ele começou a disparar contra Shanahan, que estava quase de cabeça para baixo já que estava deitado de costas. No entanto, era outra posição familiar para um atirador do SAS habilmente treinado e cujos disparos arrebentaram a testa do inimigo antes dele cair para trás e sair de seu campo de visão.

"Aponte sua arma para você mesmo, Bruce!" Chupacabra gritou de longe. "Acabe com isso agora! Se acabar suas balas e eu te pegar, você desejará nunca ter nascido!"

Shanahan deu uma risadinha sombria ao considerar que a Glock 17 tinha balas o suficiente no pente e que só tinha efetuado quatro disparos até aquele momento. Ainda tinha treze balas, mais do que o suficiente para abater seis homens. Além disso, se conseguisse chegar até qualquer um dos atiradores abatidos, poderia pegar suas armas. Esse jogo estava longe de acabar. No entanto, podia sentir a dor latejando em seu braço, ombro e perna, e sabia que eles seriam capazes de resistir por mais tempo que ele. Ainda assim, à medida que o dia se aproximava, o inimigo tinha cada vez menos tempo a perder.

Ele podia reconhecer o movimento dos dois lados e sabia que estavam tentando cercá-lo. Conseguiu avistar um Bunker Greenside no meio de um trecho de pedras lisas alinhadas perto da vala que faziam parte do projeto paisagístico e decidiu aproveitar sua proteção. Rolou e rastejou em direção às pedras brancas e, de repente, o campo explodiu em balas ricocheteando nas pedras a seu redor. Começou a rolar novamente assim que outro tiro atingiu seu colete à prova de balas. Esse disparo em particular foi capaz de abrir um buraco no colete de forma que uma umidade pegajosa se espalhou pelo seu peito. Ele viu um dos sardenhos correndo em direção a sua posição e o abateu com dois tiros abaixo do ombro do lado esquerdo.

Sabia que era um ferimento grave e podia sentir que tinha interferido na respiração dele. Quase que maliciosamente, ele pegou algumas pedras e as enfiou no bolso, na esperança que poderiam ser úteis nos próximos minutos. Sabia que o inimigo tinha que acabar com aquilo o mais rápido possível para evitar de ser detectado pelos proprietários assim como para evitar quaisquer perdas futuras. Conseguia ouvi-los gritando de um lado para o outro, tomando cuidado para não se exporem agora que sabiam que Shanahan era um atirador experiente.

"William, vamos pensar juntos," Murra gritou no meio da escuridão. "Isso é inútil. Esse tiroteio vai chamar atenção e, se a polícia chegar, a situação vai ficar fora de controle."

"Certo," Shanahan gritou de volta. "Diga para os colombianos irem embora e mande seus homens aqui para me ajudarem. Levei um tiro na perna e não consigo levantar. Se os colombianos forem embora, deixarei que me leve de volta para que eu possa ligar para o meu pessoal em Londres. Eles pagarão um bom dinheiro para me terem de volta, você sabe disso."

"Enrique," a voz de Murra atravessou o campo. "Isso me parece justo. Se você e seus homens forem embora, levarei o Sr. Bruce de volta com a gente. Vou resolver as coisas com o Conselho dele e mandá-lo de volta para a Europa."

"Muito bem, Sr. Bruce," ecoou a voz de Chupacabra. "Esperamos nunca mais nos vermos novamente."

Shanahan se apoiou nos cotovelos e conseguiu ver as silhuetas dos colombianos que saiam do meio das sombras dos arbustos. Começaram uma discussão enquanto os sardenhos lentamente apareciam por entre as árvores do lado oposto. Murra fez um gesto com a mão e os colombianos gradualmente começaram a se retirar do campo. Shanahan percebeu que provavelmente eles estavam coordenando seus esforços pelo celular e ajustando os planos para adaptarem sua jogada.

Shanahan contou até três e reuniu toda a sua força antes de se levantar rapidamente e disparar quatro tiros nos colombianos, girar e atirar nos sardenhos. Ele escorregou e caiu no chão enquanto as balas vindas de ambas as direções passavam voando por ele. Rolou para longe do Bunker Greenside, voltando ao declive onde tinha caído anteriormente.

"Você é um homem morto, William," a voz de Murra estava cheia de ódio. "Vai desejar estar morto quando eu te pegar."

Shanahan sabia que agora as coisas eram entre ele, Chupacabra e Murra. No entanto, não tinha dúvidas que esses eram os seus inimigos mais mortais. Esses dois homens eram assassinos experientes e sentiriam um grande prazer em acabar com a vida de William.

Esse seria o fim do jogo e ele precisava jogá-lo como nunca jogara antes.

"Certo, somos só nós três," ele gritou. "Acho que devemos diminuir nossas perdas e ir embora agora. Fiz o que vim fazer aqui. Voltarei para a Europa e você nunca mais vão me ver."

"Você fez merda, Bruce!" Chupacabra gritou e sua voz vinha do lado noroeste, à sua esquerda. "Agora é tarde demais para você!"

Shanahan pegou uma das pedras do bolso e a atirou para o lado direito, na direção sudeste. A pedra bateu próximo ao Bunker Greenside e o barulho fez Murra disparar algumas vezes. Agora ele podia dizer que Murra se aproximava pelo Sul e que eles planejavam convergir na direção de Shanahan enquanto ele estava na base do aclive. Começou a rastejar lentamente para a esquerda, movendo-se para o oeste, e a dor em seu braço, ombro e perna agora queimavam como se estivessem começando a pegar fogo.

Conseguia ouvir a voz de Chupacabra ecoar baixinho vindo da direção norte, a cerca de 18 metros dele enquanto se comunicava com Murra pelo celular. Sabia que estavam se aproximando dele e que seu próximo movimento determinaria o desfecho desse conflito. Pegou outra pedra do bolso e esperou até conseguir adivinhar a posição de Murra antes de saltar novamente.

Agachou-se e atirou a pedra da melhor forma que pôde na direção de Chupacabra enquanto atirava descontroladamente na direção de Murra. Lançou-se para frente e rolou uma e depois duas vezes com a movimentação quase invisível devido a proteção do aclive. Estava apostando todas as suas fichas para que vissem sua sombra correndo ao longo do aclive em direção às árvores apenas a 18 metros na direção oeste à sua frente.

Foi então que tanto Murra quanto Chupacabra determinaram que William estava fugindo desesperadamente na direção das árvores em busca de segurança. Os dois correram na direção do aclive ao avistarem a figura diante deles e dispararam uma saraivada de tiros no alvo em movimento. Houve uma estrondosa troca de tiros que de repente se transformou em um silêncio assustador.

Shanahan se agachou e olhou para os dois lados enquanto Murra e Chupacabra olhavam-se incrédulos, cambaleando com o choque ao verem seus torsos crivados com as balas um do outro. Sangue jorrou de seus peitos enquanto cambaleavam como se estivessem embriagados e tentavam manter o equilíbrio, permanecendo a uma distância de 20 metros um do outro. Depois de um longo momento, Enrique Chupacabra deixou a pistola cair antes de seus joelhos dobrarem e ele cair na grama. Emiliano Murra viu Shanahan se levantar e se posicionar com a Glock apontada para ele. Murra levantou a mão, mas sua pistola escorreu por entre seus dedos antes dele cair morto no chão.

Shanahan mal conseguiu colocar a pistola no coldre uma vez que a dor percorria seu corpo dos ombros até as panturrilhas. Cambaleando, foi até onde se encontravam os atiradores de Murra e vasculhou o bolso do homem que reconheceu ser o motorista do Expedition. Puxou as chaves do SUV do bolso do homem e começou a caminhar de forma cambaleante em direção à cerca, instintivamente voltando para o lugar onde tinham entrado. Conseguiu ouvir as sirenes da polícia que fora enviada ao campo de golfe para responder aos chamados relativos ao tiroteio. Passou pelo buraco na cerca, andando de forma cambaleante até o Expedition e conseguiu entrar no SUV. Ligou o carro e se afastou do local, na esperança de encontrar um lugar isolado onde pudesse tentar se manter vivo.

CAPÍTULO VINTE E SEIS

O Ford Explorer zuniu pela I-10 a caminho de Galveston com os três irmãos espremidos no banco detrás tentando dormir um pouco conforme se aproximavam de seu destino. Forma enviados para um estacionamento de trailers em Port Bolivar, onde um Winnebago havia sido deixado para eles. Lá, encontrariam provisões, itens necessários e instruções com as quais poderiam encerrar seus negócios com o MI6 e pegar um voo de volta para Belfast.

"Certo, companheiros, fiquem atentos," Jimmy Burke avisou e despertou os O'Connor de sua soneca. "Aqui está a Highway 87 no mapa."

Jack Gawain deu uma olhada na tela do GPS e percebeu que a State Highway 87 era a única via importante nas proximidades. Notou que tinha uma ponte em Rollover Pass passando por reparos e que toda a área ainda estava sendo inspecionada pelo Departamento de Transporte do Texas em busca de danos causados pelo furacão. Naquela hora da noite, a área estava deserta, mas placas de perigo e luzes de advertência podiam ser vistas por todo o lado.

Gawain ainda estava considerando as ramificações e ponderando as implicações do que tinha sido feito naquela noite. Aquilo o lembrara de um filme ianque chamado 'Os Doze Condenados' onde presidiários militares condenados recebiam liberdade condicional para participarem de uma missão de sabotagem. Nunca mostraram o que aconteceu depois que os condenados foram libertados. Perguntou-se como o governo se justificaria ao colocá-lo de volta nas ruas como um homem livre. Se divulgassem o que tinha feito, ele se tornaria um herói nacional, mas o governo sofreria críticas severas a respeito de como a missão tinha sido cumprida. Se revelasse o que fizera em Liberty City, quem sabe o que isso acarretaria. Negócio complicado.

"Vou dizer uma coisa, Sr. Gain, que trabalho notável você fez naquele lugar, simplesmente notável," Jimmy Burke relaxou em seu assento quando uma garoa começou a cair. "Nunca imaginei que aqueles cabeça de turbante abririam o bico tão rápido como fizeram. Certamente você tem um dom para a persuasão."

"Bem, quando se trabalha com prazos, às vezes, você tem que saber exatamente qual o maior incentivo que se pode dar para um companheiro," Jack sorriu e ligou o rádio. Ele mexeu no dial até encontrar uma estação de death metal e manteve o volume alto o suficiente para ser capaz de discernir os vocais e a melodia.

"Por que diabos você está ouvindo essa maldita porcaria?" Danny deu um tapa de brincadeira no encosto de cabeça do bando do motorista.

"Para te mantes acordado, parceiro," Jack respondeu. "Nunca se sabe se vamos encontrar outra barricada ou ponto de inspeção. Não vai adiantar nada se você estiver dormindo e tivermos que trocar tiros para sair de uma enrascada."

"Bem, talvez possamos apenas ficar aqui sentados e deixar você abrir o caminho," Edward provocou.

"Posso ser útil com uma lâmina, mas não sou à prova de balas," Jack olhou para os três irmãos pelo espelho retrovisor e agora eles pareciam bem acordados.

"Aye," Kevin abriu um sorriso largo. "Sabe, isso me lembra um cara que costumava jogar esse jogo tempos atrás. Diziam que se você estivesse sob a sua lâmina, não existia nada que você não falasse, nem mesmo os detalhes de como sua mãe e seu pai faziam sexo. Quando estava lá sentado, admirando seu trabalho, não pude evitar de pensar nisso. A forma como bateu naquele bastardo com as costas da lâmina, não havia jeito de dizer quando ia virar o gume para ele. Diabos, quando você virou a lâmina para ele, poderia dizer que ele contaria qualquer coisa que você quisesse só para ele sair de lá."

"E é melhor que ele tenha feito isso, poderia ter sido muito pior," Jack pressionou o pino no apoio de braço abaixo da janela para se assegurar de que todas as portas estavam trancadas.

"Agora, quem era aquele sujeito?" Danny perguntou de forma interrogativa. "Sei que o pegaram em Maghaberry. Alguns dos caras que foram soltos falaram sobre ele. Ele estava na seção dos protestantes, na segurança máxima. Acho que ele foi pego por fraude de computador, não foi?"

Jack ligou os limpadores de para-brisa ao perceber a placa de desvio cerca de 20 metros à frente. Sorriu de forma sombria quando os outros se juntaram a Danny em risadas ruidosas.

"Essa foi uma grande piada," Kevin gargalhou. "O Hacker, não era?"

"Dizem, tenho uma ótima para você," Gawain interrompeu alegremente. "Lembra daquele lugar lá em Glen Road? Um de você não esteve lá uma vez, naquela escola primária?"

"Sim, St. Mary's," respondeu Danny.

"Foi o que pensei," Gawain sorriu.

Imediata e simultaneamente ele abriu a janela, colocou o som do carro no máximo e pisou fundo no acelerador. Os irmãos começaram a gritar quando Gawain soltou seu cinto de segurança, pegou uma caneta do console entre os bancos da frente e a enfiou no olho de Jimmy Burke. Burke soltou um grito angustiado quando o Expedition bateu nas barricadas, sacudiu com os buracos na ponte e bateu nas grades de proteção no meio da escuridão na Galveston Bay. Gawain saltou pela janela do carro enquanto o SUV afundava e os O'Connor gritavam e berravam tentavam alcançar as fechaduras e tirar os cintos de segurança. Jimmy Burke estava em um ataque de agonia, segurando debilmente o globo ocular dilacerado sem se importar com nada mais nesse mundo. Ninguém estava em condições de fazer nada quando Jack Gawain saltou para fora do Explorer, pouco antes de jogar água para todos os lados ao mergulhar de cabeça na baía.

William Shanahan adentrou na seção Allanton na Cidade do Panamá e avistou uma farmácia 24 horas em uma área escassamente povoada. Mais uma vez, reuniu todas as suas forças e se arrastou para dentro da loja, dirigindo-se ao balcão nos fundos. Uma balconista lia uma revista enquanto o farmacêutico estava ocupado na parte detrás preenchendo os pedidos que seriam pegos pela manhã. Shanahan perguntou se poderia ir ao ambulatório pois tinha cortado o braço e achava que precisaria de um antibiótico. Explicou que caíra da bicicleta e mal conseguia mexer os braços. A balconista teve pena quando ele perguntou se ela poderia ajudá-lo com a jaqueta e ao ver o sangue manchando sua mão direita.

Quando ela ativou a campainha para abrir a porta dos fundos, Shanahan invadiu o local e apontou a arma para os funcionários. Fez com que deitassem de bruços no chão de linóleo e amarrou levemente suas mãos atrás das costas antes de pegar uma sacola grande e enchê-la com suprimentos médicos.

"Você está muito ferido, cara," o farmacêutico falou deitado no chão assim que viu os pingos de sangue deixados pelos tênis de Shanahan. "Deixe a gente levantar e eu cuidarei de você. Vamos dar tempo para você fugir antes de ligarmos para alguém."

"Aye, uma bela injeção de morfina ajudaria, não?" Shanahan sorriu levemente. "Dizem, odeio ser um bastardo, mas vou pegar sua jaqueta. Enviarei dinheiro em alguns dias."

"Sem problema," o farmacêutico girou até o seu lado. "Isso são ferimentos de balas. Você está perdendo muito sangue."

"Bem, esse é o motivo pelo qual parei," ele respondeu. "Melhor prevenir do que remediar."

"Olhe, você não vai conseguir nem ao menos descer a rua."

"Se fizer a gentileza de me deixar fugir, aposto que consigo," Shanahan disse enquanto saía correndo pela porta, afastando-se da farmácia, voltando até o SUV e descendo a rua.

Sentiu como se estivesse dirigindo bêbado, uma sensação que não tinha desde seus últimos dias no Afeganistão. Lembrou-se de sua última noite com seus companheiros da SBS antes de ser enviado de volta ao Reino Unido quando fora designado para ser o motorista já que seus companheiros de pelotão mal conseguiam caminhar depois de consumirem quase uma caixa de uísque. Sua visão estava turva e tinha dificuldade em manter os olhos abertos, sendo necessário morder a parte interna das bochechas e a língua para se manter acordado. Ele seguiu em frente até avistar um motel decadente fora dos limites da cidade, desviou da saída e parou em um estacionamento quase vazio.

Conseguiu tirar o casaco de moletom esfarrapado e encharcado de sangue e o substituiu pelo casaco da Wall Mart feito de lã do farmacêutico. Entrou no escritório do motel cheio de pulgas e pediu um quarto nos fundos da propriedade, pagando com o dinheiro que tinha na carteira. Sabia que a CIA ou o MI6 provavelmente estavam monitorando todas as transações eletrônicas feitas pelo cartão de crédito que lhe fora dado pela Firma. O gerente deu a ele o cartão-chave e ele voltou ao Explorer, estacionando-o nos fundos.

Morgana McLaren não conseguia dormir, preocupada com Fianna e com seu relacionamento com William. Tinha certeza de que William investigaria sobre Fianna, mas estava com muito receio sobre o que ele poderia descobrir. Enquanto pensava sobre sua conversa com Lakeesha, considerou com tristeza a possibilidade de Fianna de fato estar em um jato particular que poderia tê-la levado a qualquer lugar do mundo. Ela poderia estar em alguma floresta remota na Colômbia e nunca mais ouviriam falar sobre ela.

Isso gerou especulações ainda maiores sobre como os colombianos se interessaram por Fianna e o que William ou Jack teriam a ver com isso. Sabia que os colombianos eram os maiores traficantes do mundo e que William havia dito que estava fazendo algum tipo de investigação para o Governo Britânico. Poderia muito bem ser um negócio muito perigoso e, se Jack Gawain tivesse algo a ver com a pessoa que deveria estar na prisão na Irlanda do Norte, isso seria algo que nem ela e nem Fianna deveriam ter se envolvido. Precisava ter uma conversa séria com William e descobrir para onde tudo isso a estava levando.

O barulho do telefone a despertou de sobressalto e ela se sentou na cama antes de se virar na direção do telefone sobre a mesa de cabeceira.

"Alô?"

"Morgana."

"William. Onde você está?"

"Estou em West Florida, fora dos limites da Cidade do Panamá."

"Você não parece bem. Você está bem?"

"Na verdade, estou em situação um pouco complicada no momento. Não deveria ligar para você, mas você é a única pessoa que posso confiar nesse momento. Tem alguma maneira de você vir para cá?"

"Você está ferido?" ela acedeu a luz e percebeu que já estava quase amanhecendo. Você está em algum tipo de problema?"

"Não estou na minha melhor forma nesse momento," ele disse. "Deixe eu te dar o endereço de onde estou. Se puder trazer o café da manhã e algumas bebidas geladas, eu agradeceria muito."

Ela anotou o endereço antes de ligar para o aeroporto e fazer uma reserva de última hora. Vestiu-se às pressas, colocou um moletom preto, jeans e tênis antes de colocar na bagagem de mão uma muda de roupas e objetos pessoais. De repente, percebeu o quanto estava apaixonada por William. Ela não o conhecia muito bem, embora soubesse que provavelmente teria feito sexo com ele na noite anterior. Ambos tinham encontrado sua alma gêmea um no outro e ela sabia que era por isso que ele a telefonara e que era por isso que estava indo ao seu encontro. Ela não tinha um relacionamento há muito tempo, mas sabia que isso era o certo para ele e não queria deixá-lo sozinho em qualquer que fosse a situação em que ele se encontrava.

Pegou o elevador, desceu até o lobby e saiu pela porta da frente onde fez sinal para um táxi. O táxi voou pela rodovia a caminho do aeroporto e ela fez uma oração para que conseguisse chegar a tempo de ajudar. Rezou para que tudo ficasse bem quando tudo fosse esclarecido. Acima de tudo, rezou para que William não estivesse envolvido em algo que ela fosse incapaz de ajudá-lo.

Shanahan tirou as roupas e ligou o chuveiro o mais quente que seria capaz de suportar. Em seguida, soltou a rolha da banheira e se sentou por um tempo, deixando que a água o reanimasse da melhor forma possível. Havia sido ferido em três locais na perna direita e conseguiu estancar o sangramento antes de cuidar do corte no braço direito. Seu colete Kevlar estava um lixo, embora ele tenha conseguido arrancar a bala entranhada no Kevlar do buraco na altura do peito. A rajada de balas dos colombianos mandou o colete para o inferno e foi um milagre que ele tivera resiliência o bastante para evitar que o último disparo o matasse. Não conseguia alcançar a bala alojada em sua omoplata e tudo o que podia fazer era rezar para que Morgana chegasse a tempo.

Deixou a porta destrancada porque sabia que poderia não ser capaz de atendê-la caso ela chegasse no momento em que estivesse mais fraco. Observou a água ensanguentada escorrendo pelo ralo e deu uma risadinha sarcástica, pensando no quanto isso o lembrava de uma cena de *Psicose*. Seu ombro esquerdo estava completamente dormente e seu braço era praticamente inútil. Seu braço direito estava doendo e ele mal conseguia usá-lo para mudar de posição. Tinha ficado de cuecas porque existia uma nítida possibilidade de que não seria capaz de se levantar e se cobrir quando Morgana chegasse. Havia tomado alguns analgésicos, mas não ousou se medicar ainda mais. Se ela entrasse e o encontrasse inconsciente, muito provavelmente chamaria uma ambulância. A partir daí, seria uma questão de tempo até que todos soubessem onde ele estava.

Ele apagava e acordava, desvanecendo até uma dor aguda e intensa o acordar novamente. Sua perna esquerda era seu único membro bom e ele se apoiou sobre ele para redistribuir o peso para aliviar seu corpo machucado da melhor forma que conseguia. Não tinha ideia de que horas eram e sentiu uma dor de fome devido ao seu metabolismo acelerado. Também sentia muita sede e mal conseguia pegar água da banheira com as mãos, levá-la até a boca e beber. A perda de sangue o desidratara um pouco e ficou grato por ter mijado apenas uma vez.

Conseguiu ouvir uma batida na porta, uma pausa e uma nova batida. Sabia que esse era o momento da verdade. Se fosse o serviço de quarto, um ladrão ou alguém que encontrasse quem estava procurando, estaria tudo acabado. A água quente tinha reanimado um pouco seus membros e ele conseguiu mexer os braços com um grande esforço para se apoiar e virar para o lado direito, olhando para a porta. Ele ancorou o pé esquerdo no canto da banheira e se ergueu para que pudesse apoiar o peito na parte lateral da banheira.

"William!" ouviu a voz adorável de Morgana como um anjo que chamava do paraíso. "Oh, meu Deus, o que está acontecendo aqui!"

"Morgana!" ele gritou.

"Oh, meu Deus!" ela ofegou quando surgiu na porta com os olhos esbugalhados. "William, não se mexa, vou chamar uma ambulância!"

"Não!" ele insistiu. "Sem polícia e sem médicos! Preciso que me ajude! Venha e me ajude a sair daqui!"

Ela entrou no banheiro repleto de vapor e tentou o melhor que pôde evitar de ver sua nudez. Colocou a mão embaixo da água corrente e desligou o chuveiro, em seguida olhou com pavor quando ele se ergueu com uma força recém descoberta.

"William! O que aconteceu aqui!"

"Vamos, coloque uma toalha sobre os ombros para não ficar toda molhada," ele disse a ela e se forçou a ficar em pé, tentando não se apoiar em sua perna direita. "Veja se consegue me ajudar a manter o equilíbrio para irmos até o quarto, tenho suprimentos por lá."

De repente, percebeu que Deus colocara Jack Gawain em sua vida para aquele momento. A missão teria o levado até aquela exata situação independente de Jack Gawain já que Jack não tinha conhecimento do que acontecia. No entanto, ele e Morgana jamais se conheceriam se Gawain não tivesse quebrado todas as regras. Nunca ficara tão feliz em ver uma mulher em sua vida. Não havia anjo no céu que poderia ser mais lindo para ele ou mais desesperadamente necessário.

"William, me escute," ela disse de forma fervorosa com os olhos sombrios. "Tem um buraco nas suas costas. Tem ferimentos em sua perna. Você tem cortes em seu peito e nos dois braços. Se infeccionarem, você vai morrer!"

"E quanto a minha bunda?" ele mancava de forma dolorosa e estendia a mão para ela em busca de apoio. "Na beira da piscina, umas senhoras disseram que você não era de se jogar fora."

"Espero que não ache isso engraçado" ela pegou outra toalha e tentou o secar enquanto o ajudava a chegar no quarto ao lado. "O que está planejando fazer?"

"Temos que tirar a bala das minhas costas," ele gemeu conforme seguiam em direção ao quarto onde tinha jogado as sacolas de compras com os suprimentos médicos. "As outras entraram e saíram, essa tem que ser a próxima."

"Oh, meu Deus," ela exclamou quando ele se afastou e caiu de cara na cama. "Você foi baleado? Quem atirou em você? Alguém tentou te assaltar?

Aquele Expedition lá fora é seu? Por que não pode ir à polícia?"

"Eu te disse que estava trabalhando para o Governo Britânico," ele ofegou e se forçou a ficar sentado enquanto começava a vasculhar as sacolas de compras. "Estava envolvido em uma operação complicada que deu errado. Uma das pessoas suspeitas no caso fez uma jogada para cima de nós. Houve um tiroteio e eu fui atingido."

"Todos esses ferimentos são de bala?" ela olhou horrorizada para o ferimento cercado de pele preta e azulada que sangrava em sua omoplata.

"Infelizmente," ele murmurou enquanto tirava coisas das sacolas. "eu estava usando um colete à prova de balas ou pelo menos é o que dizem. As coisas poderiam ter sido muito piores. Além disso, também tive a sorte deles não serem os melhores atiradores do mundo."

"William, deixa eu ver essa ferida no peito," ela insistiu.

"Morgana, querida, me escute com atenção," ele se virou para ela. "Não tenho certeza do quanto aqueles seus amigos lhe contaram, mas passei 10 anos no Iraque e 5 anos no Afeganistão. Isso dói como o inferno, mas é trivial para mim nessa altura do campeonato. Agora, entendo que isso pareça ruim para você, mas não é o que parece. Ruim é estar deitado de costas, sem respirar e sem nunca mais fechar os olhos. O que você precisa fazer é retirar esse projétil de minha omoplata."

"Não consigo!" ela lamentou. "Não sou enfermeira, mal sei fazer uma RCP!"

"Ouça," ele a entregou alguns itens. "Isso é um anestésico local, você só precisa injetá-lo a cerca de 2 cm do buraco. Espere alguns segundos e então comece a aplicar o antisséptico na ferida. A partir daí você precisa pegar essas pinças e encontrar o projétil. Precisará segurá-lo o mais firme possível e então o puxar para fora. Use os cotonetes para limpar qualquer resíduo ou afastar fragmentos de osso. Você não vai querer deixá-los ali."

"Não consigo, não posso," ela choramingou. "Imagina se você desmaia?"

"De qualquer forma, isso não importa," ele olhou dentro de seus olhos. "É isso ou podemos ficar aqui sentados até eu desmaiar. Estou à sua mercê, meu amor."

"Vire-se," sua voz estremeceu. "Agora, teremos que fazer o mesmo com os outros?"

"Não, os outros entraram e saíram. O tiro no peito foi barrado pelo que sobrou do colete. Tudo o que temos que fazer é limpá-los e costurar."

"Costurar!" ela exclamou. "O que quer dizer com costurar!"

"Bem, não podemos deixá-los abertos, posso morrer com uma gangrena. Posso muito bem costurar os da perna, mas vou precisar de ajuda com os tiros do braço e do peito. Lamento dizer isso, mas não sou contorcionista e não temos muitos espelhos para nos ajudar. Receio que sobre para você ter que abrir e fechar esse que vai fazer."

E assim começou a experiência mais angustiante da vida de Morgana McLaren.

CAPÍTULO VINTE E SETE

Jack Gawain nadou para baixo da ponte e voltou à costa, movendo-se rapidamente para evitar ser detectado antes da polícia chegar. Não viu nenhum movimento vindo do SUV já que a água rapidamente o afundava nas profundezas. Ele tirou o casaco e depois sua camisa e meias, torcendo o máximo que pôde antes de seguir andando pela costa. Avistou um grupo de sem-teto amontoados embaixo de um viaduto enquanto ia em direção ao leste e foi ao encontro deles.

"Fala aí," ele os chamou. "Gostaria de ver se consigo negociar alguns objetos."

"Negociar o quê?" um dos mendigos o desafiou.

"Bem, tenho uns trocados aqui," Gawain fingiu abrir o casaco para exibir sua Glock enquanto procurava a carteira. "Talvez possa comprar uma toalha ou um cobertor de vocês. Cinco Dólares seriam o bastante?"

"Que tal dez?" perguntou outro mendigo.

"Bem, isso viria junto com o resto de uma garrafa de uísque, não?" Gawain se ocupou puxando uma nota molhada de sua carteira ensopada.

"O que você fez, foi nadar sob a luz do luar?" outro vagabundo brincou.

"Aye, junto com alguns bastardos idiotas que não sabiam nadar," ele entregou a nota para o mendigo. "Prefiro uma toalha, se você tiver, e não se esqueça do uísque. Tenho uma bela caminhada pela frente."

Podiam ouvir as sirenes da polícia quando um comboio de veículos de emergência chegou devido aos relatos de uma caminhonete que perdeu o controle e saiu do cruzamento de Rollover Pass. O mendigo foi até um carrinho de mercado e apareceu com uma toalha esfarrapada e uma garrafa com um quarto de uísque, entregando-as para Gawain pelos dez Dólares.

"Certo," Gawain abriu a garrafa e engoliu seu conteúdo, deixando-a de lado enquanto secava seus cabelos com a toalha. "Olha, se os tiras passarem por aqui, vocês não sentiram nem meu cheiro, certo?"

"Bem, agora, acho que isso valeria mais dez Dólares," decidiu o vagabundo.

"Então vamos tentar isso," Gawain respondeu. "Se por acaso eles passarem por mim, direi que um grupo de sem-teto me mostrou uma faca e fizeram eu entregar uma nota de dez Dólares encharcada para eles. Que tal isso?"

"Fica frio, cara," o mendigo acenou para ele.

Gawain caminhou cerca de 800 metros antes das sirenes da polícia se afastarem, e então voltou para a rodovia. Decidiu que iria ao encontro em Port Bolivar. A polícia levaria até o amanhecer para localizar o Explorer e fazer os preparativos para trazê-lo à superfície. Conseguiria encontrar o estacionamento de trailers e invadir o Winnebago dentro de poucas horas, depois roubaria tudo o que aqueles bastardos do IRA tinham recebido e voltaria para o Reino Unido.

Estava irado com a ideia de que o governo armara para ele daquela forma. Devem tê-lo escolhido exatamente porque sabiam que poderia tirar informações de um suspeito como ninguém. Seus valores não permitiriam que aceitassem os danos colaterais de Liberty City e, ao invés de os aceitarem, decidiram eliminá-lo e fingir que tudo aquilo nunca aconteceu. Ele acertaria as contas e empataria o jogo de qualquer jeito.

Tudo o que precisava era de uma carona.

Darcy Callahan estava em seu Volkswagen Beetle 2000 desgastado, enxugando uma lágrima de frustração do rosto. Ela e o namorado tinham sido convidados para uma festa na casa de uma amiga na qual a maior parte da galera compareceu. Lá havia muita bebida e drogas, e todos se divertiam na casa de três andares com um porão amplo da garota já que seus pais estavam viajando de férias. A música tocava em todos os andares e as luzes estavam baixas ou desligadas conferindo uma atmosfera surrealista conforme a noite avançava. Ela bebera alguns coquetéis que, combinados com enormes tragadas em um bong, quase a deixaram inconsciente. Cochilou um pouco e, quando acordou, seu namorado tinha desaparecido.

Procurou por ele em toda a parte e então ficou desesperada, procurando nos quartos que a amiga tinha declarado como proibidos aos convidados. Quando entrou no quarto maior, encontrou seu namorado e a anfitriã fazendo sexo loucamente. Nunca esperou isso da anfitriã, mas já tinha flagrado seu namorado dando em cima de outras diversas vezes. Decidiu que aquilo era a gota d'água.

O problema, agora, era que estava com o tanque vazio e não ousaria pegar a estrada com o ponteiro no vermelho. O bastardo ficara com todo o dinheiro deles sob o pretexto de que conseguiria um baseado quando estivessem na festa. Decidiu dormir até o sol nascer e depois pedir alguns trocados para os clientes do posto de gasolina onde estava estacionada. Com sorte, conseguiria o suficiente para voltar para casa ou, pelo menos, fazer um telefonema pedindo que alguém fosse ajudá-la.

"Ei, moça, estou com um probleminha e preciso de uma carona," o homem bonito de cabelos escuros e atarracado enfiou a cabeça pela janela do passageiro.

"Desculpa, cara, estou sem gasolina," ela respondeu de forma seca.

"Bem, vou dizer uma coisa, não tenho nenhum problema em pagar," ele respondeu abrindo o casaco para mostrar sua Glock na cintura enquanto tirava do bolso uma nota de 100 Dólares encharcada.

"Você não precisa fazer isso," ela fez uma careta.

"Bem, se te dissesse que eu teria que dirigir, talvez precisasse," ele respondeu. "Chega para o lado, vou abastecer. Não faça nada idiota, estou bem fora de mim nesse momento e poderia fazer algo desesperado."

"Você está roubando meu carro?"

"Estou meio que te contratando nesse momento," ele respondeu. "Tenho um pouco mais de dinheiro comigo e muito mais no lugar para onde estou indo. Julgando pela aparência desse veículo, tenho certeza absoluta que você pode aproveitar esse dinheiro."

"Hey, se não gosta do carro, pode ir roubar outra pessoa," ela protestou.

"Sabe, essa pode não ser uma má ideia," ele refletiu. "Olha, me dá a chave e que vou abastecer. Melhor você se mexer e não fazer nenhuma gracinha. Vamos, pegue os 100 Dólares por enquanto, mais tarde, te dou mais um pouco."

"Você é traficante?" ela indagou enquanto enfiava a nota por dentro de sua camiseta, colocando-a dentro do sutiã tamanho grande.

"Não, mas tirei alguns de circulação recentemente," ele respondeu e catou seu cartão de crédito na carteira antes de ir para o lado do motorista. Ele ligou o carro e levou o Volkswagen até a bomba de gasolina antes de o desligar para encher o tanque. Ela observou melancolicamente quando ele voltou para o carro e fez a volta, indo na direção da rodovia.

"Então, você é policial?"

"Não no sentido mais estrito da palavra," ele cruzou o acesso à rodovia e foi em direção à autoestrada. "O que você faz? Como enche o tanque?"

"Estou desempregada no momento, tenho meus cheques," ela respondeu. Ele deu uma olhada e percebeu que ela era uma mulher atraente na casa dos vinte anos. Ela tinha os cabelos na altura dos ombros e espetados no estilo punk, embora sua maquiagem gótica pesada e o piercing no nariz não o agradassem. No entanto, sua silhueta e seios generosos eram uma compensação mais do que suficiente.

"A propósito, meu nome é Jack," ele cruzou a rodovia e pôde ver ao longe veículos de emergência no local onde simplesmente mandara Jimmy Burke e os irmãos O'Connor para as profundezas salgadas. Isso significava que nem o MI6 e nem a CIA tinham como saber que seus planos de se livrar de Jack Gawain tinham ido para o espaço.

"Meu nome é Darcy," ela respondeu. "Então, para onde estamos indo?"

"Vamos cruzar a ponte até a travessia de barcos. Preciso pegar dinheiro e então nos levar para o aeroporto. Posso precisar alugar um quarto nesse meio tempo para me orientar. Se conseguir dinheiro o bastante como imagino em Port Bolivar, provavelmente poderei te dar o suficiente para arrumar essa porcaria."

"Hey, vá à merda. Não vi você aparecendo em uma limusine, cara."

"Você é bem linguaruda, garota," ele sorriu.

"Que bom que gostou. Afinal, de onde você é, Alemanha?"

"Agora, isso vai te deixar de queixo caído," ele riu. "Sou de *Norn Iron*."

"*De onde?*"

"Ir-lan-da do Nor-te, sua idiota."

"Não me culpe, parece que você acabou de descer de um barco."

Diminuíram a velocidade à medida que a polícia desviava o tráfego para a pista da direita e os veículos de emergência se amontoavam na área onde ele atirou o Explorer baía abaixo. Ele conseguia ver os barco-patrulhas abaixo, indicando que não tinham feito muito progresso para retirarem o SUV da água. Sorriu e acenou para uma policial que acenou de volta do meio do bloqueio.

"O que será que aconteceu" Darcy deu uma olhada pela janela traseira.

"Ah, alguns bastardos idiotas fazendo comentários rudes sobre os protestantes de Belfast."

"Sim, como você sabe?"

"Bem, acabei de colocá-los lá, não sabia."

"Bobagem."

"Confira as minhas calças, se quiser. Fiquei completamente encharcado."

"E então foi caminhando até o posto de gasolina e roubou meu carro.. puta merda," Darcy se deu conta.

"Por isso que carrega uma arma e seu dinheiro está ensopado."

"Sabe, você é brilhante. Deveria pensar em voltar para a escola enquanto sua bolsa de estudos ainda tem validade," ele disse de forma casual.

"E talvez você deveria voltar a ter aulas de inglês, seu desgraçado."

"Olha a boca, menina," ele a repreendeu conforme seguiam pela rodovia. Ao longe, avistaram a balsa para Port Bolivar. A sorte de Gawain continuava a seu favor pois chegaram bem a tempo de embarcar antes da balsa deixar o cais.

"Então por que não esperou pela polícia?"

"Para dizer a verdade, os bastardos planejavam me matar, mas isso não funcionou muito bem para eles."

"Cara, isso é uma grande merda," ela balançou a cabeça. "Você não vai me matar para que eu fique de bico fechado, vai?"

"E você acha que acreditariam em você com essa porcaria enfiada no nariz e tudo o mais?"

"Vá à merda," ela rebateu.

A balsa os deixou em Port Bolivar e dirigiram até o posto de gasolina mais próximo para pedirem informações para chegarem ao estacionamento de trailers de Port Bolivar. O Winnebago estava estacionado na parte detrás exatamente como tinham sido instruídos por volta das seis horas através do telefone do MI6. Gawain deixou Darcy no Volkswagen enquanto abria a caminhonete usando a combinação que recebera para destrancar a porta. Darcy sentiu um arrepio percorrer seu corpo como se tivesse acordado no meio de um filme da franquia *Missão Impossível*.

Por fim, ele voltou ao Beetle e entrou, ligando o carro e se dirigindo novamente à balsa.

"Certo, esse é o acordo," ele explicou. "Vamos alugar um quarto em Galveston Beach enquanto resolvo as coisas. Preciso entrar na internet e fazer algumas ligações. Posso precisar que dirija para mim durante algum tempo, mas asseguro que vou fazer valer a pena."

"Hey, se tiver mais algumas dessas notas de cem sobrando, tudo bem para mim."

Pegaram a balsa de volta à Galveston, dirigindo-se para o sudeste na Highway 87 a caminho da praia. Faltava pouco para o amanhecer quando chegaram ao Galveston Inn, onde Gawain pediu um quarto no andar superior na parte detrás do motel. Subiram as escadas e ambos ficaram felizes em encontrar o local limpo e arrumado dentro do quarto com duas camas.

"Preciso usar o banheiro," ela insistiu. "Estou explodindo."

"Fique à vontade, senhorita," ele respondeu. "Preciso conferir minhas mensagens."

Ele ligou o ar condicionado e o ajustou no quente antes de colocar sua camisa, casaco e meias sobre ele. Depois, discou o número do correio de voz e ouviu atentamente as mensagens do MI6. Ficou muito irritado com o que ouviu, mas deixou para lá assim que Darcy entrou no quarto. Ligou a TV em um noticiário para que ela não escutasse inadvertidamente suas mensagens, embora não prestasse a menos atenção às notícias exclusivas que vinham de diferentes partes do país e de todo o mundo.

"Certo, garota," ele abriu a fronha cheia de coisas que trouxera do Winnebago, pegando um bolo de notas e o atirando para Darcy. "Aqui está sua parte adiantada, assim você sabe que sou um cara correto. Mas não tente fugir de mim. Tenho o número de sua placa e sou capaz de te procurar se me colocar em problemas."

"Puta merda," ela ficou chocada. "Deve ter 10 mil Dólares aqui!"

"Aye," ele assentiu. "Como pode imaginar, isso não tem nenhuma utilidade para o cara a quem isso se destinava. Quanto a mim, tenho tudo o que consigo carregar. Talvez, agora, você consiga trocar aquela porcaria lá fora por um carro novo."

"Oh, meu Deus, oh meu Deus!" ela correu até ele e abraçou seu pescoço o mais forte que conseguiu. "Você é maravilhoso, muito maravilhoso!"

"Certo, senhorita," deu um leve tapinha em suas costas, bastante consciente de que seus enormes seios encostavam em seu peito. "Agora, você não gostaria que eu me empolgasse aqui."

"Deixa eu te dizer uma coisa, senhor," ela levou o rosto até ficar a dois centímetros do dele, "você acabou de se tornar o homem mais sexy de Galveston."

"E você é a coisa mais quente que vi nessa parte do país, garota, posso te assegurar isso. Agora, vou avisando que não tenho uma mulher provavelmente desde o seu ensino médio, então posso muito bem querer recuperar o tempo perdido."

"Vá em frente, irlandês."

Ela enfiou a língua em sua boca enquanto ele a atirava de costas na cama, caindo em cima dela conforme passavam as mãos um no outro. Tiraram as camisas e calças um do outro, rolando para o meio da cama, alimentando-se avidamente de suas luxúrias que durariam mais de uma hora.

Com muita alegria, desconheciam a notícia exclusiva de que um dispositivo nuclear acabara de ser descoberto e desativado em Londres e que a Al Qaeda tinha anunciado que estava preparada para lançar um outro ataque nuclear sobre a Europa dentro de 48 horas.

Jack e Darcy estavam em um outro mundo.

CAPÍTULO VINTE E OITO

Mark Shaughnessy estava sentado em seu escritório junto com o Tenente Bill Masterson, seu antigo companheiro de equipe e amigo mais próximo no MI6. Eles serviram juntos por mais de uma década no SAS e se reencontraram na Irlanda do Norte após o Acordo da Sexta-Feira Santa de 1988 depois de serem transferidos para o Serviço Secreto. Shaughnessy estava completamente desconcertado com a série de eventos que ocorriam nos últimos dias e se voltou para o único homem em quem podia confiar.

"Inferno, Bill, todo esse negócio deu errado," Shaughnessy rosnava conforme caminhava pela sala e tremia na tentativa de ignorar a pressão em seus quadris. "O que diabos o Chefe e o MI5 (Inteligência de Segurança) estão pensando para permitirem que as coisas cheguem nesse caos? Como diabos vou consertar esse maldito desastre em que me meteram?"

"É a mesma porcaria com a qual lidamos desde que entramos nesse negócio, uma filial competindo com a outra," Masterson foi grosseiro de uma forma não habitual. "É como você tem me dito desde nos conhecemos: pense duas vezes antes de agir. Parece que isso será uma grande reviravolta, Mark."

"Quem diabos daria a ordem de exterminar Gawain?" Shaughnessy estava irado. "O homem salvou a cidade de Houston de um ataque nuclear. Não me importa que ele tenha instigado uma guerra de gangues em Miami, ele estava fazendo isso para armar uma arapuca para Chupacabra. Agora, Enrique Chupacabra está morto e William Shanahan é um MIA (*missing in action - desaparecido em ação). Ninguém consegue entrar em contato com ele, o homem desapareceu no vento e é praticamente insubstituível. Tenho meus melhores homens no Paquistão dando um golpe de mestre e não existe a menos possibilidade de enviar novatos para o campo de batalha com tanto em jogo!"

"Coronel, entendo perfeitamente de onde você veio, mas você não pode simplesmente colocar um uniforme e achar que consegue ir até lá e fazer tudo sozinho. Faz quase 20 anos que você não vai para o campo de batalha e tem uma prótese no quadril. Nós dois sabemos -- *todo mundo* sabe -- que você é um dos melhores que já entrou nesse jogo. Como você disse, há muito em jogo nisso para você se deixar influenciar pelo seu ego. Pelo amor de Deus, se chegar a esse ponto, deixe que eu vá no seu lugar. Posso estar enferrujado, mas meu corpo funciona bem."

"Não se trata de ego, Tenente," o tom de voz de Shaughnessy fizeram Masterson perceber que estava prestes a passar dos limites. "Se enviarmos uma equipe para o Irã para sabotar uma instalação nuclear, ela terá pouca ou nenhuma informação sobre o que estarão enfrentando. Eles estarão dependendo demais de seus instintos e -- sob o risco de parecer egocêntrico

-- não existe ninguém na Firma em cujos instintos eu confie mais do que nos meus, além de William Shanahan e cerca de seis outros homens que estão no Paquistão nesse exato momento."

"Acho que não faço parte dessa lista," Masterson disse baixinho.

"Preciso de você aqui, na minha retaguarda, Bill. Não quero passar o resto da vida sabendo que centenas de milhares de pessoas foram mortas e que eu poderia ter feito algo a respeito. E nem quero me arrepender por colocar um milico qualquer aqui quando posso ter um dos meus melhores homens cuidando disso."

"Conheço você há muito tempo para achar que alguém vai te fazer mudar de ideia sobre isso," Masterson expirou de forma tensa e se levantou da cadeira que ficava à frente da mesa de Shaughnessy. "Vou estar em casa, cuidando da loja, mas quero que se certifique de que terei uma linha direta com o Chefe caso algo dê errado. Não quero passar o resto da *minha* vida achando que tinha algo que deveria ser feito e não foi."

"Vamos terminar esse serviço, Bill. O mais ousado, vence."

Masterson só podia esperar que o venerado lema do SAS se provasse verdadeiro nas horas fatídicas que estavam por vir.

"Jack, estou com fome."

"Aye, eu poderia comer alguma coisa, eu acho."

"Tem um Mickey D's do outro lado da rua. Posso pegar McMuffins de ovo e café para nós."

Haviam feito sexo loucamente por cerca de uma

hora antes de adormecerem, mas o pouco tempo que se relacionavam não permitiu que dormissem por muito tempo. Ela deitou na cama com o lençol cobrindo-a somente da cintura para baixo e ele ficou bastante tentado a se enfiar embaixo do mesmo por alguns minutos, mas havia muito trabalho a ser feito.

"Certo, deixe que eu vá com você," ele decidiu.

"Qual é, você transou comigo e ainda não confia em mim?" ela parecia desapontada.

"Não confio em ninguém," ele riu, "mas já que colocou dessa forma. Vá, de qualquer maneira, tenho umas ligações a fazer. Além disso, temos que encontrar uma livraria no caminho. Podemos alugar um quarto mais perto do aeroporto para que eu possa descobrir o que fazer em seguida."

"Então você vai viajar?" ela perguntou e se levantou para procurar suas roupas antes de ir ao banheiro para uma tomar uma ducha. Ele sacudiu a cabeça e teve outra ereção ao vê-la.

"Não sei, garota. Provavelmente terei um plano depois de fazer essas ligações."

Ele se jogou de volta na cama e assistiu com interesse ao noticiário que dava detalhes sobre o ataque nuclear que fora frustrado em Londres. Um grupo de quatro estudantes islâmicos com extensa conexão com a Al Qaeda entrou no Distrito Financeiro com um carro que carregava uma ogiva nuclear pronta para explodir. Foi uma denúncia de um imigrante muçulmano que levou a Scotland Yard a interceptar os terroristas antes que pudessem ativar o dispositivo. As primeiras notícias sugeriam que a bomba poderia ter sido levada do Paquistão por forças insurgentes, mas mais detalhes ainda estavam por vir.

"Certo, gostosão, já volto," ela disse ao sair pela

porta, parecendo mais jovem e bonita sem aquela maquiagem no rosto. "Precisamos passar em uma loja para que eu possa comprar uma muda de roupas se você pretende me manter por perto por mais alguns dias."

Ele esperou até ela sair para pegar o celular na mesinha de cabeceira para verificar suas mensagens e descobrir o que o MI6 tinha a dizer...

... no exato momento em que o telefone tocou.

"Gawain."

"Ora, ora, ora. O que foi agora, Gummo? Já estarei bem longe quando você rastrear a ligação, você sabe disso."

"Não estou em posição de rastrear a ligação" a voz de Shanahan parecia fraca, mas Gawain não acreditou nisso de imediato.

"Bom, mano, tenha a certeza de que vou te encontrar mais cedo ou mais tarde. Posso garantir com toda a certeza de que você vai pagar caro."

"Não me importa se você acredita ou não, mas não tive nada a ver com você ser traído. Acho que armaram para mim também. Há um outro braço do governo que pode estar envolvido nisso. Chupacabra e Murra estão mortos e eu fui severamente baleado."

"Bem, suponho que alguém decidiu deixar eu terminar o serviço."

"Escute, Gawain. Eu sei que mandaram você interrogar aqueles contrabandistas junto com aqueles caras de Belfast. Sei que eles não teriam ido para cima de você se você não tivesse feito o serviço. A Scotland Yard acabou de capturar uma equipe tentando armar uma bomba nuclear em Londres. Recebi uma mensagem do MI6. Eles acham que existe uma terceira bomba nuclear sendo preparada para ser lançada do Irã em direção a algum alvo na Europa."

"E você acha que sou tão estúpido assim para seguir com algum plano maluco de invadir o Irã e salvar o dia, é isso, mano?" Gawain riu.

"Temos nossas melhores tropas da SAS e do SBS presas no Paquistão tentando acabar com a rebelião," Shanahan ofegou de dor. "Montaram uma equipe de comando para uma missão de destruir o local do míssil iraniano. Não consigo fazer isso, Jack. Levei cinco tiros há algumas horas. Você é o único que pode me substituir."

"Você deve estar de brincadeira, cara," Gawain bufou. "Depois de vocês, seus bastardos, me enviarem para uma viagem só de ida com aquele esquadrão de extermínio do IRA? O quanto você pensa que sou idiota?"

"Olhe, só me escute. Eu tenho o número da conta de um cofre em Miami. Você pode mandar outra pessoa pegar isso para você. Ele contém um pacote com um passaporte e uma passagem para Bagdá. Haverá instruções de para quem ligar quando chegar lá. Eles vão te pegar e você vai me substituir. Você tem falado sobre Deus e a nação e como tudo o que já fez foi pela Coroa. Bem, isso é real, Gawain. Os iranianos estão prontos para o lançamento e não sabemos para onde o míssil está direcionado. Você salvou vidas em Houston, Gawain. Você pode salvar muito mais e juro por Deus que vou contar isso para o mundo inteiro."

"Então o último foi apenas mais um jogo de dominós."

"Não tenho a mínima ideia de porquê encobriram isso ou o porquê ferraram com você. Talvez os ianques não quisessem que a Al Qaeda soubesse o quanto estavam perto. Não vou me desculpar por eles. O que eu sei é que não posso assumir isso. Isso depende de você, Gawain. Estão esperando que eu pegue o pacote essa noite, antes que o banco feche. Quando desligar, mando uma mensagem com as informações."

"Erm... alguma notícia de Fianna?"

"Temos a CIA, a Homeland Security e o FBI trabalhando nisso. Eles já estão como moscas em cima dos colombianos devido ao seu papel no contrabando da arma nuclear para os EUA. Temos certeza de que eles estarão ávidos para abrirem mão de Fianna em troca de um ou dois acordos."

"Assegure-se disso e mande lembranças minhas a ela," Gawain disse antes de desligar. Em seguida, observou enquanto Shanahan escrevia as instruções para ele.

Sua única pergunta era se deveria confiar no Último Escoteiro somente mais uma vez.

Do outro lado da linha, Morgana McLaren estava fora de si de exaustão nervosa, deitada na cama de casal e mal escutando Shanahan enquanto ele tentava barganhar com Gawain. Ela o havia costurado como a uma boneca de pano, seu estômago dando voltas conforme enfiava a agulha em sua carne ensanguentada para fechar as feridas. Ficou surpresa com a capacidade dele de lidar com a dor depois que as injeções de Novocaína pararam de fazer efeito. Ficou bastante aliviada ao ouvir as notícias da CIA de estavam de tudo para encontrar Fianna, mas isso não foi o suficiente para distraí-la de ter dado quase quarente pontos no corpo de Shanahan.

"William, essa coisa toda está me levando à loucura," ela conseguiu dizer quando finalmente ele soltou o telefone e caiu a seu lado na cama, deitando a cabeça na barriga dela. "O que foi tudo aquilo de ir para o Irã? O que quis dizer com um ataque nuclear na Europa? É algum tipo de linguagem em códigos que você e seu pessoal usam?"

"Você lembra o que disse sobre eu e Jack estarmos trabalhando para o governo?" ele explicou e vestiu o moletom dela após ela ter colocado uma blusa de chiffon. "Bem, estávamos investigando relatos de que a Al Qaeda estava contrabandeando armas para dentro dos EUA e Reino Unido. O governo britânico foi informado de que os terroristas estavam planejando um ataque na tentativa de desestabilizar a economia global. Enviariam uma bomba para o Fort Knox e uma para o Financial District, em Londres. A Coréia do Norte e o Paquistão doaram algumas ogivas obsoletas para a causa, mas os pegamos a tempo. As notícias que temos agora é de que o Irã tem um míssil de teste e que podem o lançar contra Zurique."

"Suíça?" ela se engasgou. "Por quê?"

"Tem o terceiro maior suprimento de ouro da Terra tirando o Fort Knox e Londres," conseguiu dizer e estremeceu quando seu peso esticou os pontos em seu ombro. "O plano da Al Qaeda é acabar com uma porção do ouro mundial para provocar uma depressão econômica. Estão envolvidos com uma organização criminosa que vem estocando ouro há mais de um ano. Se falirem os governos do Mundo Livre, as nações ficarão indefesas em relação aos terroristas. Além disso, a organização criminosa será a organização mais rica da face da Terra."

"Isso não é real," ela murmurou, tentando entender o que acontecia. "E você deveria ir em missão para o Irã?"

"Os iranianos sabem que, assim que lançarem seu único míssil, serão considerados indefesos contra uma contra-ataque. Eles também sabem que as nações do G8 nunca lançarão uma bomba nuclear no Irã e farão uma nação inteira desaparecer do planeta. Não há nada que os impeça. Nosso pessoal tem uma boa ideia de onde o míssil está localizado e eles têm certeza de que uma unidade de elite pode entrar e retirá-lo de lá."

"Então você enviou Gawain para tomar o seu lugar na equipe?"

"Não confio nele o suficiente, Morgana," ele ficou de pé e olhou em seus olhos. "Você me ajudou a me recompor. Pode me ajudar mais. Pode me ajudar a pegar um avião e ir ao Iraque para me juntar à equipe."

"William, você está louco?" ela insistiu. "Você poderia ter morrido algumas horas atrás. Acabei de te costurar. Você não está em condições de dar a volta no quarteirão. Não pode sair em uma missão."

"Eles precisam de mais um par de olhos, de alguém que saiba como ler as defesas e encontrar pontos fracos. Se eu for, posso direcionar as coisas, dizer a eles onde ir e o que fazer. Morgana, centenas de milhares de vidas podem depender disso."

"Isso é loucura," ela enxugou as lágrimas dos olhos.

"Por favor," ele implorou.

"Tudo bem," ela fungou. "O que você quer que eu faça?"

. . .

"Você quer que eu faça *o quê?*"

"Quero que relaxe no hotel por alguns dias após eu reservar um quarto para nós," Gawain respondeu ao voltar para o local onde Darcy Callahan o esperava no estacionamento da Biblioteca Pública de Galveston. "Se eu não voltar em 48 horas e você não tiver notícias minhas, quero que leve essa carta ao Houston Chronicle. Aqui tem tudo sobre onde estive e o que fiz."

"Mas e para onde você indo?" ela perguntou baixinho quando ele se sentou ao volante.

"Vou pagar a fiança para que um babaca saia de uma enrascada," respondeu ele e se dirigiu ao San Luis Resort em Seawall Boulevard. "Vamos parar em uma loja e pegar algumas roupas. Vou precisar de coisas para bagagem de mão e tenho certeza de que você gostaria de uma muda de roupas. Adoraria ver você com roupas de mulher antes de ir."

"Hey, esse é meu estilo, cara," ela disse de forma defensiva. Ela usava uma camiseta preta com um símbolo prateado do anarquismo, jeans preto e justo e botas Harley-Davidson. Seus cabelos pretos naturalmente soltos sem o creme para pentear e seus olhos violeta brilhavam sem a maquiagem. Ela era o extremo oposto de Fianna e, embora fizesse seu coração acelerar, ele sabia que eram de mundos diferentes e Fianna parecia mais o tipo de mulher com quem poderia ir mais longe. Ainda assim, afeiçoou-se a essa garoa e decidiu fazer o certo quando tudo estivesse resolvido.

"Você é uma vencedora, Darcy," ele assegurou a ela. "Esqueça daquele namorado de merda de quem me falou. Você teve uma bela mudança agora, só relaxe e se arrume. Com uma ida ao salão de beleza e uma boa boutique, você se pareceria com uma estrela de cinema. Você deve isso a você mesma, garota. É o seu momento, garota, aproveite-o ao máximo."

"Do que você está falando?" ela insistiu. "Você vai voltar, não vai? O que significa isso tudo? É sobre o carro que caiu na baía noite passada? Alguém está procurando por você?"

"Não, está tudo acabado," ele disse quando cruzou a Highway 87 em direção à saída da Street 61st. "Vou pegar um voo para o exterior. É um assunto do governo, por isso a arma. Precisam de mim para garantir que algumas pessoas ruins não planejem fazer algo muito estúpido."

"Não posso ir com você?" ela perguntou de forma queixosa.

"Preciso que entregue aquela carta caso eu não volte. Agora, você pode ter a certeza de que eu pretendo voltar. Você não acha que eu faria qualquer coisa para passar mais uma noite com você?"

"Se eu comprar roupas de menina e ficar muito sexy, você promete que volta?"

"Faça isso, garota, e eu atravesso o céu e o inferno para voltar por você."

"Promete?"

"Prometo."

Essa era uma promessa que Jack Gawain estava determinado a cumprir.

CAPÍTULO VINTE E NOVE

Quase 24 horas depois do Coronel Mark Shaughnessy pegar um voo para Bagdá, ele se encontrou com uma unidade de elite do SAS em um pequeno bangalô nos arredores da cidade. Estava com o lado esquerdo do quadril cheio de Novocaína e tinha uma mochila cheia com o medicamento para o ajudar a sobreviver ao dia seguinte. Frequentou religiosamente a academia nos últimos anos e manteve uma dieta rígida, mas sabia que seu condicionamento cardiovascular não estava nem perto do que era décadas atrás. Passaria pelo inferno para se manter em seu objetivo, mas estava determinado a alcançá-lo ou morreria tentando.

"Certo, cavalheiros, a situação é a seguinte," ele parou diante das equipes de combate extremamente habilidosas que foram selecionadas para essa missão arriscada. "Todos vocês foram individualmente informados sobre a missão e receberam instruções detalhadas sobre seus papéis na operação. Estamos aqui para uma revisão de última hora e uma oportunidade para fazerem perguntas e compartilhar ideias antes do show começar."

"Estamos a uma distância de quase 800km da área alvo que é a localização do silo onde está o míssil nos arredores de Sfahan," Shaughnessy apontou para um mapa colocado em um quadro na parte da frente da sala. "A parte complicada será invadir o espaço aéreo iraniano sem sermos abatidos. Os iraquianos concordaram em encenar um incidente que justificará uma investida ao longo da fronteira iraniana. Vamos voar de helicóptero até um ponto de encontro a oeste do silo. Nossos agentes duplos no Irã têm caminhões militares esperando por nós e eles devem nos permitir chegar até o posto de inspeção no portão principal."

"O que acontece se formos interceptados antes de chegarmos ao portão?" perguntou um soldado.

"É uma limpeza," respondeu o Coronel. "Eliminamos quem nos interceptar e nos valemos de qualquer equipamento que pudermos recuperar para seguir em frente na missão. Essa missão é sem rendição e sem bater em retirada, cavalheiros. A única forma de sair disso é destruindo o alvo e voltando para o ponto de encontro. Se formos descobertos no meio do deserto e cercados pelo inimigo, temos duas opções: a morte ou um destino pior do que a morte."

"Uma vida na prisão comendo comida iraniana e ouvindo música iraniana," brincou um soldado. "Parece o inferno na Terra ao meu ver."

"Quando chegarmos ao portão, deixaremos dois homens no posto de inspeção para barrar o tráfego na instalação. As equipes de atiradores seguirão para o leste e oeste do posto de inspeção enquanto a equipe de sabotagem vai seguir diretamente para o norte em direção ao silo. As equipes de atiradores estarão em uma missão de busca e destruição, criando uma distração para que a equipe de dois homens se mova em direção ao alvo. Assim que as equipes de atiradores chegarem no meio do acampamento, elas se dividirão em equipes de dois homens e a primeira delas continuará tentando chegar na parte dos fundos da instalação. A segunda equipe vai se dividir indo em direção ao silo como retaguarda para a equipe de sabotagem."

A equipe de comando olhou de repente para a porta que se abria e fechava enquanto um soldado solitário passava por ela e Shaughnessy o olhava de forma maligna.

"Desculpem pelo atraso, companheiros," ele sorriu se desculpando.

"Você perdeu as boas-vindas," o Coronel disse de forma seca.

"Bem, eu sou o Capitão William Shanahan," anunciou o homem musculoso e corpulento. "Prazer em conhecer vocês, companheiros."

"O prazer é nosso, Capitão Shanahan," Shaughnessy apertou os olhos. "Sente-se."

"Obrigado" Jack Gawain respondeu.

O Coronel explicou que o objetivo da missão era obter acesso ao silo e sabotar o sistema de lançamento para tornar o míssil inútil. A natureza do imperativo de busca e destruição era tal que, a menos que toda a base se rendesse, eles teriam que matar o máximo possível das tropas inimigas. Também destruiriam o máximo que pudessem da base antes de desativarem o míssil e baterem em retirada para o ponto de encontro para serem retirados de lá.

"Suponho que tenha recebido as instruções no caminho para cá, Capitão Shanahan," Shaughnessy perguntou ao encerrar a reunião.

"O plano me parece bom," Gawain sorriu. "Vai ser moleza."

Enquanto a equipe se preparava para subir no helicóptero na área de pouso do lado de fora, um dos soldados se aproximou de Gawain.

"Você esteve no Regimento Black Watch na Escócia?" ele perguntou.

"Nops," ele sacudiu a cabeça. "3º Batalhão da UFF."

"UFF?"

"Aye. Sempre estamos buscando por bons homens. Procure por mim quando for dispensado."

O jovem olhou para ele como um cervo sob a luz dos faróis.

Assim que os soldados começaram a subir no helicóptero, um jeep atravessou a área de decolagem e parou ao lado de Shaughnessy.

"Coronel Shaughnessy," o homem alto e robusto saiu cuidadosamente do lado do passageiro do veículo. "Desculpe, estou atrasado. Estava recebendo instruções de última hora."

"Seu nome, soldado," o Coronel abafou um sorriso.

"Sargento Jack Gawain."

"Que bom que conseguiu vir," Shaughnessy deu um passo para o lado para permitir a passagem de Shanahan até o helicóptero de transporte.

"Não perderia isso por nada nesse mundo."

A quilômetros de distância, o Coronel Mahmood Akbar estava sentado no comando do quartel-general na base de mísseis em Isfahan. Ele e seus homens estavam sob alerta vermelho na expectativa do lançamento marcado para as 15h. Seu estômago se revirava com o nervosismo do cenário que se apresentaria em algumas horas. Tinha mulher e cinco filhos em sua casa no Teerã e sabia que um ataque retaliatório da OTAN varreria sua família e seu povo da face da Terra. O Líder Supremo garantira aos militares que a ONU jamais iria tolerar um ataque nuclear contra uma nação indefesa como o Irã, mas não existia sequer um de seus colegas que acreditava nisso. Aniquilariam o Irã como um exemplo para as nações desonestas como a Coréia do Norte e o Paquistão que já tinham sido acusados de fornecer armas de destruição em massa para a Al Qaeda. O destino de uma nação inteira estava em jogo, mas se ele se recusasse a obedecer às ordens, seria executado e uma junta de oficiais estaria disponível para assumir seu lugar.

Por volta das 6h, recebeu uma notícia de que o Iraque estava sendo atacado por agentes da Al Qaeda no oeste de Bagdá e reagiam às atividades inimigas ao longo de sua fronteira oriental. O Exército e as Forças Aéreas estavam em combate na área, mas a principal preocupação era de que os iraquianos ou seu contrapartes americanas pudessem detectar a ativação do míssil e lançar seu próprio ataque preventivo.

"O que esses idiotas estão fazendo!" Akbar ficou furioso quando a notícia foi repassada a ele. "Não sabem que estamos preparando um ataque contra os infiéis! Por que estão comprometendo essa missão sagrada!"

"Não temos controle sobre esses bandidos," seu Tenente fez uma careta. "Duvido que nossos superiores tenham compartilhado tais informações confidenciais com eles. Esperamos que os americanos não enviem seus malditos drones para o nosso lado e descubram o que estamos fazendo."

Os iraquianos enviaram aviões de reconheci-

mento e helicópteros de ataque para a fronteira iraniana, assim como unidades blindadas de prontidão no
caso de uma intervenção armada por parte dos iranianos. O corpo diplomático iraniano foi rápido ao entrar
em contato com os iraquianos, americanos e Nações
Unidas na tentativa de ganhar tempo. Agora, havia
um acalorado debate em andamento entre o Conselho
Guardião e o Conselho de Ministros considerando se
o ataque à Zurique valia o risco de ter toda a sua
nação aniquilada. Faltando apenas algumas horas
para o horário do ataque, o Coronel Akbar só podia
esperar que a luz da razão se fizesse presente junto
aos líderes religiosos e políticos.

A luz do sol mal havia despontado no horizonte
do deserto quando Akbar foi alertado sobre uma confusão no protão da frente. Os sentinelas comunicaram
que um veículo militar não identificado havia chegado
com informações ultrassecretas de Teerã que deveriam ser repassadas exclusivamente ao Coronel. Re-
portaram que tinha um esquadrão de fuzileiros no
caminhão, liderado por um emissário com patente de
Tenente que insistia ser um assunto extremamente
urgente.

"Você recebeu alguma senha ou código de autori-
zação?" Akbar questionou enquanto acessava o console de comando e mandava uma mensagem ao
quartel-general no Teerã.

De repente telefone ficou mudo.

O Coronel soou o alarme e colocou seu pelotão de
quarenta homens em alerta máximo. Os soldados
saíram correndo dos barracões em direção ao campo e,
de repente, houve uma série de explosões junto à
cerca seguidas de disparos com rifles automáticos. O
Coronel imediatamente notificou a 28ª Infantaria

Mecanizada que estava posicionada em Kerman para fazer a retaguarda enquanto reunia seus sargentos para uma comunicação entre bases.

"O Primeiro Esquadrão localizou atiradores inimigos próximos à área de armazenamento a oeste do portão principal!" reportou o sargento. Imediatamente, a comunicação foi tomada pela estática e em seguida completamente cortada. Akbar tentou entrar em contato com o Segundo Esquadrão e o Terceiro Esquadrão e passou pela mesma falha na comunicação. Enfim, conseguiu entrar em contato com o Sargento do Quarto Esquadrão embora a comunicação estivesse distorcida pelas explosões ao fundo.

"Sargento, você deve proteger o silo a qualquer custo!" Ordenou Akbar. "Vamos colocar uma metralhadora e sacos de areia, fazer uma barricada e manter esses cães bem longe!"

Jack Gawain foi designado para, junto com o Sargento Cena do SAS, para forçar uma entrada através da linha de frente iraniana. Os atiradores posicionados a sua direita pegaram os iranianos de surpresa e usaram granadas para destruir armazéns próximos, incendiando alguns deles. A equipe à esquerda abateu vários iranianos, mas foi imobilizada por tiros de rifle devido à falta de locais onde se proteger. Os iranianos estavam em desvantagem devido à relutância em destruir suas próprias construções dentro da base, ao passo que os invasores não possuíam tal restrição.

"Certo, escute," Jack falou, ambos, ele e Cena escondidos atrás de um enorme caminhão de entrega estacionado a 20 metros do portão. "Se um de nós conseguir entrar e começar o ataque, o outro pode fazer o que for necessário para irmos diretamente para cima deles."

"Suponho que essa não seja a descrição de seu trabalho," Cena respondeu de forma irônica. Não demorou muito para os soldados descobrirem que Shanahan e Gawain tinham trocado seus nomes e que Gawain não era membro do SAS. A maioria deles já tinha ouvido falar de Shanahan, mas não tinham a menor ideia de quem era Gawain.

"Bem, vou dizer uma coisa, mano, não sou muito ruim com uma faca e tenho bastante sorte, mas acrobacia não é algo pelo qual sou conhecido," Gawain admitiu.

"Como se costuma dizer, uma pessoa nunca deveria ser voluntária, mas não existe muita opção por aqui," Cena deu um sorriso amarelo. O soldado se levantou e Gawain conseguiu ver que o homem já levara um tiro do lado esquerdo que sangrava bastante por debaixo de seu uniforme camuflado. Ele deu a volta até o lado do passageiro e atirou uma granada que acarretou uma pausa nos disparos dos defensores posicionados 20 metros à frente deles. Em seguida, ele deu um salto e começou a atirar enquanto Gawain pulou e subiu no caminhão pelo lado do motorista. Ele ligou o caminhão já que as chaves tinham sido deixadas na ignição e tirou o pino de uma granada antes de afundar o pé no acelerador e saltar para fora. Assim que fez isso, pôde ver Cena deitado no chão de bruços junto ao caminhão, do lado do passageiro.

Os defensores atiravam freneticamente no caminhão que ia em sua direção, sem saber que Gawain havia pulado para fora dele ou pensando que ele estava agachado do lado de dentro. O caminhão chegou até eles e a 10 metros de uma doca de carregamento que levava ao complexo aos arredores do silo antes de a granada explodir. Isso causou uma segunda explosão já que o tanque de gasolina estava cheio, resultando em uma gigantesca bola de fogo que subiu aos céus. Gawain ficou em pé e arrastou até a doca de carregamento, logo percebendo que os fuzileiros iranianos estavam ou mortos ou feridos.

Correu em direção à doca e subiu rapidamente as escadas, percebendo que estava bem no meio da zona vermelha. Correu para a porta de metal e a abriu de forma abrupta, mas um dos iranianos disparou um tiro que o acertou na coxa direita. Ele praguejou e atirou de volta, acertando o iraniano que estava caído embaixo da doca bem no meio da testa. Passou pela porta e parou por uns instantes para ajustar a visão à área mal iluminada.

Em seguida, abaixou-se e correu pelo vestíbulo que levava à área do armazém que tinha sido transformada em um centro de comando que controlava não somente a instalação militar, mas também o sistema de lançamento do míssil. Viu dezenas de técnicos ocupados em seus monitores e, quando eles viram Gawain, começaram a gritar e pegar suas armas. Gawain começou a disparar contra eles com o rifle e os forçou a procurarem abrigo. Isso deu tempo para que ele arremessasse uma granada do lado oposto da instalação que, ao explodir, destruiu o equipamento e matou os funcionários.

Gawain avistou a cabine de emergência pintada de vermelho à direita de onde se encontrava, na parte de cima de uma plataforma próxima ao centro de controle. Sabia que lá existia uma alavanca de emergência que encheria o silo de concreto e neutralizaria a ogiva e o míssil, se necessário. Começou a ir em direção à cabina e então avistou o Coronel Akbar do outro lado da plataforma. Akbar mirou e atirou, atingindo Gawain no ombro esquerdo e o arremessando contra a parede. Gawain conseguiu pegar sua última granada e a arremessar contra Akbar, fazendo o Coronel desaparecer em meio a uma nuvem de poeira.

A bala em sua coxa doía como o inferno e seu ombro não estava muito melhor. Mancou dolorosamente ao longo da plataforma, cambaleando para a esquerda já que sua perna direita mal conseguia suportar seu peso. Caminhou com dificuldade pela plataforma, apontando o rifle para o chão embora todos os técnicos estivessem mortos ou morrendo no meio aos escombros e equipamentos destruídos. Finalmente chegou à sala de controle e abriu a porta, escorando seu rifle na parede à sua direita.

Como antes, foi arremessado contra a parede e, por reflexo, virou-se rapidamente para afastar seu agressor. Ele se virou e confrontou o Coronel Akbar que sangrava bastante com um ferimento aberto na cabeça, mas que estava quase enfiando uma baioneta na cara de Gawain. O Coronel era mais alto e pesado que Gawain, mas Jack era bem mais forte. Ele jogou Akbar contra a grade de proteção, mas a dor em seu ombro estava insuportável. Girou para o outro lado, afastando-se de Akbar, esperando conseguir se trancar na sala de controle enquanto puxava a alavanca e submergia o míssil. Para a sua decepção, o Coronel o agarrou pelas costas em frente à porta, causando uma forte dor em seu ombro e coxa enquanto Akbar tentava cortar sua garganta.

Gawain levantou o joelho, dando uma joelhada violenta na barriga do Coronel. O iraniano engasgou com a dor quando perdeu o ar. Gawain tentou se esquivar, mas Akbar se mostrou implacável, segurando Jack pelo colarinho e empurrando a lâmina contra seu rosto. Gawain começou a dar socos na cabeça de Akbar, mas a baioneta cortou seu pulso fazendo o sangue jorrar em cima deles. Jack agarrou o braço do Coronel com as duas mãos na tentativa desesperada de manter o aço frio longe de seu rosto. Akbar conseguiu ancorar os pés no batente da porta e agora empurrava a faca contra Gawain com todo o peso de seu corpo.

Imediatamente, houve uma explosão dupla na salinha e, de repente, o movimento de Akbar cessou quando o Coronel caiu sem vida em cima dele. Estava totalmente exausto quando levantou os olhos e viu William Shanahan passando pela porta de forma cambaleante.

"Agora, espero que estejamos quites," Shanahan falou tentando se equilibrar. Ele correra a toda a velocidade pela base em direção ao silo depois de Gawain explodir o caminhão e abriu caminho a tiros pelos defensores restantes que batiam em retirada diante dos soldados que os cercavam. Cruzou correndo a doca de carregamento e entrou no centro de controle, mas arrebentou tantos pontos e se desgastou tanto que não se aguentava mais. Cambaleou vertiginosamente antes de seus joelhos cederem e o derrubarem no chão ao lado de Gawain.

"Está ficando meio lotado aqui dentro, não acha?" Jack fez uma careta, empurrou o corpo de Akbar para a direita e se agachou.

"Você deveria ver a pilha lá na frente," Shanahan conseguiu dizer com os ferimentos de seu ombro, braço, peito e perna queimando como o fogo.

"Bem, parece que os cavalheiros finalmente estão tendo sucesso," a enorme figura de Mark Shaughnessy apareceu na porta acima de Shanahan e Gawain. Ele havia seguido Shanahan pelo perímetro e pela doca, forçando a articulação do quadril para além do que aguentava. Tudo o que conseguiu fazer foi se forçar a atravessar o centro de controle até onde os agentes se encontravam. "Algum dos cavalheiros se importa se eu fizer as honras?"

"Sinta-se à vontade," falaram em uníssono, cansados demais para se moverem.

Shaughnessy mancou na direção do gabinete vermelho e abriu a porta, segurando e empurrando para baixo a alavanca com toda a força. Imediatamente, houve um rugido conforme o concreto era despejado de um contêiner externo como uma avalanche para dentro do silo. O cheiro de concreto impregnava o centro conforme a torre adjacente era lentamente inundada.

"Bem, chega de intenções nucleares," Shaughnessy estava exausto quando se apoiou de costas na parede.

"Então, cara," Gawain falou, "você acha que consegue tirar esse babaca com cheiro de curry de cima de mim?"

"Vamos colocar dessa forma," Shaughnessy fez uma careta. "Sinto como se um caminhão tivesse passado por cima de mim. Acho que é melhor esperar que os caras mais jovens nos ajudem a sair daqui."

"Como vão atravessar o deserto e nos levar de volta ao ponto de encontro?" Shanahan perguntou. "Acho que não existe nenhum caminhão lá fora que não foi explodido."

"Os ianques entraram em contato com os israelenses e disseram que nos deparamos com uma arma de destruição em massa que estava pronta para ser lançada," revelou Shaughnessy. "Os israelenses concordaram em não fazer um ataque retaliatório ao Teerã já que permitiram que nossos garotos enviassem uma carona para nos tirar daqui."

"Agora, acho que a Coroa e a nação me devem um favorzinho nesse momento," Gawain conseguiu empurrar o corpo de Akbar com um pontapé. "Parece que você é o mandachuva por aqui. Estarei andando livre por Belfast em breve ou vai me enfiar em outro carro cheio de crentes católicos de novo?"

"Isso foi coisa do MI5," Shaughnessy admitiu de forma séria. "Tinham jurisdição sobre você e os homens do IRA já que, tecnicamente, eram prisioneiros do Reino. Ofereceram a Burke e aos O'Connor o mesmo acordo que ofereceram a você para nos ajudarem a colocar em prática essa delicada operação com os sardenhos e colombianos. Não fazíamos ideia de que iriam acabar com eles com nossa equipe de descarte até o fato já ter acontecido. Os companheiros da equipe de descarte eram homens do SAS que foram despachados para o Paquistão. Não tivemos escolha a não ser separar você e William quando a CIA capturou aqueles agentes da Al Qaeda no mesmo momento em que nos preparávamos para fechar o cerco contra Chupacabra."

"Uma mão que não sabe o que a outra está tramando," Gawain sorriu de forma irônica. "Adorável, adorável. Então aqueles bastardos pensaram que iriam me matar e marcar um ponto para West Side."

"É triste, mas é verdade," disse Shanahan.

Do lado de fora da sala, podiam ouvir os soldados do SAS sobreviventes invadindo o centro, chamando pelo Coronel e pelo Capitão, com a intenção de se certificarem de que a área estava segura e que a ameaça nuclear contra a Europa não mais existia.

William Shanahan e Jack Gawain perceberam que, finalmente, seus desejos poderiam se tornar realidade.

CAPÍTULO TRINTA

Amschel Bauer se apresentou ao Conselho Diretos na reunião mensal de executivos no prédio principal do Banco de Montreal. Era o dia seguinte ao lançamento fracassado, relatado pela imprensa mundial como um teste de míssil que foi abortado, o que comprovou a repressão e a vergonha da nação do Irã. O poder combinado das Forças de Manutenção da Paz da ONU, lideradas pelos EUA e pelo Reino Unido, esmagou a rebelião contra o Paquistão. O regime militar foi restaurado e eles prometeram ao mundo que a presença da Al Qaeda dentro de suas fronteiras não seria mais tolerada. Além disso, a Coréia do Norte enfrentou novas sanções da ONU e estava mais isolada do que nunca. Parecia que a Operação Blackout estava fadada ao fracasso, mas Bauer e seus aliados estavam determinados a recuperar suas perdas.

"Embora os americanos e europeus pareçam ter dúvidas quanto à conversão do padrão do ouro, os investimentos recentes de nosso banco em barras de ouro nos torna mais fortes do que nunca. Além disso, nossos clientes da América Latina vão continuar a investir em commodities e contarão exclusivamente com nosso banco para atender às suas necessidades. As nações mundiais estão cada vez mais endividadas, mas os parceiros de negócios em nossa rede seguem cada vez mais prósperos à medida que continuamos explorando empreendimentos novos e inovadores dentro de uma economia global em constante mudança," Bauer estava deslumbrante em um terno cor de bronze de mil Dólares diante de uma apresentação de gráficos e tabelas que documentava o aumento das margens anuais de lucro do Banco.

"Nosso próximo projeto," ele caminhava na frente de uma enorme mesa de conferências que acomodava 24 executivos, incluindo Nathan Schnaper, "vai se concentrar na indústria africana de diamantes ao mesmo tempo que ajudamos a oferecer estabilidade para as nações devastada pela guerra nesse continente assolado pela pobreza. Temos negociado com diversas empresas privadas de segurança que protegem e atendem investidores em todo o Oriente Médio. Não temos dúvidas de que, com a nossa diretoria, não só seremos capazes de ajudar a defender e proteger nossos clientes em potencial na região, como também estabelecer nosso banco e nossos associados como líderes do comércio e da indústria no continente."

Imediatamente a porta se abriu de forma abrupta e um esquadrão da Real Polícia Montada do Canadá invadiu a sala. Bauer ficou atônito quando um sargento da polícia o confrontou com um documento legal.

"Amschel Bauer, esse é um mandato de prisão que o acusa de fraude de seguros, fraude de títulos e violações dos estatutos bancários Federais, provinciais e territoriais. Você tem o direito de permanecer calado; tudo o que disser pode e será usado contra você no tribunal de justiça..."

"Essa é uma maldita reunião do Conselho," Schnaper saltou da cadeira. "Que merda vocês, seus desgraçados, acham que estão fazendo?"

"Você também vem, espertinho," um oficial da Polícia Montada agarrou Schnaper e o atirou de cara contra a parede.

"Bem, você sabe o que dizem," disse um dos oficiais enquanto conduzia Bauer para fora da sala.

"E o que seria?" Murmurou Bauer.

"Sempre pegamos nosso homem," o policial deu um largo sorriso.

A prisão e acusação de Amschel Bauer tiveram um efeito dominó nos membros da organização criminosa que participavam da Operação Blackout. Os Estados Unidos da América, embora negassem todos os relatos de que armas de destruição em massa teriam sido contrabandeadas para dentro de suas fronteiras, exerceram uma enorme pressão contra as nações que abrigavam seus conspiradores. Como resultado, Salvaje Pulga e outros três chefões do narcotráfico do Cartel de Medelín foram presos pelo governo colombiano por múltiplas acusações de posse e distribuição de drogas, contrabando, chantagem e extorsão. Pulga, por sua vez, tornou-se testemunha do Estado contra a quadrilha de contrabando de Honduras que era a peça-chave no império criminoso do MS-13 de Tony Ramos. O governo hondurenho emitiu um mandato de prisão para a prisão de Ramos que o forçou a pegar um avião para a Europa para escapar das acusações.

O Cartel Mexicano foi o próximo a sentir a ira renovada da Guerra Contra as Drogas nos EUA. Para aliviar a pressão do DEA e do governo mexicanos, Alberto Calix foi raptado e torturado, seu corpo foi cortado em pedaços e deixado na fronteira entre Matamoros e Brownsville. Ernesto Guzman foi preso pelo FBI sob a acusação de conspirar contra o governo americano e imediatamente solicitou uma audiência com a CIA. Em troca de anistia, ele e sua família foram enviados para as Filipinas onde foi realocado como agente duplo para se infiltrar nas células da Al Qaeda da região.

Johnny Carmona, cercado por gangues de drogas adversárias ao longo do Sul da Flórida, declarou guerra aberta contra seus concorrentes jamaicanos e hondurenhos. Como resultado, as atividades das gangues esquentaram a tal ponto que a Guarda Nacional foi enviada aos locais críticos para restabelecer a ordem. Em alguns casos, muitos líderes de gangues que enfrentariam uma pena de prisão perpétua se tornaram testemunhas do Estado, o que levou à prisão e à acusação de inúmeros chefões do tráfico. Johnny Carmona era um deles e, eventualmente, fugiu para a América do Sul para escapar das acusações.

Morgana McLaren recebeu um telefonema anônimo de alguém que dizia saber do paradeiro de Fianna Hesher e perguntando onde poderia encontrá-la. Morgana hesitou, mas deu o endereço do hotel onde estava hospedada. Horas mais tarde, ela foi chamada para descer ao lobby para se encontrar com um visitante. Ela desceu pelo elevador até o lobby e ficou muito feliz em ver Fianna esperando por ela.

"Oh, meu Deus," Morgana a abraçou e as duas estavam prestes a chorar. "Por onde você andava? Estava preocupada com você!"

"Essas últimas semanas foram simplesmente uma loucura," Fianna insistiu. "Aquela empresa, Colombian Exports, me contratou como consultora social de Ricky Chew, o CEO. Eles me lavaram de avião para Andros Island e não tínhamos internet e nem sinal de telefone. A única vez que saímos de lá foi por uma noite, quando Ricky participou de um torneio de dominó. Voltamos direto para a ilha e passamos o tempo todo naquele resort. Era como estar em um castelo de contos de fadas em uma ilha deserta."

"Que tipo de trabalho você fazia?" Morgana perguntou enquanto levava Fianna para a sua suíte.

"Eles me deram um livro de tecidos cheios de padrões e cores," explicou Fianna. "Tinha que criar designs para o alfaiate dele. Às vezes, ele era muito legal e me elogiava por ajudá-lo a montar o melhor guarda-roupas da Flórida. Outras vezes, ficava louco e dizia, 'Essa não é a cor que eu gosto!' e atirava o livro para longe. Eu ficava muito triste e então ele se desculpava."

"Então, o que aconteceu?"

"Os homens dele apenas chegaram na noite passada e disseram que Ricky não precisava mais de mim. Transferiram o resto do meu salário para a minha conta e me trouxeram de volta para a Flórida."

As garotas não tinham como saber que Enrique Chupacabra tinha sido morto no tiroteio do Bay Dunes Golf Course. As identidades dos criminosos permaneciam em sigilo enquanto aguardava a investigação Federal. Salvaje Pulga acusou Enrique Chupacabra e Emiliano Murra como co-conspiradores como parte de seu acordo judicial, já que os dois estavam mortos e mortos não podem falar.

Uma cerimônia estava marcada para aquele final

de semana no Palácio de Buckingham para que o Capitão William Shanahan e John Oliver Cromwell Gawain fossem condecorados com a Medalha de Conduta Distinta. Os prêmios seriam entregues devido à bravura extraordinária a serviço de Sua Majestade. Gawain recebeu status honorário de homem alistado a fim de se tornar elegível ao prêmio. A cerimônia foi fechada ao público para não comprometer a posição de Shanahan como agente disfarçado e não divulgar o histórico de Gawain como um terrorista condenado.

Foi uma ocasião grandiosa e o Príncipe de Gales compareceu para conceder prestígio à ocasião. A Guarda do Palácio se fazia presente em todos os antigos salões e as enormes câmaras cobertas de tapete vermelho escarlate pareciam como nas lendas do passado. Retratos de reis venerados da Inglaterra pareciam espiar de forma magnânima e todos os ali presentes compartilhavam a sensação de que se tornavam parte de algo muito maior do que a própria existência naquele momento.

Houve uma recepção após o evento e música de câmara tocava nas diferentes áreas do enorme salão enquanto champanhe e caviar eram servidos como aperitivo para as iguarias oferecidas no buffet elaborado. A nobreza e outros figurões que compareceram como convidados especiais perambulavam pelo local e se deliciavam conversando alegremente com pessoas importantes enquanto apreciavam a vista daquele solo sagrado.

"Então, me conte," um aclamado escritor parou para conversar com Gawain que andava com uma bengala depois de ter recebido tratamento para os ferimentos sofridos em Bagdá poucos dias antes. "Qual é a sensação de ser um herói nacional?"

"Bem, teria muito mais a ser dito se as pessoas descobrissem tudo o que aconteceu," Gawain franziu o cenho. "Infelizmente, essa coisa de ultrassecreto não ajuda muito no direito de alguém se gabar. Além disso, se contasse às pessoas sobre isso, elas não acreditariam de qualquer jeito."

"Faça o teste comigo," o autor o instigou.

"Bem, nas últimas semanas, impedi dois ataques nucleares, comecei uma guerra contra as drogas na Flórida, matei quatro assassinos do IRA e quase venci o Campeonato Mundial de Dominó. Isso é o bastante para impressionar você?"

"Com certeza," o autor sacudiu a cabeça e saiu andando.

Shanahan e Gawain levaram Morgana McLaren, Fianna Hesher e Darcy Callahan para o evento em Londres e elas estavam tão maravilhosamente lindas que foram confundidas com a realeza. Elas desempenharam seus papéis o melhor que puderam e os dois homens estavam radiantes de orgulho sobre a forma como as mulheres estavam sendo tratadas. Somente Fianna e Darcy estavam zangadas porque ambas eram convidadas especiais de Gawain e, embora tivessem se conhecido, não estavam muito felizes com seu acompanhante naquela tarde.

"Diga, amor, não vai nos trazer um prato daquele caviar e um pouco de champanhe," Gawain chamou Fianna quando ela passou resplandecente em seu vestido de gala branco e brilhante. Seus cabelos ruivos estavam penteados para trás e presos por uma tiara de diamantes que combinavam com os brincos que Gawain comprara para a ocasião. Ele vendera o quilo de cocaína que roubara dos Sosa na Flórida e voltou 50 mil Dólares mais rico por seus esforços. "Tenho que descansar a maldita perna devido aos buracos de bala e tudo o mais."

"Vá pedir para sua filha, garanhão," ela respondeu contrariada. "Você se saiu bem sem mim enquanto eu estava presa com aquele seu amigo traficante, não foi?"

"Bem, não é como se eu tivesse pedido para ele sequestrar você enquanto eu estava ocupado salvando o maldito mundo," Gawain falou alto com ela e alguns convidados de honra levantaram as sobrancelhas. Ela levantou o dedo do meio para ele, o que consternou ainda mais a nobreza.

"Não está agradando muito as garotas hoje, eh, Gawain?" Shanahan se aproximou vestindo um terno, assim como Gawain, e também mancava com uma bengala devido aos seus próprios ferimentos à bala.

"Mais ou menos," admitiu Gawain. "Claro, ainda tenho duas e você uma, mas estaria disposto a considerar uma troca justa, se quiser."

"Fico imaginando se essa medalha eventualmente vai influenciar você ou se você desperdiçá-la," Shanahan sorriu.

"Bem, se isso tomar outro rumo, gostaria que uma caixa com elas fosse enviada a meus camaradas de Belfast. Deus e nação, sabe."

"Deus e nação," Shanahan respondeu gentilmente buscando dentro de si a possibilidade de dar um tapinha nas costas de Gawain antes de se afastar.

"Diga, preciosa," Gawain chamou Darcy que passava em seu vestido de gala azul escuro com um pente de pérolas nos cabelos e com brincos combinantes que ele comprara para ela. "O que acha de nos trazer um pouco daquele champanhe e caviar para que possamos sentar juntos no terraço?"

"Pensei que tinha acabado de pedir para sua esposa," ela apertou os olhos e apontou o dedão para Fianna que ainda podia ouvir o que ela dizia.

"Bem, ela não é minha esposa" ele respondeu. "É uma amiga."

"E eu sou o quê, uma mosca morta?" ela o interrogou.

"Sabe," Fianna se aproximou de Darcy, "conheci uns caras bem gostosos logo ali que perguntaram se não gostaria de conhecer Carnaby Street depois que saímos daqui. Aposto que ficariam mais do que felizes em abrir espaço para mais uma pessoa."

"Parece uma boa ideia, amiga," concordou Darcy.

"Bem, vocês vão sair com aqueles perdedores ao invés de com alguém que tem *isso*?" ironicamente ele balançou a medalha para ela.

"É? Bem, você tem isso e eu tenho *isso*," ela agarrou a própria virilha. "E você não ter nenhum pouquinho disso." Com isso, as garotas viraram de costas e saíram de braços dados.

Ele começou a rir, mas estremeceu com a dor aguda em sua coxa, perguntando-se se isso seria um problema pelo resto de sua vida. Também se perguntou se conseguiria voltar para Belfast e encontrar garotas como aquelas duas algum dia.

"Está se divertindo?" Shanahan foi até uma parede distante, onde Morgana admirava um retrato do Rei Henry Ela estava deslumbrante em um vestido de gala de cetim cor de esmeralda, e muitas mulheres vieram elogiá-la por sua aparência adorável.

"Isso parece um sonho," ela disse com entusiasmo. "Nem sei como agradecer por ter me convidado."

"É o mínimo que posso fazer por ter salvo minha vida," ele colocou a mão no bolso. "Por falar nisso, você sabe que esses aeroportos possuem lojas que você não esperaria encontrar em um terminal. Passei por uma dessas lojas e me deparei um objeto muito lindo, e pensei que você poderia gostar."

Shanahan lhe entregou uma caixinha de veludo e seus olhos se arregalaram quando ela viu um anel de platina com um diamante incrustado no valor de 10 mil Dólares.

"Oh, meu Deus, William," ela disse. "É fantástico."

"Assim como você, Morgana. Você é o tipo de garota com quem quero passar o resto dos meus dias."

Abraçaram-se e aquilo se tornou o auge do primeiro dia do resto de suas vidas um ao lado do outro.

Caro leitor,

Esperamos que você tenha gostado de ler *O Padrão*. Reserve um momento para deixar uma crítica, mesmo que curta. A sua opinião é importante para nós.

Atenciosamente,

John Reinhard Dizon e Next Chapter Team

O Padrão
ISBN: 978-4-86750-963-0
Livro de Bolso

Publicado por
Next Chapter
1-60-20 Minami-Otsuka
170-0005 Toshima-Ku, Tokyo
+818035793528

15 Junho 2021